KB110752

이시환 문학 읽기 · 3

이시환의 각종 저서를 읽고 쓴 여러 유형의 서평·평론·서신 모음

그래도 풀꽃들을 피우는 박토

정정길·심종숙·김노 외

신세림출판사

이시환 문학 읽기·3

그래도 풀꽃들을 피우는 박토

머리말

『이시환 문학 읽기』 제3권에는, 이시환 문학의 주류(主流)라고 할 수 있는 시(詩)와 문학평론(文學評論)이 아닌 기타 저서(著書)들을 읽고 스무 분의 문사들이 보내준 글들과, 가까운 문사들과 주고받았던 서신(書信) 등으로 채워졌다. 곧, 이시환의 ①심충여행에세이집『시간의 수레를 타고』(2008) ②지중해 연안국 여행기『산책』(2010) ③중국 여행기『여행도 修行이다』(2014) ④종교적 에세이집『신은 말하지 않으나 인간이 말할 뿐이다』(2009) ⑤『예수교의 실상과 허상』(2012) ⑥『명상법』(2013) ⑦아포리즘『생각하는 나무』(2016) ⑧논픽션『신과 동거중인 여자』(2012) ⑨기타 시집 등을 읽고서, 정정길(시인) · 구본순(소설가) · 이춘희(동덕여대 유아교육학과 교수) · 최봉호(캐나다 토론토에서 활동하는 시인) · 정세봉(연변소설가학회장) · 김두성(종교인) · cjsgus(닉네임) · 김재황(시조시인 · 문장가) · 김창현(수필가) · 심종숙(문학평론가) · 조순제(수필가) · 나석중(시인) · 강상기(시인) · 이영석(시인 · 화가 · 한양대 석좌교수) · 유순복(독자) · 오천수(신앙인) · 박정진(시인 · 소설가 · 문화인류학 박사) · 김노(작가) · 채수명(한국문학정책연구소 소장 · 문학컨설턴트) · 익명씨 등 모두 이십여 분의 글들을 한데 모아 편집한 것이며, 그 말미에 이시환의 성격 · 문체 · 문학에 임하는 태도 등 문학세계의 단면을 직 · 간접적으로 체감해 볼 수 있는, 가까운 문사들과 주고받았던 서신 27통이 공개되었다.

물론, 이 책에 앞서 이시환의 시문학만을 읽고 글을 주신 여러 시인 · 문학평론가들의 글들이 『바람 사막 꽃 바다』라는 이름으로 일차 출판되었었고(2015), 이시환의 시문학 전체를 연구 분석한 심종숙 문학평론가의 평론이 『니르바나와 케노시스에 이르는 길』이라는 이름으로 이미 출판되었었다(2016). 이 두 종의 출판물에 이어서 나오게 되는 세 번째 『이시환 문학 읽기』에는, 시문학 관련 3인의 글 5편이 말미에 함께 수록되었지만 이들 외에는 시문학이 아닌 여행기 · 종교적 에세이집 · 논픽션 · 명상법 등 다른 저서들을 읽고 보내준 문사(文士)들의 글들인 셈이다.

차제에 고백하건대, 나는 그동안 시집 여남 권과 문학평론집 십여 종을 펴냈고, 문학상을 네 차례 받았는데 모두가 다 시인으로서가 아니라 문학평론가로서 받은 것들이다. 그럼에도 불구하고, 문학평론집에 대한 독후감 한 편이 없다. 한 문학평론가의 평론 세계에 대해 독자들이 문장으로써 이러쿵저러쿵 평을 한다는 것은 그리 쉬운 일은 아니겠으나 언젠가는 비평의 방식이나 영역이나 문체나 논리적 사고력이나 어떤 문제점들에 대해서 자연스럽게 분석되고 얘기되어질 날도 있으리라 믿는다.

아무튼, 나의 '문학읽기'라고나 할까, 넓은 의미의 애독자들이 보내준 글들을 한데 모아 출판하는 일련의 책들이 일반대중에게 무슨 특별한 의미가 있겠는가마는 개인사적으로는 반드시 정리하고 넘어가야할 필요성이 있기에 최소한의 객관적 신뢰도를 담보해야 한다는 점을 염두에 두고서 나름대로 신경을 써 질서를 부여하려고 노력했다.

뒤돌아보면, 변변치 않은 나의 저서들을 읽어주고, 나름대로 솔직하게 소회를 밝히고, 문장(文章)까지 남겨주신 애정 어린 여러 문사들로부터 큰 은혜를 입었으며, 이에 머리 숙여 감사를 드리지 않을 수 없다. 물론, 이 책속에 포함시키지 못한 글들도 적지 않지만 애독자 여러분 덕분에 힘들고 외로운 문학의 길을 걸으면서도 즐거움을 누릴 수 있었다는 사실을 꼭 밝혀 두고 싶다. 그 즐거움은 박토(薄土)에서 피어난 풀꽃들을 만난 감동과도 같으며, 내 가슴에 오래토록 담아두고 싶다. 어쩌면, 그런 감동조차 없었다면, 나는 이미 고사(枯死)했는지도 모를 일이라고 생각한다.

아무튼, 여러분들이 차려 주는 성찬(盛饌)을 받아들고 잠시 눈시울을 붉히면서도, 나보다 더 힘들고 더 어렵게 살아가며 문장을 다듬는 많은 문학인들을 생각하면, 나의 문학이 굶주린 자들에게 요긴한 빵 한 조각이 되어주질 못하고, 갇힌 자들에게 빗장을 풀어주는 자유의 빛이 되어주지 못한 나의 우둔함에 채찍을 들지 않을 수 없다. 그러나 아직 절망하고 싶지는 않다. 이제 내 인생의 오후 시간이 남아있지 않은가.

2017. 01. 24.

이 시 환

차례 | 그래도 풀꽃들을 피우는 박토 / 이시환 문학 읽기·3

제2부

차례 | 그래도 풀꽃들을 피우는 박토 / 이시환 문학 읽기·3

제3부

제4부

제5부

제6부

1. 가까운 문사들과 주고받았던 28통의 편지

1부

1

심층여행 에세이집『시간의 수레를 타고』를 읽고

정정길(시인)

1)

말 그대로 '시간의 수레를 타고' 과거와 현재와 미래를 마음대로 왔다 갔다 할 수 있다면 얼마나 좋을까. 요즘말로 '타임머신'이다. 왔다 갔다 할 수 없는 이 시간, 이 시간이 언제 어디서부터 시작되었을까. 이 열쇠를 누가 쥐고 있을까. 여기에 모든 지혜를 모으고 힘을 기울여도 그 생성 연원을 밝히지 못하고, 우주의 역사 속에 의문으로 남겨놓은 채 오늘도 끙끙거리고 있다. 그렇다고, 이 수레를 타고 한없이 갈 수 있는 것도 아니다. 가다가 내려야 한다. 내리면 그것으로 끝이다. 나에게 주어진 시간은 정지된다. 그 어느 누구도 영원히 타고 갈 사람은 단 한 사람도 없다. 그 정지된 역사 속에서 살아 숨 쉬는 오늘을 만날 수 있도록 '시간의 수레'를 태워주고 있다.

이 '시간의 수레'는 아주 멋지다. 같이 타고 떠나야 한다. 왜냐하면, 시적인 서정(抒情)이 서사(敍事)를 아우르며, 소설적인 웅장한 스케일과 섬세한 부드러움이 한 편의 영상으로 보여주는 기행 에세이기 때문이다. 그리고 신변잡기의 얘기가 아니다. 그저 스쳐 지나가는 여행이 아니다. 과거를 바라보며 오늘을 이해하고, 그들의 역사 속에 녹아 있는 삶의 가치관과 문화예술이 지닌 공존적 의미를 일깨워 주는 에세이이다. 적어도, 내가 보기엔 그렇다.

2)

먼저, 시적인 서정이 서사의 길목을 따라 나선다. 「텡그리에서 만난 모래바람」의 설산을 바라보며, 고뇌에 찬 얘기를 우리들에게 들려주고 있다. 너무나도 시적인 서사가 아닌가.

> 작열하는 태양과 은백색의 눈부신 설봉,/그리고 숨 막히는 민둥산과 적막한 평원이 일으키는,/어느 날의 모래바람처럼 나는 이곳을 스치듯/그렇게 지나가지만 결코 아름다운 곳도 아니고/아름답지도 않은,/이 허허벌판에 서 있지 아니한 것이 없음을 깨닫는다./이곳 높고 높은 설봉들이/깊은 바다로부터 솟아났듯이/이곳 바위가 되고 모래가 되고/그것들이 바람과 물길에 쓸려서/먼 바다에 다다르지 않는가./그렇듯 이곳에서 사막이 시작되고,/사막은 다시 깊은 바다가 되리라.
>
> (*위 인용문은 산문인 본문을 필자가 임의로 행 구분하여 옮긴 것이다. 산문이지만 운문 이상의 깊은 맛과 멋이 어우러져 있다는 사실을 증명하기 위해서이다.)

3)

여기에 소설의 웅장한 스케일과 섬세한 부드러움의 손길이 우리를 감싸주고 있다.

작품「초모랑마 베이스 캠프에서」를 읽으며, 필자도 함께 서서 그 '황금산'을 바라보고 있다는 착각을 불러일으키기에 충분하다.

> 천막 밖에서 누군가가 다급하게 소리친다. 나를 부르는 소리 같다. 황금산을 가리킨다. 아니, 펄펄 끓는 황금물을 뒤집어쓰고서 막 솟아 있는 것만 같은 웅장한 산이다. 뿐만 아니라, 정상부의 능선에서는 이따금씩 황금가루가 날리는데 그것은 마치 후광(後光)처럼 신비를 더 해준다. 분명, 해는 기울어 보이지 않건만 막 태동된 황금산은 커다란 등불처럼 허공중에 걸려 이 땅을 밝히고 있질 않는가. 나는 내 가슴이 두근거리는 소리를 듣지만 입이 열리지를 않고, 두 다리마저 굳어버린 듯 넋 나간 모습으로 서 있다. 한참 뒤에야 '어머니'라는 뜻의 '초모랑마'라 불리는 에베레스트 산 베이스 캠프에 서 있는 자신을 의식하게 되었고, 눈이 부셔서 거룩하기까지 했던 낮 동안의 설산이 저녁 햇살에 반사되어 온통 황금빛을 띠며 세상을 새롭게 비춰 보이고 있다는 사실이 지각된다.

4)

기행 에세이의 백미다. 수필이라는 사실보다 더 사실적이고 드라마틱한 영상미가 흐르는 사진들이 눈을 더더욱 즐겁게 해주며 실감나게 해주고 있다.

작품「아미산의 금정에서 만불정까지」동행을 한다.

> 나는 그 만불각의 아래층과 위층을 두루 둘러보고, 가파른 낭떠러지가 있는 동북쪽으로 난 길을 따라 내려오면서 고개를 갸우뚱거린다.

내가 지금 꿈을 꾸고 있는가. 아니면 천상의 세계 어딘가에 와 있기라도 한단 말인가. 사람이라곤 아무도 보이지 않는, 이 길이 꼭 나를 위해 준비해둔 것 같은 착각에 빠져 버리기 때문이다. 정말이지, 구름은 한참 밑인 산 중턱에 걸려있고, 나는 구름 위 산정 한 능선을 따라 걸어 내려오면서 신선한 바람을 온 몸으로 맞는다.

5)

종교가 주는 의식(儀式) 중 가장 중요한 것은 나 자신을 먼저 깨끗하게 하는 일이 아닐까? 육체의 더러움을 씻어내고 명상의 여로에서 마음을 비우는 것이리라. 그리고 이 고행의 길을 실천하는 것이 순례(巡禮)일 것이다. 작품 「목욕재계하는 순례자들」과 같이 나도 따라 나선다.

이 호숫가에서 무리지어 목욕재계하는 저들이야말로 내게는 천사처럼 보인다. 아니, 하늘에서 호숫가로 나풀나풀 떨어지던, 그 하얀 꽃잎들이 사람의 모습으로 둔갑하여 지금 내 눈에 들어오는 것은 아닐까? 그 형색이야 볼품없기 짝이 없지만 그들의 얼굴빛은 참 밝고, 그 속에 박힌 눈동자는 더더욱 초롱초롱하기 이를 데 없는 것이 꼭 딴 세상 사람들인 것만 같으니 말이다.

6)

작품 「장례 풍습에서 읽는 티베트 사람들의 속마음」에서 죽음 저 너머에 무엇이 기다리고 있을까. 혹자는 죽는 순간에 영혼이 육체로부터 분리되어 좋은 곳으로 가기도 하고 나쁜 곳으로 가기도 한다고 한다. 아니면, 이곳저곳으로 떠돌아다닌다고 말하는 이도 있다. 영혼불멸설이다. 저자는 티베트의 장례방식을 소개하고 있다. 다섯 가지이다. 탑장과 수장, 그리고 토장과 화장과 천장 또는 조장이다. 이 모든 것이 미신적이든 아니든 간에 대개는 엄숙하게 치러진다. 살아있는 우리 모두도 언젠가는 가야 한다. 시편 146장 4절에 보면 "호흡이 끊어지면 흙으로 돌아가서 당일에 그 소모가 소멸하리로다." 라고 기록되어 있다. 그래서 그런지 보통의 사람들이 내세(관)에 집착하고 있는지 모른다. 이 점에 대하여 저자는 이렇게 설파하고 있다.

> 부처의 시각에서 본다면, 그 어떤 장례도 다 부질없는 일이 되고 말지만 욕심 많은 우리 인간들은 자신들의 고정된 관념, 곧 믿음에 기대어서 스스로 위로 받을 수 있는 장례방식을 만들고, 그 절차에 소망을 담는다. 그래야 죽은 자를 보내는 산자로서 마음이 편해지기 때문이다.

7)

환생! 끊임없는 윤회! 그리고 업(Karma)! 다시 태어난다? 가능할까? 어떻게 태어나느냐? 무엇으로 태어나느냐? 윤회 그 자체가 모두 고통이란다. 여기서 벗어나기 위해서 선업(善業)을 많이 쌓아야 한다고 한다. 그렇다! 인생이란 무엇인가? 저마다 물음의 답을 가지고 있을 것이다. 성경의 시편 144편 4절에 보면 "사람은 헛것 같고 그의 날은 지나가는 그림자 같다"라고 했고, 또 욥기 34장 15절에는 "모든 혈기 있는 자가 일체로 망하고 사람도 진토로 돌아가더라."고 했다. 그렇다면, 환생이 가능한가? 그리고 환생이란 무엇인가? 저자는 작품 「환

생에 대한 반신반의에서」 환생은 인간이 만든 설화(說話)라고 말하고 있다.

> 불경은 친절하게도 윤회를 설명하고 있지만, 윤회가, 윤회가 아님을 스스로 입증하고 있다고 해도 틀리지 않는다. 간단히 말해, 망고의 씨앗이 인간의 영혼이라고 말해질 수 없기 때문이다. 무릇, 영혼이란 인간의 몸을 떠나 존재하지 않으며, 설령 존재한다하여도 그것은 아무런 의미가 없다. 다만, 윤회나 환생처럼, 영혼에 대한 고대인의 생각이나 믿음이 대(代)를 이어 유전되어 왔을 뿐이고, 그 과정에서 직간접으로 현실생활에 영향을 미쳤을 뿐이다.

8)

성(sex). 삶이 있는 생물체, 즉 자웅이체건, 자웅동체이건 간에 생물학적 본능에 다 순응하며 반응하고 있다. 번식본능이다. 그럼, 인간은 언제부터 지구상에 존재해 왔을까. 그리고 피조물인가? 아니면 자연발생적인가? 아니면, 불가지론인가? AD. 1650년에 아일랜드의 아르마 교구의 추기경인 제임스 어셔(J. Ussher)가 창세기 내용을 토대로 하여, 천지창조의 날을 그리스도 탄생하기 4004년 전이라고 엄밀하게 계산해냈다. 그리고 이 연대는 그 후 흠정 성경에서 확정되었다.(우리의 선사문화사 · 1, 1994. 3. 15 발행) 인간의 본성에서 먹는 것[食慾] 다음으로 중요한 것이 생산 기능인 성생활[性慾]이 아닌가.

저자는 작품「카주라호 사원의 에로티시즘에 대한 횡설수설」의 장에서 이렇게 분석하고 있다.

신전에 반영구적인 돌조각으로써 장식되어 있는 공개성을 보아 신의 가르침[신의 뜻 : 종교 교리]과 무관할 수 없으며, 동시에 그것에 대한 간접적인 홍보 및 교육목적에도 얼마든지 기여할 수 있다는 점이다. 곧 전쟁, 강제성을 띠는 노동 · 공출 등으로 피곤하기 짝이 없는, 현실적인 삶을 잊게 해주는 하나의 방법으로서 섹스에 대한 공개적인 장려책일 수도 있으리라는 생각이 든다. 또한, 인구 증가가 노동력과 전투력의 증가를 결정짓는 직접적인 수단이라는, 국정운영상의 전략적 발상에서 나온, 섹스 장려책이 아닐까 하는 생각마저도 든다. 한 마디로 말해서, 섹스에 대한 교육홍보는 고통스런 현실적인 인구 증가를 위한 전략적인 방법이었으리라는 뜻이다.

9)

성(城)! 그리고 궁! 성은 내 · 외각을 구분하는 경계다. 궁은 그 안에 안주하고 있는 지도자나 높은 사람의 집무실이고 생활공간이다. 사람이 한 평생 어디에서 살던지 간에, 저자는 다 부질없는 것이라고 말한다.

작품 「마취 혹은 환각제가 새어나오는 성」에서 "신에 대한 믿음이 굳건해질수록 신에게 경배 드리는 시간이 길어지게 마련이고, 그 시간이 길어질수록 '신'의 울타리 안에서 밖을 내다보지 않으려고도 한다. 그래서 그들은 언제나 자신이 처한 현상에 만족하게 되며, '나는 행복하다'라고 망설이지 않고 말할 수 있게 되는 것이 아닌가 싶다. 이런 메커니즘 자체가 올바른 판단을 방해하거나 기피하게 하는 '마취' 혹은 '환각제' 구실을 한다면 지나친 표현일까 ? " 라고 반문의 화두를 우리에게 던져주고 있다.

그리고 작품 「포탈라 궁 엿보기」에서는 "석가모니 부처의 존재를 법신이 중생의 부름을 받고 응한 화신이라 여기는 논리적 허구성을 늘어놓으며, 그들의 무덤을 금은보화로 장식까지 해놓았지만 다 부질없는 일이 아닌가." "결국에는 일종의 거대한 '관념의 성'을 이루게 되고, 많은 사람들은 그 환각을 불러일으키는 성 안에 갇히어서 살아가는 법을 배우고, 그곳에서 요구하는 질서에 순종 · 순응을 하게 되고 , 더러는 그 안에서 방황하며 자아성찰을 - 성 안에서는 역모로 보이겠지만 - 꿈꾸게 되는 것이 아닌가 싶다."

10)

인간은 신을 숭배한다. 왜, 나약하기 때문이라고 한다. 오직 인간만이 삶과 죽음 사이에서 단순한 논리적 상황을 아주 그럴듯하고 복잡하게 포장해서 빌고 빈다. 이러한 맥락에서 보면, 힌두교만큼 잡다한 신이 많은 종교도 없다. 가장 오랜 역사를 가진 종교다. 창시자도 없고 조교도 없다. 그러나 일찍이 '베다'라는 경전을 가지고 있으며, 독특한 계급제도도 시행해왔다. 그 계급을 보면 사제계급인 부라만(Braman)과 지배계급인 크샤트리아(Kshatriyas)와 평민계급인 바이야(Vaisyas)와 천민 계급인 수드라(Sudra)의 네 계급으로 나누어져 있다. 이 계급제도의 정당화를 위하여 업과 윤회를 논리적으로 개발해 왔다고 비교종교학자들은 보고 있다. 여기에 맨 처음으로 종교형태를 가지고 등장한 종교가 불교다. 불교도 역시 창조주나 주재 신을 부정하고 있으며 인간 중심의 세계관을 형성하고 있다. 종교를 믿는 모든 사람은 길흉화복에 매달려 있다고 해도 과언이 아닐 것이다.

시인이자 문학평론가인 저자는 벤치에 홀로 앉아 인생의 헛것을 깊이 고뇌하며 이들의 문화유산에 깊은 찬사를 보내었으리라. 그리고 또한 '부처님의 마지막 설법'을 숙고하고 있었을 것이다. 즉 "죽음이란 육신의 죽음이라는 것을 잊지 말라. 육신은 부모에게서 받은 것이므로 늙고 병들어 죽는 것은 어쩔 수 없는 일이다. 여래는 육신이 아니라 깨달음의 지혜다. 육신은 여기에서 죽더라도 깨달음의 지혜는 영원히 진리와 깨달음의 길에 살아 있는 것이다. 내가 간 후에는 내가 말한 가르침이 곧 너희들의 스승이 될 것이다. 모든 것은 덧없다. 게으르지 말고 부지런히 정진하여라."

11)

저자는 중국의 태산(泰山)을 오르고 있다. 양사언의 시조를 곱씹으면서 말이다. 아마도, 만감이 교차했으리라 본다. 먼 우주에서 바라다보면 보일 듯 말 듯한 산일 게다. 그래서 작품 「태산을 오르며」에서 태산이 오염되어 가는 모습을 보며 무척이나 안타까워하고 있다. "옛날 같으면 제왕이 한울님(옥황상제)께 땅의 소식을 알리고 국태민안(國泰民安)의 복을 기원하는 엄숙하고도 숭엄한 산이련만 오늘 날은 대중의 순례지 내지는 관광지가 되어 그야말로 몸살을 앓고 있다." 고 개탄한다. 긴 여정의 끝을 마무리하면서 작품 「중국인들의 주법」을 소개하면서 멋진 말 한마디를 남기고 있다 '아름다운 고통의 시간이었노라'고.

12)

이시환 시인의 저서 기행 에세이 『시간의 수레를 타고』는 총 7부

43편에 511쪽이다. 각 부마다 주석을 달았고 관련 사진들을 실었다. 그리고 일목요연하게 주석 차례까지 달아주어 찾아보기 쉽게 편집했다. 그리고 이 에세이 서(書)는 2008년 2월 15일에 신세림출판사에서 초판 출간을 하였다.

13)

제1부에서는 위대한 자연의 수레를 끌고, 제2부에서는 신과 삶의 본질을 들려준다. 제3부에서는 죽음 그 너머를 돌아보고, 제4부에서는 신과 인간의 원초적 관능의 세상을 알려준다. 제5부에서는 성과 궁을 통한 인생을 조명하고 제6부는 사유의 공간에서 쉬게 한다. 제7부에서는 술을 마시면서 아름다운 고통의 시간이었다고 고백하고 있다. 저자는 처음서부터 끝까지 삶과 죽음의 징검다리인 종교적 문제를 다루면서 앞으로도 신과의 대화를 계속할 것으로 보인다.

이제, 그 역사적 시공을 되돌아 나오는 '시간의 수레'를 타자. 그리하여 한없는 시간 속, 그 먼 공간 속으로 들어가면서 만났던 것들을 잠시나마 생각해보자. 곳곳에 산재되어 있는 문화와 유적, 그것들에 스미어 있는 인간 삶의 가치관, 생명의 탄생과 죽음, 신에 대한 끊임없는 의구심, 그런저런 역사를 일구어온 인간 내면 등에 대하여 장고(長考)해온 저자의 숨소리가 들리는 듯하다. 여행으로 가볍게 출발한 산책 과정에서 문학적 상상력과 철학적 사유를 녹여내면서 인간 역사의 한 축을 돌아나온 기행으로 승화시킨 것이라고 나는 생각한다. 그 기행 과정에서 인간 삶의 내면과 진실을 읽으려는 고뇌가 우리로 하여금 다시 태어나게 한다면 지나친 표현일까. 적어도 부족한 나의 시각과 기준에서 본다면, 그렇다. 분명, 이시환의 심층여행에세이집『시간의 수레를 타고』는 귀중한 문화예술의 역사서요, 훌륭한 문학서라고 나는 생각한다.

많은 시간을 내어 좋은, 방대한 작품집을 우리에게 선사하신 이시환 시인 겸 문학평론가에게 깊은 감사를 드리고 싶다.

---

*이 글은 정정길 시인이 2009년 7월 2일 내게 보낸 이메일 내용이다. 여러 해 동안 거의 움직이지 못하는 노모의 병간호를 하랴, 부인의 갑작스런 허리디스크 병간호를 하랴, 자신의 심장질환을 극복하랴 거의 절망적인 상황에 놓여 있는 분인데, 그 와중에 나의 변변치 않은 책을 읽고 이런 글을 쓰다니 나로서는 '역설적인 인간 세상'의 단면을 읽는 것만 같다. 그래서 마음이 더 아프다. -이시환

심층여행에세이집 『시간의 수레를 타고』를 읽고

구본순(소설가)

나는 여행기 읽기를 좋아한다. 그래서 세계 여러 나라 작가들이 쓴 여행기를 기회가 되는 대로 읽어 왔다. 우리들에게 모험과 개척 정신을 심어준 김찬삼 교수의 세계 여행기와 오지 여행가 한비야 씨의 여행기도 읽었다. 그 중에서도 단순한 여행기라기보다 역사, 지리, 문화, 사람에 대하여 상세히 기록되어 있는 일본의 작가 시바 료타로(司馬遼太郎) 씨가 쓴 『街道를 간다』라는 책은 내가 가장 좋아하는 세계 여행기이다. 한국에 대해서도 여러 권이 나와 있는데 우리나라의 지리, 역사, 문화에 대하여 한국 사람인 내가 모르고 있었던 것조차 상세히 기술되어 있어 참으로 놀랍기도 했지만 한편으로는 부끄러웠었던 게 사실이다.

그런데 이번에 이시환 씨가 쓴 『시간의 수레를 타고』라는 책을 읽고 나는 또 한 번 놀라지 않을 수 없었다. 우리나라에도 일본의 시바(司馬) 씨와 같은 여행기를 쓰는 작가가 있다는 것을 알게 되어 참으로 반갑고 자랑스러웠다. 아니, 일본 작가 시바(司馬) 씨보다 어떤 분야에 있어서는 더 상세히, 더 재미있게 기술되어 있었다.

이 책을 읽고 인도의 3대 종교인 힌두교와 불교와 자이나교에 대하여 이제까지 막연하게 알고 있었던 것을 더욱 자세히 알게 되었으며, 인도의 소[牛], 거지, 수도(修道), 명상(冥想), 화장(火葬) 등에 대하여도 어느 정도 이해할 수 있었다. 특히, 「명상의 단계」라는 글은 교육적이면서도 아주 잘 쓴 한 편의 논술이나 수필이라고 생각되었다. 히말라야 고산지대의 지세와 모양, 그리고 그 곳에 사는 야크, 또 티베트와 라마교에 대한 설명은 아주 좋은 지리와 역사의 교재임에 틀림없다.

인도의 어느 힌두교 사원에서 남녀의 성행위를 조각한 것에 대한 저자의 설명은, 그 조각을 보지 못한 독자에게 힌두교가 왜 이런 성행위 조각을 만들었는가에 대하여 타당하고 올바른 해석으로 이해를 돕고 있다 하겠다.

히말라야 고산지대를 탐방하고 그 곳의 설산과 동물, 가축 그리고 주민들의 생활에 대한 설명은 아주 흥미로웠으며, 독자로 하여금 현장감을 느끼게 했다. 그리고 그 대자연의 광경을 아주 잘 표현한 문장이라고 생각되었다.

티베트에서 라마승과 라마교 그리고 티베트 사람과 그 곳 중국 사람들과의 관계를 정치적으로 터치하지 않고 재미있게 설명하고 있었다. 그것을 읽고 나 또한 그곳에 가보고 싶은 충동을 강하게 느꼈다.

중국의 곡부에 있는 태산과 공자묘에 대해서는 봉선(封禪)과 유교를 연관시켜 좀 더 자세히 설명해 주었더라면 더 재미가 있었을 것이다.

책이 '좋다' 혹은 '나쁘다'라고, 판단하는 것은 저자가 아닌 독자의 몫이다. 그 책을 읽고 계속 읽고 싶은 욕망이 나야 그 책은 재미있는 책이며, 또한 책을 읽고 배울 것이 있어야 좋은 책이라고 할 수 있다. 그런 견지에서 볼 때 이 책은 여행기로서 읽을 가치가 있을 뿐만 아니라 교육적 가치까지 갖춘 아주 좋은 책이다.

-2009. 12. 9.

---

*이 글은, 구본순 작가께서 저의 책을 읽으시고 그 소감을 제게 전화로 말씀하시기에, 제가 '작가님의 말씀을 문장으로 써 주신다면 더없이 좋다'고 했더니 즉각적으로 응해 주신 결과물이다. 솔직히 말해, 말이란 끝이 나면서 사라지는 것이고, 그 말에 대하여 하는 이나 듣는 이가 서로 책임을 질 수 없기에 부탁을 드렸던 것인데, 다시금 여러 차례 읽으시고 쓰셨다는 글이다. 혹, 마음에 짐을 드린 것이 아니었나 싶은 생각도 들지만 잘한 일이라 여기며, 여러 모로 부족한 나로서는 황송하기 그지없는 글이라 생각한다. 그동안 나의 책을 읽고 수많은 사람들이 전화, 이메일, 방문 등으로 그 소회를 제게 직간접으로 밝히셨지만 객관적인 문장으로 써준 것들만 공개할 수 있기에 아쉬운 면이 없지 않다. 원컨대, 보다 많은 사람들이 일독할 수 있는 기회를 가졌으면 하는 마음 간절하다. -이시환

3

이시환 지중해 연안국 여행기『산책』을 읽고

정정길(시인)

1)

지중해는 대서양에 속한 바다다. 그리고 세 대륙에 싸여 있다. 유럽, 아시아, 그리고 아프리카다. 면적은 250만㎢다. 지중해라고 하는 뜻은 지구의 한 가운데라는 뜻이라고 한다. 평균 수심이 1,500m이다.

『산책』이란 책은 이시환 시인이 이 지중해 연안국 7개국 50여 곳을 70여 일간 둘러보고 쓴 여행수필집으로서 그가 방문한 곳을 보면 아래와 같다. 그리스는 9곳, 터키 9곳, 시리아가 6곳, 그리고 레바논 5곳, 요르단 8곳, 이스라엘이 4곳, 이집트 9곳 등이었다.

이 여행수필집은 그 어느 여행수필집과는 많이 다르다. 잡다하고 시시콜콜한 얘기가 전혀 없다. 고대문화 문명 속에서 오늘 현재의 시간을 조명해 보고 있다.

2)

이 책의 장점을 단 한마디로 표현하자면 군더더기가 없다는 점이다. 그야말로 '산책'이라는 화두에서 보듯이 우리네 무거운 일상을 여행이라는 들뜬 기분의 묘한 감정 속으로 사람의 마음을 가볍고, 아주 깊게 사로잡으며, 우릴 나그네로 만들어 놓고 있다. 그리고 실질적이고 체험적인 여행이자, 직접적인 경험의 소산물을 얻고자 한 의도된 여행이었고, 평소의 소신대로 바울 서신에 대한 거침없는 비판도 잊지 않고 있었다.

이 여행은 네 사람의 동반자가 있었다. 그러나 여행기간 중에는 각자의 필요에 따라 서로가 구속 받지 않고 개별적인 행동으로 여행의 목적을 충족하고 있음을 보았다. 참으로, 새로운 형태의 여행문화를 창출했구나 하는 생각도 든다. 앞으로, 있을 국내외를 막론하고 사용해 볼만한 가치 있는 기획 상품이지 싶다.

3)

『산책』은 90일간의 여행을 위해 180일간의 준비기간을 거친 여행이었다.

첫째는, 기획부터 출발해서 귀국할 때까지 잘 짜여진 시간사용계획을 가지고 예정된 목적여행을 하였다는 것이다. 그리고 아주 치밀하게 후보계획까지 마련되어 있었다. 예컨대, ① 경비절감을 위해 유스호텔의 회원증을 발급받아 유스호텔 숙박에 대비하고 ② 국제운전면허증을 발급받아 현지에서 렌터카를 위한 준비도 해두었다. ③ 그리고 예고 없는 사고와 재난에 대비하여 3개월짜리 여행자보험도 들었다. ④ 각 개인마다 미숫가루 1kg씩 준비하여 비상대책에도 만전을 기하였다. ⑤ 네 사람이 움직이는 공동여행이라 금전출납담당자도 지정하여 경비절감에 노력했다. ⑥ 그리고 앞으로 있을 다른 여행자들을 위해서 '우리들의 기본준비물'이라는 목록도 만들어 기본정보를 제공해주는 배려의 토씨도 잊지 않고 있었다.

둘째는, 고대문화로부터 현재의 생활모습 속으로 파고들어가 조명해보고 있었다는 점이다.

셋째는, 실질적인 체험을 통해 얻은 정보를, 독자들에게 동영상을 보여주듯이 간결한 필치로 전해주고 있다.

넷째는, 이 책의 키워드를 사전에 알려주고 있다는 것이 또한 큰 장점이다.

다섯째는, 부록 속의 정보다. 정말로 여행수필집이다. 아주 잘 정리해 놓았다. 이 부록 하나만 다 읽어봐도 지중해 여행을 했다고 해도 과언이 아니다. 방문 도시의 명칭과 교통수단, 그리고 다닌 곳과 전체적인 인상을 상세히 안내해두었다. 그리고 유용한 정보 편에서는 각국의 문화유산까지 담고 있어 여행정보로서는 금상첨화(錦上添花) 격이다.

4)

책의 기본 정보는 4부 서른여섯 꼭지에 부록 45쪽을 포함해서 총 291쪽이다. 2010년 6월 18일 신세림출판사에서 초판을 발행했다.

5)

여행의 계획단계에서부터 실행에 옮기기까지의 전 과정을 소상히 소개하면서 외국에 나가 식당을 하고 있는 한국인들에 대한 인상을 얘기해 놓은 것은 깊이 새겨 볼만한 대목이다. 누구나 나가서 한 번씩은 경험하는 일이면서도 솔직히 털어놓고 기록한 사람은 없었다.

그러기에 계획 단계가 얼마나 중요한가를 보여주는 대목이다.

'한국' 자가 붙은 식당, 민박, 여행사 등을 접해 보았지만 한 번도 만족스럽지 못했다. 왜냐하면, 터무니없이 가격이 비싸기 때문이다. 우선은 말이 통하고, 한국 음식 맛을 볼 수 있고, 여행정보를 제공 받을 수 있고, 동포에게 다소라도 경제적 도움이 되는 등 좋은 점도 있지만 보다시피 1인당 15유로면 2인1실 호텔방에서 잘 수 있는데 그 배로 주어야 하니까 말이다(1-2 일주일 전 호텔 예약하기 에서)."

그리고 리비아의 입국문제만 해도 그러하다. 우리들이 갖고 있는 일반적인 상식으로는 대사관에 가서 절차만 밟으면 그만이라고 생각했는데 그렇지가 않아 상당히 까다로웠다고 털어놓는다. 그러나 끈기 있게 출국절차를 밟고 있다. 우리도 이를 알아둘만한 정보다. 또한 사전 계획이 얼마나 중요한지를 또 한 번 일깨워 주고 있다.

"주한 리비아 대사관에 전화를 해도 잘 받지 않는 경우가 있으며, 비자를 받으려면 여권과 초청장, 그리고 수수료 5만원을 준비해 가지고 오란다. 여행사를 통해서 비자를 받으려면, 초청장, 출장명령서, 여권사증 란에 아랍어로 기재된 스템프 등이 필요하다고 말한다. 도대체, 비자를 받기 위한 절차와 준비물이 공식화 되지 않은 듯 어수선한 느낌이다.(1-3 리비아 입국을 위한 1단계 준비에서)"

한편으로는, 우정에 대한 고마움도 잊지 않고 있다. 참으로 좋은 친구들을 두었구나 생각하니 부럽기도 하다. 저자의 자책을 들어보자. 나도 깊이 반성을 해본다.

"나는 친구들에게 이웃들에게 무엇을 해주었던가? 그리고 앞으로 무엇을 해줄 수 있는가? 글을 쓴답시고 정신없이 살긴 했지만 정작 가까운 친구와 이웃들을 위해서 나는 나의 시간과 나의 돈을, 그리고 나의 진정을 얼마나 썼던가? 여행 직전에 나에게 보여주는 친구들의 우정이 새삼 나를 감동시킨다.(1-4 새삼 나를 감동시키는 우정에서)"

저자는 문화유산을 그저 바라보고 감탄만을 하는 것이 아니라 분명한 기준을 가지고 역사적인 고찰과 문화유산을 진지하게 분석하고 있었다.

"문화유적은 주로 현장이나 박물관이나 관련 기록 속에서 확인할 수 있고, 자연은 지리적 조건과 기상 및 생태환경을 통해서이고, 사람은 사고방식과 행동양식을 포함한 가치관과 실생활을 통해서이고, 문명은 사회적 기반시설과 그 체계를 통해서 나름대로 느끼고 판단할 수 있다고 본다.(2-1 이집트 여행에 대한 단상에서)"

어느 나라를 막론하고 화장실 문화를 보면 키를 사용하고 있는 것이 거의 비슷한 것 같다. 발상도 그러하고 사용하고 있는 모습이 퍽 재미있다.

"나는 또 걷고 걸어 다닐 것을 생각하니 미리 화장실에 가서 소변이라도 보아야겠다는 생각이 들어 무작정 화장실로 갔다. 아무리 문을 열려고 해도 문이 열리지 않는다. 그때 종업원이 내게 다가와서 말한다. 영수증에 찍혀 나온 화장실 코드번호를 입력해야 한다고, 그래서 나는 햄버거와 콜라를 사고 받은 영수증을 펴보니 밑에 WC-code *1988#이라고 찍혀 있질 않은가.(3-4그리스 아테네에서 생긴 일중에서)"

모세가 오른 '시나이' 산을 저자는 오르고 있다. 대단한 추위인 모양이다. 오르는 산로도 만만치가 않은 것 같다. 시간도 쾌나 많이 소요되어서 올랐다.

"도대체, 지금이 몇 시인가? 새벽 4시도 채 안 되었다. 그렇다면 앞으로 몇 시간을 이 답답한 천막 안에서 기다려야 하는가? 게다가, 밖으로 나가 서있을 수도 없질 않은가? 찬바람이 너무 세게 불 뿐 아니라 어두워서 아무것도 보이지 않기 때문이다. - 중략 - 나는 저들을 바라보면서 절대로 졸지 않고 추워서 움츠러들지도 않으리라, 생각하면서 제법 초롱초롱한 눈망울로 버티어 내고 있다. -중략- 그러나 세 시간이 왜 이렇게 긴지 알 수가 없었다. 나는 끝내는 침낭을 뒤집어쓴 채 앉아 깜빡깜빡 졸면서 등으로부터 온몸으로 전진해 오는 한기를 느끼며 앉아있어야만 했다.(4-1 시나이 산에 오르던 날에서)"

6)

그렇다. 여행은 즐겁기도 하고 괴롭기도 하다. 그리고 여행을 가는 것이 중요한 것이 아니고 가기 전의 준비와 갔다가 와서 끝마무리를 어떻게 하느냐가 더 중요하다. 또한, 가서, 뭘 봤느냐가 중요한 것이 아니고 뭘 느끼고 뭘 전해주고 있느냐가 더 중요하다. 말장난이 아닌 역사인식의 관점에서나 문화인식의 느낌에서 볼 때 우리에게 던져 주는 화두에 분명한 메시지가 있어야 한다는 것이다.

이러한 맥락에서 볼 때, '이시환의 지중해 연안국 여행기'『산책』은 분명 이를 충족시켜주고 남음이 있다. 그래서 우리는 가만히 앉아서 지중해 연안국을 돌아본 셈이다. 그리고 일반 여느 여행수필집에서 읽을 수 없는 차별화된 문학적 여행수필집이었다고 주저하지 않고 평가하고 싶다.

이시환 시인의 중국 여행기 『여행도 修行이다』를 읽고

정정길(시인)

나그네와 방랑자의 차이가 무엇일까. 나그네는 갈 곳이 있고 방랑자는 갈 곳이 없다. 방랑은 이리저리 발길 닿는 대로 가는 것이다. 물론, 나의 일방적인 판단이다.

그렇다면, 여행은 무엇이냐? 이 역시 목적이 있는 복잡다단한 여행과 단순한 여가 선용의 여행으로 나누며, 시인의 여행은 '여행도 修行이다'다 라는 전제 아래 48일 간 열 다섯 곳의 중국여행을 마치고 들려주는 얘기다. 그래서 '여행을 통해 견문을 넓히는 일도 중요하지만 자신을 들여다보는 자기 수행의 의미가 더 크게 있었다'라고 말한다.

그렇다! 저자는 이미 2008년에 인도, 티베트 등 중국 아르헨티나, 페루, 네팔 등을 돌며 심층 여행에세이집 『시간의 수레를 타고』를 펴내 우리들에게 아주 이질적인 문화를 소개해 주었고, 2010년에는 지중해 연안국을 여행한 여행기 『산책』을 통해서 예수교 관련 이야기들을 아주 산뜻하게 들려 준 바 있다.

그런데 이번엔 '실크로드'다. 동서양의 문물과 문화의 중심지를 소개해주고 있어, 우리들은 안방에서 편안하게 보고 있다.

기록은 가는 곳곳마다 현장상황과 명소들을 우리말과 중국어로 병행하며 알기 쉽게 소개해주고 있는 생생한 여행기다. 내가 여행을 하고 있는 느낌이 든다. 그리고 먹거리인 싸오즈멘 국수를 겉만 보고 시켰는데 역겨움을 느끼기도 했지만 다 먹었다고 한다. 이 역시 초심을 극복한 수행(修行)의 단면이기도 하지만 문화유산에 대한 객관적 설명과 개인적인 충언도 잊지 않고 있다. '옛것을 고수하는 것도 중요하지만 백년 후 천년 후의 사람들을 위해 자랑거리를 내어놓을 만한 새 문화를 창조해야 한다고' 말이다. 또, 여행은 "고행을 통한 수행(修行)"이며 "자신을 시험하는 일"로 간주하고 특별훈련쯤으로 생각하라고 실크로드의 중심지인 시안에서 여행의 진수를 설명해주고 있다. 스마트폰을 잊어버렸는데 찾아준 중국의 젊은 학생들을 보고 중국의 밝은 미래를 보았다는 흐뭇한 일화도 소개해주어 매우 감동적이었다.

고된 산행. 그것도 계속 걸은 10시간. 인내와 고통의 시간이었지만 극기 훈련을 받았다고 여기며 마음을 다스리는 또 하나의 수행으로 받아들이고 있다. 진시왕릉이나, 이집트의 피라미드나 인디아의 타지마할이나 다 부질없는 짓이라고 일축하면서도 이를 통한 외화벌이를 하고 있는데 '우리는 지금 무엇을 해야 할 것인가'를 반문하고 있다. 깊이 생각해 볼 대목이다. 저자가 초두에 백년 후나 천년 후의 사람들을 위해 무슨 유산을 남겨줄 것인지를 과거만 고집하지 말자고 하는 충고와 맥을 같이하고 있다. 그리고 복희묘에서 제과점에 들른 경험담이 나오는데 점주가 계산할 돈을 우리 돈으로 해 주었으면 했다 했는데 한류 덕이다. 오래 가기를 바라고 있다. 지질공원에 있는 호양나무, 살아 천 년, 죽기까지 천 년, 죽어서 썩기까지 천 년, 삼천년을 산다. 사막의 나무다. 깊이 뿌리를 내리고 수분을 빨아올린다. 자연이건 인간이건 간에 환경에 적응하며 살게 마련이다. 생소한 호양나무에 대한 설명과 소개가 퍽 인상적이다. 그리고 '관어대'에서 만난 두 여인과 한 잔 나누고 아쉬운 작별이라. 긴 여정의 끝에서 얻은 하나의 추억이 되리라 믿는다. 내 기준에서 보면 용기 있는 여행이 참으로 부럽다. 책거리? 책을 다 읽었으니 한 잔해야 한다는 저자의 용어다. 마지막 밤이다. 47일 간의 여정을 마친 마지막 밤에 한 잔씩 나눈다. 푸짐하게 시켜놓고 대화를 나누며 술잔을 주고받는다. 그리고 지금까지와는 달리 각방을 쓴다. 여행 최후의 수행이다. 인내심을 시험하는 최후의 밤을 보냈으리라 생각된다.

대개, 여행기 하면 장황한 설명에 군더더기를 붙여 독자들로 하여금 지루하게 해주는데 비해 아주 시사성 있게 현장정서를 느끼게 해주고 있다. 즉 아름다운 정경 묘사가 아닌 역사성에 기초하여 객관적이고 사실적으로 간결하게 입체적으로 소개하면서 필자의 주관적 견해를 밝힌 여행기의 새로운 틀을 제시하고 있다는 생각이 든다.

끝으로, "여행은 자기 자신을 들여다보는 기회이자 변하게 하는 계기가 될 수도 있는 것이다"라고 저자가 한 말이 길게 여운을 남긴다. 곰곰이 생각게 하는 힘이, 아니 의미가 깃들어 있다.

---

*위 글은 정정길 시인께서 2014년 4월 28일 제게 보내온 이메일 내용임.

☞ 팁1: 두 통의 이메일/정세봉, 나석중

궁금증을 증폭시키는 여행기

-이시환 선생께

임의 중국여행기를 흥미진진하게, 진지한 마음으로 읽었습니다.

무슨 의견이나 評을 하기에는 힘에 부치고, 한 마디로 말해, 여러 모로 유익하고, 한 번쯤은 누구나 읽어볼 만한 여행기라고 생각됩니다. 특히, 여행을 크게 못해본 저로서는 첫 부분 '여행의 목적' 혹은 그 '이유'를 읽으며 명료한 깨달음을 얻었고, 상식적으로라도 꼭 알아두어야 할 중국의 역사 문화에 대한 지식과 정보들이 핍진하게 서술되어 있어서 공부가 되었습니다.

그리고 여행 과정에서의 중국적 상황들, 이를테면, 각 버스터미널, 기차역, 차내(車內)의 풍경들이 생생하게 그려져 있어서 흥미를 자아내고, 가금씩 끼워 넣은 이야기들이 읽는 재미를 가미해 주어서 좋았습니다. 예컨대, 스마트폰을 잃어버렸던 이야기, 화염산 자락에서의 위구르족 남자, 돈 1백 위안과 우황청심환 이야기 등등.

그리고 마지막 '책거리'는 소설의 대단원의 막처럼 이채로웠습니다.

그런데 여행 '동행녀'의 모습이 全篇에서 많이 가리워져 있어서 읽는 사람의 입장에서는 뭔가 아쉽고, 궁금증을 자아내는군요. 후훗…

어느덧 또 한 해가 다 가네요. 또 한 살 더 먹는다는 사실이 끔찍합니다.

그럼, 다시 연락하기로.

정세봉(소설가)

별스런 여행기

여러 번 읽고 덮어놓고 하면서 자상한 정보와 재미나게 쓴 여행기 샅샅이 읽었습니다.

중국여행을 계획한 사람이라면 필독할 만한, 세세히 꾸며진 책이라고 생각합니다.

그런데 동행한 그 여자 분은 누구신지?

남녀가 50일 가까이 한 방에서 밤을 보내면서 별 일이 없었다는 것도 마음의 큰 수행입니다. 책을 읽으며 끝까지 그 여인이 궁금하고 신비롭게까지 느껴졌습니다.

언제 쌈밥집에서 제육볶음에 막걸리 한 잔 하고 싶네요.

나석중 (시인)

2부

1. 종교적 에세이집 『신은 말하지 않으나 인간이 말할 뿐이다』를 읽고/**이춘희**

2. '성경과 꾸란에 대한 오해와 진실' 『신은 말하지 않으나 인간이 말할 뿐이다』를 읽고/**최봉호**

3. 『신은 말하지 않으나 인간이 말할 뿐이다』를 읽고/**정세봉**

4. 종교적 에세이집 『신은 말하지 않으나 인간이 말할 뿐이다』를 읽고/**구본순**

5. 『예수교의 실상과 허상』을 읽고 쓴 첫 번째 편지: 이시환 선생님께!/**김두성**

6. 『예수교의 실상과 허상』을 읽고 쓴 첫 번째 편지에 이어쓰기한 두 번째 편지 : 제목 없음/**김두성**

7. 『예수교의 실상과 허상』을 읽고 쓴 세 번째 편지 :

성경에 갇혀 있는 분들은 성경에 의해서 풀려나려고 합니다!/**김두성**

8. 『예수교의 실상과 허상』을 인터넷으로 읽으며 남긴 60건의 댓글/**cjsgus**(닉네임)

9. 『신은 말하지 않으나 인간이 말할 뿐이다』를 펴낸 저자와의 대담· Ⅰ/**정세봉**

10. 『신은 말하지 않으나 인간이 말할 뿐이다』를 펴낸 저자와의 대담· Ⅱ/**세인**

☞ 팁2 원로 여행작가 이경희 님의 이메일

☞ 팁3 우려(憂慮) 속에서 집필된 나의 '경전읽기'

1

종교적 에세이집 『신은 말하지 않으나 인간이 말할 뿐이다』를 읽고

이춘희(동덕여대 유아교육학과 교수)

저자의 용기에 대해 먼저 경의를 표하고 싶다.

같은 종교관을 가진 사람들의 모임 외에 종교에 대해 심도 있는 대화를 피하는 경향이 현실인데, 저자는 온 국민을 대상으로 자신의 의견을, 그것도 '신은 인간이 창조한 진지한 픽션'이라고 당당하게 논증을 펴고 있다. 필요에 따라 불교의 경전과 이슬람교의 코란까지 기독교 성경과 내용을 비교해가며 자신의 논리를 펴는 저자의 정밀성과 논리 정연함에 박수를 보낸다.

자신의 논증을 입증하기 위하여 얼마나 많은 시간과 열정을 성경탐구에 쏟았을까? 오랫동안 교회를 다닌 나는 과연 성경을 얼마나 알고 있는지, 내 자신이 믿는다는 하나님이란 존재에 대해 바르게 알려고 그동안 얼마나 노력하면서 교회를 다녔는지, 또, 하나님을 믿는 내가 얼마나 하나님 말씀대로 살려고 노력했는지, 이 책을 읽으면서, 저자의 신의 존재에 대한 인식 내용에 대한 찬반에 앞서, 나는 자신의 종교관을 당당히 밝히는 저자의 용기에 박수를 보내면서 내 자신에게 질문을 던지지 않을 수 없다.

베스트셀러이면서 스테디셀러인 '성경'을 비성경적 관점에서 보는, 즉 인간이 신을 창조했다는 주장을 성경의 내용을 근거로 제시하며 해석한 책이 있다고 한다면, 믿는 자는 우선 '불경스럽다'는 생각부터 가질 수 있을 것이다. 그러나 『신은 말하지 않으나 인간이 말할 뿐이다』라는 문제의 이 책은, 읽는 내내 반감을 불러일으키기보다는 솔직히 신선한 충격 그 자체였다고 말하고 싶다. 그 이유인 즉 그만큼 저자의 성경에 대한 진지함과 이성적인 사고가 잘 드러난 결과라 할 수 있기 때문이다. 저자의 관점에서 성경을 해석해 봄으로써 성경을 또 다른 시각으로 바라보게 되는데 저자의 논리에 대한 수긍여부는 독자의 개개인의 몫이라 생각하고, 신자이든 비신자이든 다음과 같은 네 가지 이유에서 '신선한 충격'에 참여할 기회를 한 번쯤 갖도록 읽어 보라고 권하고 싶다.

첫째, 이 책은 믿는 자든 믿지 않는 자든 성경의 요지와 전체적인 내용 핵심을 전달하는 기능적인 면에서 성경의 내용을 아는데 크게 도움이 되리라 생각된다.

기독교의 본질이자 핵심이라 할 수 있는 심판 · 부활 · 승천 · 영생 · 천국 · 지옥 등과 같은 키워드를 비롯하여 예수의 정체성 및 예수의 가르침이 오늘날 우리에게 어떤 의미로 해석되는지, 더 나아가 요한 계시록까지, 저자는 성경의 핵심을 성경말씀을 근거로 제시했기 때문에 믿는 자들에게는 성경에 대해 더 깊이 있는 만남의 시간이 될 것이며, 믿지 않는 자에게는 성경의 핵심을 쉽게 이해할 수 있는 계기가 되리라 본다.

둘째, 이 책이 믿는 자에게 '이단 서적'이라 하여 읽을 만한 가치나 의미가 없다고 폄하한다든지, 믿음이 약한 자에게는 성경에 대한 혼란을 야기 시키는 것은 아닌지 우려하여 마음의 문을 닫는다든지, 아니면 불신자에게는 전도의 문을 닫게 하지는 않을까 우려하는 사람도 없지는 않을 것이다. 그러나 나는 오히려 이 책을 통해서 자신의 믿음을 되돌아보고, 성경에 대한 무지(無知)를 반성해 보며, 자신의 믿음을 재건축할 수 있는 계기가 될 수도 있다고 본다.

이제까지 습관적인 믿음을 가졌다면 이 책을 통하여 자신의 믿음에 대해, 신의 존재가 나의 삶과 어떤 상관성이 있는지에 대해 다시 한 번 성찰해보는 확실한 계기가 될 줄로 믿어 의심치 않는다. 신의 존재 여부에 대한 판단은 각자의 믿음의 깊이와 판단력에 따라 읽은 독자의 몫이 되리라 본다.

셋째, 이 책은 목사님이나 신학자들에게 숙제를 남겼다고 볼 수 있다. 저자의 성경에 대한 오해 또는 진실이 인간의 이성적인 논리만으로는 해결될 수 없다는 식의 논리로, 또는 한낱 개인의 비신앙적 반기이며 외침으로 간과되지 않기를 바란다. 저자의 이성적 논리가 믿지 않는 다수의 대변일 수도 있으며, 성경책을 들고 교회 문턱을 드나드는 사람 중에도 풀리지 않는 숙제일 수 있지 않겠는가. 그런 점에서 본다면, 이 책은 숙제에 대한 문제점을 구체적으로 확실하게 제시했다는 면에서도 그 의미를 찾아볼 수 있다. 따라서 현대인들에게 성경에 대해 이해하기 쉽고 납득시킬 수 있는 접근 방식의 새로운 모색이 필요하다고 본다.

마지막으로, 과연 저자는 이 책이 독자에게 영향을 줄 수 있다고 생각할까? 아마도, 이 글을 쓸 때는 독자까지 염두에 두고 쓰지는 않았을 것이다. 그러나 저자가 책으로 펴냈을 때는 자신의 논증이 독자에게 영향을 미치어 평가를 받고 싶었을 것이라 생각된다.

그 평가가 어떻게 주어질지, 오랜 시간이 지난 후 평가에 변화가 있을지, 나 역시 사뭇 궁금해진다. 그러나 분명히 한 개인의 이성적인 사유로 인하여 방대한 성경의 핵심을 이렇게 구체적으로 세심하게, 그리고 역(逆)으로도 생각해 볼 수 있는 계기를 갖게 해준 저자의 참신하고 진지한 성찰에 감사한 마음을 전하고 싶다.

책을 덮으면서 '신이 있다면 얼마나 좋겠는가. 신이 없으니 경전을 들고 교회에 나가자고 역설적으로 말하고 싶다'는 저자의 말 속내엔 따뜻한 세상을 염원하는 마음이 가득히 내 가슴에 전해져 온다.

‘성경과 꾸란에 대한 오해와 진실’

『신은 말하지 않으나 인간이 말할 뿐이다』를 읽고

최봉호(캐나다 토론토에서 활동하는 시인)

인류역사상 예수교 경전인 성경만큼 영원한 스테디셀러는 없을 것이다. 그만큼 많은 사람들이 읽어왔고, 계속 읽히고 있다는 증거이리라. 이러한 현상은 지구가 멸망하지 않는 한 지속될 것이란 전망이다.

그래서 궁금한 것은, 사람들은 왜 그렇게 성경을 많이 읽고 있는 것일까? 또, ‘성경을 어떻게 읽고, 어떻게 이해하고, 어떻게 실천하고 있을까?’ 라는 점이다. 아울러, ‘성경의 내용에 대한 일말의 의문은 없었는지?’ 궁금하지 않을 수가 없다. 만일, 그런 점이 일절 없었다면, 성경을 통시적(通視的)으로 읽지 않았거나 맹신자(盲信者)일 가능성이 높을 것이란 생각도 든다. 이 같은 문제와 관련, 중견시인이자 문학평론가인 이시환 선생이 펴낸『신은 말하지 않으나 인간이 말할 뿐이다』라는 종교적 에세이집이 심독자(心讀者)들에게서 파문을 일으키고 있다는 사실은 시사하는 바가 매우 크다.

평소에 성경과 불경(佛經)을 가까이하고 있다는 저자는 이번 에세이집을 통해 "신이 인간을 창조한 것이 아니라 인간이 신을 창조했다"고 당당하게 주장하면서"이것이 진실인지 오해인지는 본인[著者]의 책을 읽고 판단하기를 바란다"고 자신 있게 권장하고 있다.

성경 안에는 직간접적으로 '하나님께서 말씀하셨다'는 주장(?)이 수두룩한데, 성경을 통시해 읽어보면 "신이 말씀하신 게 아니라 신을 간절히 원하고 꿈꾸는 자들 가운데 문장력이 있는 특정의 사람들 말이라는 사실을 다름 아닌 경전 내에서 확인할 수 있다"는 것이다. 이렇게 저자는 종교계에서 금기시하고 있는 성경에 대한 의문을 성경과 불경과 꾸란[코란]의 내용을 치밀하게 비교 · 분석하여 놀라운 논증을 제시하고 있다.

첫째, 성경의 핵심인 믿음의 실천여부와 심판 · 부활 · 승천 · 영생 · 천국 · 지옥 등으로 사람을 묶어두고 있는 이들 키워드가 각각 어떻게 이루어지는가? 특히, 영(靈)이나 영적 존재에 대해서도 구체적인 해명이 있어야 하는데 성경 안에는 없다고 지적하고 있다.

둘째, 성경 66권(창세기로부터 요한 계시록까지) 안에서 주장하는 내용 중에 상충(相衝)하는 모순이 적지 않다는 것이다. 예를 들면, '죽은 몸이 다시 산다고 강조해 놓고 몸이 아니라 영(靈)'이라고 한다든지, '천국에 가는 사람들은 예수처럼 승천(昇天)한다고 말해놓고 새 땅 새 하늘로(계시록)로 빗대어지고 있는 새로운 예루살렘 성을 만들어 가지고 지상으로 내려온다'는 등의 내용들이 성경 안에는 의외로 많다고 지적하고 있다.

셋째, 의문에 대한 해명(解明)이 불가(不可)하다는 것이다. '예수교의 근본이 심판결과에 따라 천국과 지옥으로 보내서 영생(永生)이나 영벌(永罰)을 받는데, 그 천국과 지옥은 어디에, 어떤 규모로, 어떤 상태로 있는지?' 구체적인 설명이 없을 뿐만 아니라 오늘날 경전 연구자나 믿음을 가진 자들도 해명 불가라는 사실을 지적한다.

넷째, 하나님께서 인간에게 요구하는 것이 세월이 흐르면서 점진적인 내용의 변화를 거듭하고 있다는 지적이다. 예를 들면, '구약시기의 할례(割禮)는 하나님의 백성임을 증명하는 육체적인 표식으로서 하나님과 백성들 간의 약속이었는데, 사도 바울에 와서는 '마음의 할례'를 강조한다는 것이다. 또한, 농작물에 피해를 끼치는 '황충'이란 단어도 처음에는 해충으로서의 단순한 의미밖에 없었는데 '갑자기 하나님이 부리는 천군(天君)'으로 변하고, 하늘과 음부라는 단어도 '천국과 지옥'으로 각각 변했다'는 지적이다. 즉 교리를 설명하는 특정 개념의 뜻이 점진적으로 확대 심화 내지 변질되어 왔다는 것이다.

이와 같이 의문투성이의 성경이나 종교의 정체는 과연 무엇일까? 이런 질문에 저자는 "종교라는 것도 넓게 보면 인간이 만들어가는 질서 가운데 하나일 뿐"이라며 "인간 스스로가 만들어 낸 신에게 인간 스스로가 종속되면서 신은 인간에게 무리한 요구를 하게 되었다"고 말한다. 이런 연유로 인해 "인간은 인간존재에 대한 그릇된 인식을 갖게 되었다"는 지적이다. 이런 "속박으로부터 자유롭게 싶고, 자유로운 만큼 책임을 스스로 지고 싶을 따름"이라는 저자의 고백은 그래서 강한 설득력을 가지게 된다는 생각이 든다.

7장 57개 항목으로 368페이지 분량의 이 에세이집은 표제로 인해 자칫 신을 부정하고 있는 것처럼 불경스럽다는 오해를 받기가 쉽다. 그러나 성경 안에서 용어들이 어떻게 사용되고 있는지에 대한 이성적인 사고로서의 규명은 반드시 짚고 넘어갈 과제라고 생각한다. 그러나 아직까지는 그런 작업이 없었던 것 같다. 이 같은 현실에서 저자의 이번 작업이 매우 용기 있는 결단이라는 반응이다.

이 에세이집의 표제만 읽고 혹자는 '사단의 사주를 받았다'며 '이단서적'으로 치부해버릴지도 모른다. 그러나 이 에세이는 그런 사람들이 꼭 탐독해볼 필요가 있다는 역설적인 매력을 지니고 있다. 특히, 맹신자의 입장에서 전도에 힘쓰고 있는 사람들을 비롯해 목회자, 신학자들에게 필독서로 여겨진다. 그리하여 예수의 정체성 및 가르침을 오늘날 어떤 의미로 설파해야하는지를 터득하게 될 수 있기를 기대하게 만드는 책임에 틀림없다.

3

『신은 말하지 않으나 인간이 말할 뿐이다』를 읽고

정세봉(연변소설가학회장)

이시환 님께

11월, 계절에 들어서자마자 이곳에도 엄청 큰 눈[初雪]이 쏟아져서 나무들이 눈더미를 들쓰고서 무게를 이기지 못하고 가지들이 부러지고…

'계절의 문턱'에서 건강 조심, 지혜롭게 넘기시기 바라오이다.

님의 大著『신은 말하지 않으나 인간이 말할 뿐이다』를 읽고, 함부로 왈부왈가할 사항이 아닌 줄 알고 있기에, 7~8년 전에 밑줄을 그으면서 읽었던 영국의 최고의 설교가라는 로이드 존스 박사의『산상 설교집』상 · 하권을 선택적으로 다시 한 번 훑어보았습니다.

1.『신은 말하지 않으나 인간이 말할 뿐이다』명실공히, 대작(大作)임.

2. 로이드 존스의『산상 설교집』에서 '대작'에서 피력이 된 여러 관점들을 '논박(論搏)' 할만한(논박이 될 만한) 논거들을 찾아보려했으나 찾

지 못했음.(찾지 못한 것이 아니라 없더이다.) 실례로 '義'라는 테마에 대한 분석을 보니까 역시, '하나님께 충성하는 것'이 義라는, 그 한계를 벗어 못난, '거기서 거기'임을 확인하였음.

3. 어릴 적부터 읽었던 수많은 명작들 중에 종교(주로 카톨릭, 기독교) 관련, 모티브로 쓰여진 소설들 중에, 다수가 종교의 허위성과 위선성을 폭로 내지는 타매한 작품들이 많다는 점.

이를테면,

ㄱ) 영국의 여류작가 이. 엘. 보이뉘치의 장편소설 「쇠파리」, 몽타넬리 주교- 사생아와의 갈등이 주선으로 된….

ㄴ) 인간적 예수를 그린 주제 사라마구의 「예수의 제2복음」….

ㄷ) 콜롬비아의 가르시아 마르케스의 「사랑 또 다른 악마들」 스페인 식민주의 세력과 함께 콜롬비아 땅에 들어갔던 스페인 카톨릭의 사람을 잡아먹는 '종교의 본질'을 무서운 분노로 고발을 한 소설….

총적으로 종교, 성경이란, 인간의 머리에서 창조된 '픽션'인 것이고, 우주와 인간의 삶에 대한 큰 '메타포'일 수밖에 없다는 생각이 드는군요.

'큰일'을 하셨습니다.

정 세 봉

---

*이 글은 2009년 11월 05일 정세봉 소설가(연변소설가학회 회장) 로부터 받은 이메일 내용임.

종교적 에세이집
『신은 말하지 않으나 인간이 말할 뿐이다』를 읽고

구본순(소설가)

책은 무엇보다 읽기에 재미가 있고 새로운 지식을 주어야 계속 읽고 싶은 생각이 든다. 나는 이시환 선생의『신은 말하지 않으나 인간이 말할 뿐이다』를 읽기 시작하여 성경 속에서 내가 아직 모르고 있던 사실이 너무 많이 기술되어 있어 호기심으로 이 책을 며칠간에 걸쳐 다 읽었다.

세계에는 많은 종교가 있으며, 그 종교에는 각자의 경전이 있다. 그중에는 3대 종교라 할 수 있는 기독교, 이슬람교와 불교가 있으며 기독교와 이슬람교는 그 경전에 유사한 점이 있으나 불교는 판이하게 다르다고 한다.

역사상 기독교를 신봉하는 민족이 인류의 문명과 과학을 발달하게 하는데 주도적 역할을 해왔으며 자유, 평등, 박애의 사상이 기독교의 성서에서 유래되었으며, 오늘날의 자유 민주주의의 기초가 되었다고들 한다.

이 책의 저자는 기독교의 성경을 아주 상세하게 해석하고, 여러 가지 의문되는 것과 모순이 되거나 상충되는 내용을 합리적으로 지적하고 있다.

나는 천주고 신자로서 성경 교육을 받았으며, 성경을 항상 가까이 두고 읽고 있다. 그리고 기독교 서적은 한국 서적뿐만 아니라 외국 서적도 적지 않게 읽고 있다. 특히, 일본사람이 쓴 기독교 서적 중에는 성경을 아주 다른 각도에서 연구한 글도 있었다. 그런데 이시환 문학평론가가의 이 책은, 읽노라니 마치 성경을 수술대 위에 올려놓고 해부한 것 같은 느낌을 주는 아주 특이한 책이다.

신학이란 기독교의 교리와 신앙을 이론적으로 연구하는 학문이다. 과학이란 어떤 영역의 대상을 객관적인 방법으로 계통적으로 연구하는 학문이라고 한다. 이 책은 결론적으로 말해서, 성서를 과학적인 방법으로 한 구절 한 구절을 합리적으로 분석하고 연구한 논문이라고 말할 수도 있다.

우리나라 기독교신자의 수가 신 · 구교 합해서 1300만 명이 넘는다고 한다. 그중에는 성경을 외울 정도로 많이 읽고 공부하는 사람이 많다고 한다. 참으로 좋은 현상이라고 생각한다. 이 성경은 한 사람이 쓴 글이 아니고 여러 사람이 쓴 글이므로 그 내용에는 서로 상치되는 부분이 더러 있을 수 있다. 그러나 이 성경을 쓴 사람들은 하느님의 영감과 계시를 받고 쓴 글로서 그 속에는 오류나 틀린 것은 있을 수 없다고 말하고 있다. 많은 신학자, 성직자, 성서연구가들이 쓴 책들은 대부분 깊은 신앙심으로 성경의 내용을 해석하고 또 기적들을 기술하고 찬양하고 있다.

이 책의 저자는 독실한 기독교 집안에 태어나서 어머님으로부터 깊은 신앙심의 훈도를 받아서 성경을 깊이 정독하고 연구한 지식인이다.

신약성경 27권은 일반적으로 복음서, 사도언행전, 서간집, 계시록 등 4개 부분으로 분류하고 있다. 그런데 저자는 성경을 기독교의 키워드라고 할 수 있는 심판, 부활, 승천, 영생, 천국, 지옥 등으로 구분하고, 예수의 정체성과 가르침, 천국과 지옥 그리고 계시록으로 분류하여 하나하나 해석하고 서로 상치되는 것을 지적하였으며, 독자들에게 이해하기 쉽게 설명하고 있다. 성경내용에는 중복되고 읽기 지루한 부분이 많다. 그러나 많은 신자들은 이 성경을 하느님의 말씀으로 생각하고 불가사의한 것을 하느님의 계시로 무조건 받아들이고 읽고 있다. 그래서 기독교 원리주의(fundamentalism)가 나왔으며, 우리나라에도 광신자들이 많이 있다. 기독교 원리를 지키려면 예수님의 계율을 지켜야 한다. 그런데 그 계율에는 실천하기 어려운 것이 너무나 많다. 이 책의 저자는 성서에 있는 계율을 36가지로 요약하여 설명하고 독자에게 그 중 몇 가지를 지킬 수 있는지 묻고 있다. 이것은 참으로 저자만이 쓸 수 있는 재미있는 해학(諧謔)이다.

성경에서 가장 해석하기 어려운 부분이 '요한계시록'이라고 한다. 이것은 성경 중에서 오직 하나밖에 없는 예언서로서 천재지변(天災地變), 인류의 멸망, 그리고 최후의 심판 등을 예언한 글이다. 이 계시록은 그저 읽어서는 이해할 수 없는 내용이며, 권위자의 해석과 설명을 읽거나 듣고 깊은 신앙심으로 자기 나름대로 해석할 수밖에 없는 내용이다.

그런데 저자는 이 내용을 하나하나 분석하여 그 속에 나오는 인물과 수치 그리고 이상한 동물 등에 대하여 상세히 해석하고 비유해서 설명하고 있다. 참으로, 기독교에 대한 방대한 지식과 당시의 역사에 대한 해박(該博)한 지식 없이는 설명할 수 없는 내용이다.

이 책에서 저자는 기독교와 이슬람교, 불교를 비교하여 독자에게 참으로 유익하고 흥미로운 지식을 제공해주고 있다. 천국과 지옥, 그리고 부활에 대하여 성경과 코란의 차이점을 정확하게 지적하여 재미있게 설명하고 있다.

오늘날 서방세계는 이슬람의 원리주의자의 테러행위로 아주 곤란을 받고 있으며, 세계평화에 큰 위협이 되고 있다. 저자는 그 원인이 이슬람교의 경전 코란에 있다는 것을 그 코란의 관련 구절들을 인용하여 설명하고 있다. 신문이나 여러 간행물에서 이것을 암시하는 글은 있었으나 이렇게 대담하게 지적한 글은 처음이었다.

유태인과 아랍인은 같은 아브라함의 후손으로서 같은 하느님을 믿으면서 서로 철천지원수(徹天之怨讐)가 되어있는 이유를 이슬람교의 코란에 있다는 것을 지적하고 상세히 설명하고 있다.

저자는 자기 자신의 신앙고백으로서 "신이 있다면 얼마나 좋겠는가"라는 글을 써서 하느님을 부정하는 인상을 주는 글도 있다. 그러나 상세히 읽어보면 저자는 성경에 나와 있는 이상적인 하느님을 간절히 열망하고 있다는 것을 알 수 있다. 또한 저자는 이 책을 통하여 예수교가 타종교에 비하여 더 좋은 종교라는 것을 암시하고 있기도 하다. 따라서 이 책은 성경연구의 좋은 교재로 생각되며, 성직자들뿐만 아니라 일반 독자들이 세계의 각종 종교를 이해하는데 좋은 책이라고 생각된다.

『예수교의 실상과 허상』을 읽고 쓴 첫 번째 편지

김두성(종교인)

이시환 선생님께!

지나가는 바람을 잡듯 '한얼온궁'을 스쳐 가시는 이시환 선생님을 붙잡고 '한과 얼'에 대해서 말씀드린 인연이 '삶의 동반자'가 된 것 같습니다.

저는 시골 중학교밖에 나오지 못했습니다. 경북 청도군 금천면 금천중학교 10회 졸업생입니다. 그러다보니 '문학'이란 뜻도 잘 모르고, '문학평론'이란 의미는 더더욱 모르는 사람입니다. 그러나 '얼빛'으로 글을 읽고 느끼는 것은 '얼'이 있기 때문인데, 그 얼빛으로 느낀 점을 말씀드리오니 참고하시기 바랍니다. 항간에 '모르는 사람이 용감하다'는 말이 있습니다만, 모르기 때문에 아는 분의 실력이 어느 정도인지, 아는 분의 능력이 어떤 것인지, 정말 모르기 때문에 용감하게 문학평론가의 글을 읽고 한 말씀 올리는 것입니다.

동방문학은 빛입니다. 동방문학은 뜨는 별입니다. 그러나 서방문학은 지는 별입니다. 서방문학은 찬란한 로마문명과 더불어서 물질문명으로 발전해 왔으나 지금은 한낮 역사적 얘기로 남아 있습니다. 그 이유는 수천 년 전 과거 인류의 인지(人智)가 깨어나지 못한 때였기 때문에 그 시대 그 지역의 문화 역시 깨어나지 않은 때에 형성되었기 때문입니다. 21세기를 맞이한 이 시대에는 한낮 전설과 같은 이야기로밖에 전해지는 것이라 사료됩니다.

이제 21세기 이후 문명과 문화는, 해가 뜨니 그 이전에 어둡던, 모든 문명과 문화는 저절로 전설이나 가설로 취급받을 수밖에 없습니다. 그래서 예수님은 말씀하셨는지도 모릅니다. '메시아가 다시 오신다'고. 굳이, 이 말을 하신 것은, 처음에 오신 자신(예수)의 뜻으로는 인류 구원이 불가능하기 때문에 다시 오신다고 말한 것이 아닐까 싶습니다만, 그 때에 오시는 주님은 초림 예수님이 아닌 '한 시대의 사명자'가 될 것이라고 저는 믿습니다.

인류구원을 위해서 다시 오신다는 주님은 성씨가 무엇이든, 어느 나라 사람이든, 무슨 말을 하는 사람이든 상관없습니다. 목적은 오로지 '인류 구원법'을 들고 인간 세상에 오시는 분이기 때문입니다. 이 같은 사실을 예수는 이미 2,000년 전에 알고 계셨던 것 같습니다. 2,000년 전 인지가 깨어나지 못한 때의 말과 글들은 깨어나지 못한 시대에 무조건 믿고 따르던 것이었기 때문에 밝은 해가 뜬 이 시대에서는 한낮 골동품으로 박물관 안에나 두고 볼 전시품에 지나지 않습니다. 어두운 시대의 긴긴 밤에 있었던 말과 글들은, 물론 그 당시에는 아름답고 희망을 주는 것이었지만, 해가 뜨고 나니 그 모든 것들이 얼마나 어두웠던 것이었는가가 속속들이 드러나 보이고 있습니다. 마치, 시냇물이 흘러 강이 되고, 강물이 수천 년을 흐르고 흘러 지금의 바다가 된 것과 같습니다. 비로소 바다에 도달하니 강물의

서신 원문의 일부 이미지

이시환 선생님께 !

지나가는 바람을 잡듯 한편의 글을 스쳐 가시는
이시환 선생님을 접한 "한과 얼"에 대해서 맺은
드린 인연이 "삶의 동반자"가 된것 같습니다.
저는 학교를 시골 중학교 밖에 나오지 않았습니다.
경북 청도군 금천면 금천중학교 10회 졸업생 입니다.
그러다 보니 문학이란 뜻도 잘 모르고
더우기 "문학 평론"이란 뜻은 더더욱 모르는 사람
입니다.
그러나 얼빛으로 글을 읽고 느끼는 것은 얼이 있기 때
문에 얼빛으로 느낀 점을 한말씀 드려 보니 참고하
시기 바랍니다.
모르는사람이 용감 하다는 말이 있습니다
모르기 때문에 아는분의 실력이 어 느 정도인지
아는분의 능력이 어떤 것인지
모르기 때문에 용감 하게 문학평론가
이 글을 보고 한 말씀을 올리는것 입니다.
동방문학은 빛입니다.
동방문학은 뜨는 별입니다.
그러나 서방문학은 지는 별입니다.
서방문학은 찬란한 로마문명과 더불어 물질문명

17

그 증명자가 이시환 문학 평론가 이십니다.
한 분 말씀이 수많은 목사님과 신부님과 신자들이 허구에 대한 설명을 못하며 명쾌한 대답을 못하십니까?
진실 앞에는 허구(거짓)는 당당하지 못하며
떳떳하지 못하고
이길 수 없는 것입니다

진실은 빛이며 힘이며 길입니다.
허구는 어둠이며 무력이며 비도입니다.
이제 성경의 역할은 2,000년간 진실로 믿어 왔지만
21세기에는 "진실과 허구"가 다 드러나므로 그 역할을
다 한 것입니다.
그 이유가 예수님께서 예언하신 초림주시대는 가고
재림주의 시대가 온다는 것은 초림주시대의 힘으로
더 나갈 수 없기 때문에 재림주시대가 열리지 않으면
되기 때문입니다.
그 이와 같은 현상이 하나님의 뜻이며 예수님께서 예언
하신 재림주님이 오시지 않으면 안되는 시기가 왔음
을 증명하신 것입니다.

감사합니다

단기 4343
서기 2010 년 10월 17일 강두성 올림

역사, 강물의 성분, 강물의 물량, 강물의 과정 등이 이미 아무런 의미가 없어져 버린 것과 같다는 뜻입니다.

이제 우리는 '바다법'에 맞추어 살아가야 합니다. '강(江)의 법'을 가진 모든 종교도 심판을 받게 되어 있습니다. '강의 법'이란 구시대의 것으로서 바다에 비해서 너무나 탁하고, 어둡고, 비좁기 때문입니다. 마지막 심판은 있습니다. 물론, 이 말은 비유법입니다. 강물이 바다에 들어올 때에는 무엇으로 심판받겠습니까? 영원히 변치 않도록 '소금기'로 심판되는 것입니다. 소금기 없는 물은 썩습니다. 기독교가 바다법의 소금기로 심판받는다는 뜻입니다. 그 심판은 오로지 '바름'으로써 이루어집니다.

이시환 문학평론가님이 '바름'으로 '예수교의 3대 거짓말'이라고 밝힌 것 자체가 심판입니다. 그들은 심판을 받아도 말을 못합니다. 그 바름은 '한얼의 뜻'이고, '천리(天理)'입니다. 강물은 바다의 소금기로 심판 받아야 영원히 썩지 않고, 강법(江法)은 바다법의 바름으로써 심판받아야 영원히 변치 않는 법(法)이 되는 것입니다. 지금 이시환 문학평론가님의 바른 말 앞에 예수교인들이 지구상에 수십억 명이 되지만 반박할 자가 단 한 사람도 나오지 못합니다. 그것은 바름 곧 천리로써 심판하고 있기 때문입니다.

기독교에 거짓말이 세 가지뿐이 아닙니다. 강물은 수천 년 내려오면서 불순물이 어디 한두 가지뿐이겠습니까? 어둡던 시절, 기독교에서 미화한 말이 지금에는 다 거짓말이 되었습니다. 곧, 예수가 동정녀 마리아에게서 태어났다는 것이 참말입니까? 요셉과 마리아가 성교해서 낳았다고 해야 하는데 신비스럽게 치장한 것이 그만 거짓말이 되었습니다. 마치, 부처님이 마야부인의 옆구리에서 나왔다고 하는 것이나 다를 바 없습니다. 그리고 빵 다섯 개와 물고기 두 마리를 가지고 수천 명이 먹고 남았다는 것도 그렇습니다.

강법은 인지가 어둡던 시대의 산물이고, 긴긴 밤의 시대의 산물임에도 불구하고 그것을 고쳐서 읽을 사람이 없으며, 고칠 수도 없기 때문에 그 옛날에 쓰였던 경전은 동화책이 되어가고 있습니다. 한낱, 구시대의 문학 작품집으로밖에 진열되어야 할 뿐이기 때문에 사용하려면 처음부터 뜯어 고쳐서 다시 써야 할 것입니다. 그럼에도 불구하고, 21세기인 오늘날에도 그 속의 내용을 여전히 맹신하는 사람들이 많으니 안타까울 뿐입니다. 한 마디로 말해서, 바다법시대에 강법을 의지해서 살고 있다는 말입니다.

종교도 인체의 DNA를 밝히듯이 그 진실이 밝혀져야 합니다. 'DNA시대의 새로운 종교'가 이제 세상에 출현했습니다. '인터넷 시대'에 걸맞게 빛처럼 빠르고 정확한 종교가 아니면 믿기지 않고 인정하기 어렵습니다. 그야말로, 인터넷 시대의 종교인으로서 이시환 문학평론가는 "종교는 거짓말 없이는 성립되지 않는다. 그 거짓말을 믿을 때에 종교는 신비로워진다."고 밝히셨습니다.

지금 비행기가 하늘을 날고 있습니다. 2,000년 전 쇳덩이가 수천 근 되고 수백 톤이나 되는 쇠붙이가 하늘을 날아다닌다고 하면 믿겠습니까? 믿지 않을 것입니다. 그러나 수백 톤의 쇠붙이가 현실적으로 하늘을 날아다닙니다. 이처럼 그 옛날에 말하고 생각했던, 미화된 말(거짓말)을 쓴 사람들이 상상 못하는 시대가 펼쳐지고 있습니다. 그 옛날 종교는 미화된 말이 통했지만 21세기에는, 소위 DNA종교, 인터넷 종교 시대에는 그것들이 통할 리 없습니다. 어둡던 시대에 동화처럼 써온 종교가 '초림하신 주님 시대'의 산물이라면 재림할 주님 시대의 종교는 참말(바름)을 하는 종교로서 재림하는 주님 시대의 종교여야 한다는 것이 제 믿음입니다.

그러나 초림 주님의 종교와 재림 주님의 종교는 엄연히 달라야 되고, 달아야 만이 21세기 이후의 만 년간 '인류 구원의 법'이 출현한다는 것입니다. 예수님도 예언했지만 인간들이 우매해서 초림 주님의 법을 그대로 사용하려는 데에 문제가 있는 것입니다. (지금 이시환 문학평론가의 말씀이 맞습니다.)

그러나 초림 주님 말씀의 시효가 이미 21세기를 접어들면서 동화책이 되어버렸고, 전설집이 되어버렸다는 것을 기독교인들은 알지 못하지만 기독교인들 중에 영특한 분은 이미 말세 즉 사람을 팔아먹는 시대에 그 시효가 끝났음을 알고서 알리려 합니다. 아마도, 이시환 문학평론가님이 지금 주장하는 내용을 400년 전에 서방세계에서 했더라면 화형감이 되었을 것입니다. 이제 바야흐로, 바다법시대가 되었음으로 거짓말을 거짓말이라고 말하고 참말을 참말이라고 말할 수 있는 것입니다.

이 시대 등불이 될 수 있는 내용입니다. 바다법 시대의 시작이 21세기 문턱에 들어섰으니 그 바름의 말씀이 통하는 것입니다. 잠자는 기독교인들에게 잠을 깨우는 메시지 즉 메신저 역할을 하시고 계십니다. 계속 잠 깨워 주십시오! 지금 기독교인들은 '초림 주님 법'에 깊은 잠에 빠져 있습니다. 이시환 문학평론가의 말씀과 주장이 그들에게는 사약(死藥)이나 다를 바 없습니다. 그러나 맞는 말씀이요, 바른 말씀이기 때문에 어떤 목사도 신부도 나서서 말 못하는 것입니다. 그러나 눈총은 받지만 그 일이 큰일입니다. 천주교 구교에서 루터가 종교개혁을 해서 개신교(기독교)가 시작되었듯이, 기독교에서 종교개혁이 이루어질 것입니다. 그 운동의 시작이 이시환 문학평론가님이 불을 붙였습니다. 그 운동이 커지면 종교개혁이 될 것입니다. 그 운동의 시작을 하셨다는 점에 의의가 큽니다. 바름을 외치는데 감히 누가 대적할 사람이 나올 수 있겠습니까? 나올 수 없다고 봅니다. 홀로 밝히시는 '바른 말씀' 앞에 고개 들어 항변할 수 없는 것은 '바름'이 '천리'이고, '영원불변의 진리'이기 때문입니다. 기독교를 모르고 기독교를 이길 수는 없습니다. 기독교를 알기에 기독교를 이길 수 있는 길을 아는 것입니다. 잠들어 있는 초림예수를 추종하는 분들에게 큰 메시지를 보내고 매를 들었습니다. 매를 치십시오. 잠 깨어 재림 주님의 시대, 재림 주님의 법은 완전히 다른 것이라고 일깨워 주시는 공이 무엇보다 큰 것입니다.

기독교를 모르면 기독교의 철벽은 절대 뚫을 수 없고 허물 수 없습니다. 기독교를 알고 천주교를 알고 마지막 예수님의 깊은 뜻을 아는 사람이 새 시대를 열고, 새 시대가 왔음을 알릴 수 있는 것입니다. 기독교 감옥에 갇혀 있으니 그 속에서는 기독교밖에 안 보입니다. 기독교 밖에 재림 주님의 법이 바닷물처럼 넘실거리고 있는데 깊은 산속에서 바다를 못 보는 것과 같습니다. 이시환 문학평론가님은 바다를 한 번 보셨고, 지금 강을 보시고 계십니다.

오늘은 이만 두서없이 그치겠습니다.

단기4343년(서기2010년) 10월 17일

김두성 올림

『예수교의 실상과 허상』을 읽고 쓴 첫 번째 편지에 이어쓰기한 두 번째 편지

김두성(종교인)

기독교를 모르면 기독교의 철벽을 절대 뚫을 수 없고, 그 곳에 담긴 거짓(허구)을 꺼낼 수 없습니다. 기독교를 알고, 천주교를 알고, 예수님의 깊은 뜻을 아는 사람만이 새 시대를 열고, 새 시대가 왔음을 알릴 수 있는 것입니다. 기독교인들은 기독교라는 감옥에 갇혀 있으니 기독교밖에 보이지 않기 때문에 기독교 울타리 밖에서 무슨 대변화가 일어나는지 아랑곳하지 않고 있습니다. 제가 말하는 기독교 감옥이란 '성경'과 '기독교 제도'입니다. 기독교 울타리 밖에 '재림 주의 법'이 바닷물처럼 넘실거리고 있는데도 울타리 밖으로 나올 수 없으니 알 수도 없고, 알려고 하지도 않습니다. 정말 답답한 노릇입니다. 마치, 군주시대는 철폐되고 민주주의시대가 왔건만 군주가 군주시대를 유지시키려고 애를 쓰니 세계 237개 국 가운데 군주시대를 끌고 나가는 나라가 불과 몇몇 나라임을 알아야 합니다. 멀지 않은 날에 군주시대는 종식될 것입니다. 이와 같이 종교의 군주시대는 '군주종교'이고, 민주주의 시대의 종교는 '민주종교'로서 멀지 않은 날에 군주종교는 막을 내릴 수밖에 없는 것입니다.

21세기는 정보화시대로서, 그 옛날 어둡던 군주시대는 막을 내릴 수밖에 없는데, 그것은 민주시대의 도도한 파도가 덮쳐오고 있기 때문입니다. 마치 깊은 산속에 흐르는 시냇물은 바다를 볼 수 없으며, 바다의 권능과 공능을 느낄 수 없기 때문입니다. 물이 어디로 향해 흐르는지 시냇물은 알지 못합니다. 그와 같이 강법(江法)도 바다법으로 흘러 들어가야 함을 모릅니다.

그러나 강이 바다를 한 번 보기만 하면 더 이상 강에 머물 수 없는 물의 흐름은 바다에 도달하기 위해 '흐름'이라는 것을 알 때 강을 지나 바다에 간다는 사실을 알게 될 것입니다. 성경은 바다로 가는 강에 지나지 않습니다. 성경은 2,000년 전 서양문화를 담은 그 시대의 '서방문학'이었습니다. 서방문학일 뿐 그것이 동서양을 다 통합할 수 있는 '진리 말씀'이 될 수 없는 것입니다. 성경은 어디까지나 서방문학의 책으로서 인정할 때 아름다운 문학으로 평가받는 것입니다. 서방문학의 책을 진리이라 하여 널리 인정시키려고 하는 데에서 문제가 발생하는 것입니다. 성경은 문학책입니다. 문학은 문학일 뿐이지 그것이 인류를 구원해주는 '진실'이고 '진리'라고 말하는 것은 억지입니다. 이런 문제 제시를 한 것이 바로 이시환 문학평론가의 저서『신은 말하지 않으나 인간이 말할 뿐이다』입니다. 그 곳에 내가 아는 예수교의 3대 거짓말이란 지적이 나온 것입니다. 그 거짓말인 즉 ①죽은 몸이 다시 산다 ②심판이 임박했다 ③사자가 풀을 뜯고 이리가 어린 양과 함께 눕는다 등 입니다. 또 어떤 이는 ④처녀가 아이를 낳았다 ⑤빵 한 조각으로 수천 명이 먹고 남았다를 덧붙여 5대 거짓말이라 지적하고 있습니다. 또 어떤 이는 ⑥재림하는 주님은 구름을 타고 온다 등등을 합하여 10대 거짓말을 지적하기도 합니다.

성경 속의 이 거짓말들은 허구로서 진실일 수 없습니다. 진실일 수 없는 그것을 믿으라는 것은 억설에 지나지 않습니다. 어느 목사나 신부조차도 그에 대해서 답변하지 못하며, 답변할 사람은 앞으로도 나오지 못할 것입니다. 그런데 어찌 허구를 진리라고 말하는 것입니까? 누구도 그렇게 말할 수 없습니다. 과장하여 미화시킨 거짓말에 지나지 않기 때문입니다. 경전이 아니고 문학이라면 이보다 더한 표현도 얼마든지 가능하겠지요. 이처럼 인간이 집필한 것을 가지고 '하나님 말씀' 내지는 '주님의 말씀'이라고 미화시키고 있는 것일 뿐입니다. 새 시대의 사람들은 그 말을 더 이상 믿지 않습니다. 21세기에는 인체의 비밀인 DNA까지 밝혀 볼 수 있을 정도로 밝아졌습니다. 예수교 경전인 성경이 신의 말씀이 아니라 신을 지향하는 인간이 쓴 글임을 밝히신 분이 바로 이시환 문학평론가입니다.

성경을 '서양문학'이라고 보지 않고 모두가 진실인 양 하나님 말씀으로까지 끌어 올리고 있으니 얼마나 합당치 못한 일입니까? 성경은 2,000년 전 서양문학으로서 글쓴이들이 인간적 진실과 허구를 섞어서 써 놓은 글인데, 그것을 '하나님 말씀'이라고, '영원불변의 진리'라고 교직자들이 외쳐왔던 것입니다. 진실은 영원히 진실이고, 허구는 영원히 허구입니다. 문학자가 미화시켜서 쓴 허구는 결코 진리가 되지 못할 것입니다. 흔히, 성경은 하나님 말씀이라고 합니다. 그러면 하나님은 참말도 하시고 거짓말도 하시는 분입니까? 그렇지 않습니다. 하나님은 처음부터 말씀이 없습니다. 인간이 참도 나타내고 거짓도 나타낸 것인데, 성경 속에 참을 나타낸 부분은 진실이고 허구를 나타낸 부분은 진리의 말씀이 아닙니다. 이와 같이 진리가 아닌 말씀 즉 허구를 참이라고 주장하니 그것이 거짓이요, 그 말을 전하는 사람이 거짓말쟁이가 되는 것입니다. 성경 속에서 참 말씀과 허구적인 말씀을 구분했을 때 그것은 진리입니다. 허구를 참이라 한다면 비진리(非眞理)인 것입니다. 참을 참이라 말하고, 거짓을 거짓이라 말하는 것은 참사람 즉 진리인이고, 거짓을 참이라 말하고 참을 거짓이라 말하는 것은 거짓된 사람 즉 비진리인이라 할 것입니다.

하나님은 말을 할 수 없습니다. 하나님은 말이 아니고 현상입니다. 하나님은 입이 없어 말을 할 수가 없고 하나님은 말이 아니고 뜻이며, 실체로서 행하심입니다. 하나님은 입이 없어 영원히 말할 수 없습니다. 하나님의 뜻을 인간의 입을 빌려서 나타낸 것을 '말씀'이라고 합니다. 인간은 입이 있어 말을 합니다. 하나님의 뜻을 인간의 입으로 그대로 나타낸 것이 '바른 말씀'이 되고, 인간의 생각을 인간의 입으로 나타낸 것이 거짓말 즉 허구입니다. 그러니 성경에는 예수님의 뜻을 그대로 나타낸 부분은 말씀이 되고, 성경을 쓰는 사람이 자기 생각을 넣어 나타낸 부분은 허구적인 말이 되어 나타난 것입니다. 그렇게 인간의 생각을 넣어서 쓴 글을 하나님의 말씀이라고 하니 그 부분이 허구요, 거짓말이 된 것입니다. 이는 이치에 맞지 않습니다. 성경은 하나님 말씀도 있고 인간의 말씀도 섞여 있으며, 예수님의 말씀과 글쓴이의 생각이 섞여 있는 문학작품이지 모두 예수님의 말씀이, 진리가 될 수 없습니다. 그에 대한 증명이 예수교의 3대 거짓말, 5대 거짓말, 10대 거짓말에 대해서 명쾌하게 반박하지 못하며, 당당하게 답변을 못하며, 상대방을 승복시킬 수 있는 정답을 제시하지 못하는 것입니다. 그것은 허구이기 때문입니다. 진실은 설명이 필요 없으며, 허구 또한 변명이 필요치 않습니다.

그러나 성경은 문학이기 때문에 진실과 허구가 함께 공존한 글이라는 것을 잘 나타내 보여주고 있습니다. 진리의 글은 어느 한 마디도 참이 아닌 것이 없고, 어느 한 마디도 이해되지 않는 것이 없고, 어느 한 마디도 사실 아닌 것이 없으며, 어느 한 마디도 허구가 섞이지 않아야 됩니다. 그렇지만, 성경은 참과 거짓이 뒤섞여 있기 때문에 '진리'가 아니라 '문학작품'이라는 것을 인정하지 않을 수 없는 것입니다.

바야흐로, 인지(人智)가 최고도로 밝아 있는 21세기에는 이와 같은 오류가 있는 것도 지적되고, 그 오류의 근본이 밝혀지고 있습니다. 그럼에도 불구하고, 오류를 인정하지 않으려 하고, 2,000년 전 인지가 어두운 시대에 믿었던 거짓들을 믿으려 한다면 분명 시대착오적인 것일 뿐입니다. 이 밝은 시대에서는 오류와 진실이 함께 통할 수 없습니다. 오류는 오류일 뿐 설명을 부쳐도 오류일 것이며, 진실이 될 수 없는 것입니다. 오류를 진실로 믿었던 시대에 쓴 문학을 이 시대에 와서 오류라고 밝힘은 인정하지 않을 수 없습니다. 이와 같은 현상이 나타나는 것은 무엇을 의미할까요? 초림 예수께서 예언하신 말세가 오면 재림의 주님이 오신다는, 예언의 시대가 된 것임을 잘 보여주고 있는 것입니다. 초림시대에 사용했던 성경이 진실과 허구가 드러남으로써 허구까지 믿게 했던 시대는 끝이 났으니 그것이 바로 진실과 허구가 섞여 있는 성경을 믿어야 하는 시대가 마감되었다는 증명인 것입니다. 이 시대는 진실은 진실로 밝혀지고 허구는 허구로 밝히는 시대입니다. 그 옛날에는 인간의 DNA를 밝힐 만한 지혜가 없었으나 21세기에는 DNA까지 밝히는 시대입니다. 성경의 DNA까지 분석하는 것이 진실과 허구를 가리는 일이며, 예수님 말씀과 글쓴이의 생각을 합쳐서 쓴 것을 명명백백히 분석해서 밝히는 것이 'DNA시대 DNA분석법'이라 할 수 있는 것입니다. 성경을 무조건 전부 진리 말씀이다, 혹은 하나님 말씀이다, 라고 말하던 시대는 지나가버리고, 성경은 진리 말씀과 비진리 말씀이 섞여 있는 문학서라는 사실을 바르게 알 필요가 있다고 봅니다. 문학은 진리말씀과 허구적 말씀을 섞어서 만듭니다. 성경이 모두 진리의 말씀으로 허구적 말씀이 없다면 진리라고 할 수 있을 것입니다. 그러나 허구적 말씀이 섞여 있기 때문에 이 시대 사람들에게 충족을 줄 수 없는 것이고, 그것이 바로 허구성 때문임을 알아야 합니다.

진실과 허구가 섞인 글을 모두 진리라고 믿게 하려니 위장된 언어, 가식적인 언어, 가상적인 언어, 비유적인 언어를 써서라도 믿도록 애를 쓰는 것입니다. 비유컨대, 순금과 합금에 대해서 비교해 보면 금방 이해가 될 것입니다. 진실에서 출발하여 진실로 끝나는 말씀이 순금 24K라 하고, 진실에서 출발하여 허구를 섞은 말씀을 15K, 10K, 7K 등으로 구분할 수 있을 것입니다. 성경의 내용 전부가 진실이라면 왜 허구를 넣었을까요? 물론, 예수님이 직접 써 놓으셨다면 진실에서 진실로 끝이 나는 24K를 남겼을 것입니다.

그러나 성경은 여러 사람의 생각을 모으고 모아서 만든 문학이기에, 다시 말해, '예수님 말씀'과 '글쓴이의 생각'을 합쳐서 만든 글이기에 순금이 되지 못하고 합금이 되어버린 것입니다. 합금은 순금이 아닙니다. 진리가 아닌 것이 들어가 있는 책은 진리 책이 아닙니다. 진실만으로 진리를 담는 책이 되며, 진실과 허구가 섞인 것은 문학일 뿐입니다. 이에 대한 증명자가 이시환 문학평론가이십니다.

이 분 한 분 말에 수많은 목사님이나 신부님과 신자들이 허구에 대한 설명을 못하고 있고, 던진 질문에 명쾌한 대답을 못하는 이유가 무엇입니까? 진리 앞에서는 허구가 당당하지 못하며, 떳떳하지 못하고, 이길 수 없기 때문입니다. 진실은 빛이며 힘이며, 길입니다. 허구는 어둠이며, 무력이며, 비도(非道)입니다.

이제 2,000년 간 진실로 믿어온 성경의 역할은 끝이 났습니다. 21세기에는 그것의 진실과 허구가 다 드러남으로써 그 역할을 다한 것입니다. 예수님께서 예언하신 대로 초림시대는 가고, 재림 주의 시대가 온다는 것은, 초림 시대의 힘으로 더 이상 나갈 수 없기 때문이고, 그렇기 때문에 재림 주의 시대가 열리지 않으면 안 되는 것입니다. 이와 같은 현상은 오로지 하나님의 뜻이며, 재림 주의 시대가 오지 않으면 안 되는 시기가 되었음을 증명하신 것입니다.

감사합니다.

단기 4343(서기2010년)년 10월 17일

김 두 성 올림

---

*위 장문(長文)의 편지는 한얼교 한얼온궁 궁사장이신 김두성 님이 지난 2010년 10월 21일에 우편으로 제게 보내온 것입니다. 제가, 저의 개인적인 종교적 궁금증을 해소하기 위해서 '성경'과 '꾸란'을 읽고 『신은 말하지 않으나 인간이 말할 뿐이다』를 펴냈듯이, 김두성 님이 제 책을 읽고 자신의 견해를 밝힌 글입니다. 결코, 특정 종교를 헐뜯거나 비하하려는 목적에서 쓴 글이 아니므로, 위 글의 내용과 전혀 다른 생각이나 견해가 있으시다면 누구나 문장으로써 그것을 논리적으로 밝히는 것이 바람직하다고 생각합니다. 이런 건전한 토론문화를 통해서 독자들이 바른 생각을 하고 바른 판단을 내릴 수 있도록 돕는 것이 우리에게 절실하다고 봅니다. -2010. 10. 25.

7

『예수교의 실상과 허상』을 읽고 쓴 세 번째 편지

김두성(종교인)

성경에 갇혀 있는 분들은 성경에 의해서 풀려나려고 합니다!

성경은 하나님의 뜻을 말씀으로 나타내 놓은 글입니다. 하나님은 성경이 쓰여지기 전에도 계셨고, 또 인간이 지구상에서 다 소멸한 뒤에도 실존하실 것입니다. 하나님의 뜻으로 성경이 있기 전에 이스라엘이 아닌 인도 · 중국 · 한국 등에서 성서가 먼저 있었습니다. 그것을 21세기 이 시대에 와서 더욱 명확하게 알게 되었습니다. 성경만 고집하는 사람들에게는 오직 성경으로 설명해야 이해하고 수용하려 합니다. 성경은 '인간의 사고'와 '하나님의 뜻'이 섞여진 글입니다. 인간의 사고가 반영된 부분이 성경 속의 오류입니다. 그 오류 부분에는 인간의 사고로 하나님의 뜻에 닿지 않는 내용을 말이나 글로써 나타내자니 너무 과장하거나 지나치게 미화시켜서 사실과 아주 동떨어지게 함으로써 이해되지 않거나 허무맹랑한 것들이 많아졌습니다.

하나님은 말없는 뜻을 나투시되, 전혀 과장되거나 지나침 없이 소박한 사실 그대로 나타내시는 것이 위대한 표현이며, 위대한 말씀이며, 위대한 행하심입니다. 인간의 사고로써 하나님의 큰 뜻을 잘 나타내려다보니 지나치게 미화시키고, 지나치게 과장된 언어로 표현하게 되어 오히려 위대하기보다는 비합리적이고 비현실적인 허구로 표현해 놓고 말았습니다. 바로 이래서 성경 속에는 '허구'와 '진실'이 뒤섞여 있는 것입니다.

성경만 믿는 사람들은, 성경을 빼고는 말할 수 없고, 성경을 제외하고는 진리를 논하지 못하는데 이것이 바로 성경 속에 갇혀 있다는 증거입니다. 진정한 진리자라면 성경이 세상에 나오기 전에 하나님의 뜻을 알고 말할 수 있어야 하고, 이 지구가 없어지고 인간이 소멸한 뒤의 하나님 뜻을 알고 말할 수도 있어야 하며, 성경에 관계없이 하나님께서 지금 말씀하시는 뜻을 들을 수 있고, 말할 수 있을 때 참된 하나님의 제자요, 하나님의 아들이 될 수 있다고 봅니다.

그래서 예수님은 바른 말씀을 하였습니다. 주님이 재림하신다고 말씀하신 뜻은 초림 예수님께서 하나님 나라를 건설하시려고 법을 전하시는데 인간의 시기와 질투에 의해서 3년 동안밖에 하나님의 뜻을 전하지 못하고 다 펴지도 못한 채 십자가에 못 박혀 돌아가셨습니다. 지상을 천국으로 만들기 위해서 하나님 법을 펴시던 중 그 뜻을 다 펴지 못한 채 돌아가실 때에, 하나님 뜻으로 오신 예수님은 가셨지만, 다시 하나님이 하나님 나라 건설을 위해 사명자를 보내신다고, 예수님은 하나님의 뜻을 아시고 예언하셨습니다.

재림하시는 분은 인간 세상을 하나님 나라로 완성하시는 사명을 갖고 오시는 분이십니다. 돌아가신 예수님이 다시 올 수는 없는 것이 자연의 이치입니다. 한 번 왔다가 다시 온다는 것은 자연을 거역

하는 일이기 때문입니다. 다시 오시는 분은 하나님 나라를 완성하시는 사명자로서 오신다고 예언하셨는데, 과연 그분은 어떤 모습이며, 어떤 나라 사람이며, 어떤 말을 하며, 어떤 종교를 가지고 오시겠습니까?

예수님을 이 땅에 탄생시킨 분이 예수님이 아닌 하나님의 뜻이었습니다. 그 예수님이 예언하신 것은 하나님의 뜻을 살피시고 말씀하신 것이지 예수님의 능력이나 의지와는 전혀 상관이 없습니다. 그 이유는 예수님을 탄생시킨 주인공이 하나님이시기 때문입니다. 따라서 재림하시는 메시아도 예수님의 뜻이나 모습과는 전혀 관계없이 하나님께서 가장 안전한 곳에, 가장 안전한 때에, 가장 원만한 분으로 하나님 세계 건설을 하시도록 계획하시고 실행하실 것입니다.

초림에 하나님의 사명자를 보냈지만 3년밖에 하나님 법을 펴지 못하도록 인간의 시기와 질투로써 못 박아 죽게 하였으니 첫 번째 실패하신 분이 예수님이시고, 하나님이십니다. 예수님은 예수님 법을 펴시려 하지 않으시고 하나님 법을 펴셨기 때문입니다. 전지전능하신 하나님도 초림 사명자는 하나님의 뜻으로 완성하지 못하고 중도에 실패를 인간에게 당하셨습니다. 그러니 이제는 하나님도 실패하지 않으시고 재림에는 반드시 성공하도록 신중하게 하실 것입니다.

하나님이 보실 때에, 이스라엘에 보내신 예수님 탄생지에서는 지금 예수교와 이슬람교로 인해서 예루살렘을 두고 전쟁이 끊이지 않고 있습니다. 하나님의 뜻으로 오셨지만 초림에 실패하신 분이 예수님이요, 초림지로서 실패한 곳이 예루살렘입니다. 이곳은 오로지 전쟁이요, 이교리(異教理)로 종교전쟁이 2000년 동안 끊이지 않고 있습니다. 하나님은, 가장 안전하게 하나님 법을 펴실 곳은 어디이며, 가장 안전하게 전쟁 없이 하나님 법을 완성시킬 원리가 무엇이며, 가장 안전하게 하나님 법을 펼 수 있는 시기가 언제인지, 하나님 법을 어느 곳에서 먼저 출현시켜야 할지, 하나님 법을 어떤 내용으로 펴야 될지, 하나님 법을 어떤 분이 어떤 마음으로 펴야 될지 다 아시고 계획하셔서 준비하고 계십니다.

초림 때에 하나님은 인간에게 하나님 마음처럼 믿고 보내셨지만 인간의 비좁은 마음으로 하나님의 뜻을 헤아리지 못하고 하나님 법을 펴시려는 하나님의 사명자를 핍박하고 박해하였으며, 심지어 죽임을 당하게 하거나 추방하는 일까지 벌어지게 하였던 것입니다. 이제 재림에 보내실 재림 주는 실패하지 않으실 것입니다. 가장 안전한 시기에, 가장 안전한 곳에, 가장 원만한 내용으로, 가장 존경받을 수 있는 분을 보내실 것이기 때문입니다.

재림 주의 사명은 지상을 투쟁과 전쟁에서 벗어나게 하고, 평화와 조화를 이루어 지상이 천국이 되게 하는 지상천국법을 실현시키는 것입니다. 지금까지 초림의 법은 평화와 조화는 있었지만 투쟁과 전쟁으로 점철되게 한 것이 현실이고 사실인 것입니다.

그러므로 초림의 법은 하나님 법을 이 지상에 '씨 부리는 법'에 불과했으며, '열매 거두는 법'은 재림의 법에서 그 결실을 거두게 하실 것입니다. 하나님은 밝고 밝으시며, 사랑과 자비로우시고, 끝없는 용서와 이해로써 만물을 포용하시는 것입니다. 그래서 하늘의 사명자를 그 시대마다 보내시고, 그 지역마다 보내시어, 때로는 한국말로 한국인이 하늘의 뜻을 전하게 하시고, 중국말로 중국인이 하늘의 뜻을 전하게 하시고, 인도말로 인도인이 하늘의 뜻을 전하게 하시고, 이스라엘 말로 이스라엘인이 하늘의 뜻을 전하게 하시고, 사우디아라비아 말로 사우디아라비아인이 하늘의 뜻을 전하게 하시어 세계 곳곳에서 시대가 다르게 장소가 다르게 하늘의 사명자를 하나님의 뜻으로 보내시어 하나님 세계가 이 지상에 구현되기를 희망하시면서 펴도록 하셨습니다.

그러나 마지막에 재림의 사명자는 여러 하늘의 사명자가 씨 뿌린 것을 다 거두게 하시도록 계획하셨습니다. 이제 때가 되어 이 땅에 마지막 사명자의 출현과 그 뜻이 알게 될 날이 가까워지고 있습니다.

바야흐로, 긴긴 어둠의 시간이 흘러가고 동이 트는 시간이 되었습니다. 동이 트고 있으니 긴긴 잠에서 깨어나야 할 시간입니다. 긴긴 잠에 들 수밖에 없었던 것이 길게는 4천년, 3천년, 2천년, 1천4백 년 동안 재림 주의 예언을 믿고 기다려 왔기에 수천 년을 기다린 것이 긴긴 잠에 빠지게 된 것입니다. 이제 그 기다림의 시대가 끝나가고 있습니다.

그러나 잠자는 분들은 그 기다림의 시대가 왔는지, 오지 않았는지 느낄 수 없습니다. 그 긴긴 기다림의 시기가 언제인지, 기다림의 법이 어떤 법인지, 기다리는 분의 말씀이 어떤 내용인지 전혀 보지도 듣지도 못했으니 알 길이 없을 것입니다. 그것은 지금까지 지상에 출현된 기존의 법이 아닌 것만은 분명합니다. 이제 지혜의 눈을 열어 보려는 사람들에게는 보이어질 것이고, 지혜의 눈을 열어 찾으려는 사람들에게는 찾아질 것입니다. 긴긴 기다림에 지쳐 있는 상태에서 성경 속에 갇힌 하나님의 시대는 초림 예수님의 시대요, 성경 밖에 열린 하나님의 시대는 재림 메시아의 시대입니다. 무소부재하시고, 영존불멸하시는 하나님을 성경 속에서만 안내하던 시대는 초림

주의 시대로서 끝나가고 있습니다. 마치, 어린이가 유아시절에는 어머니 젖을 떠나서는 살 수 없습니다. 어머니의 젖이 생명줄입니다. 그러나 차차 성장하면서 어머니 젖을 떠나서 홀로 밥을 먹으면서 성장하여 성인이 되는 것입니다. 그와 같이 예수교인은 예수님 말씀인 성경을 생명줄로 삼고 성경을 통해서 하나님 말씀을 들으려하고, 성경을 통해서 하나님 법을 배우려하고, 성경을 통해서 하나님의 능력을 체험하려고 성경을 떠나지 못하며, 성경을 떠나면 곧 생명이 끝나는 줄로 알고 있습니다.

그러나 그것이 바로 초림 예수님의 법입니다. 예수님은 바른 말씀을 하셨습니다. 주님이 다시 재림하신다고 말씀하셨습니다. 그 의미는 재림 주님의 말씀은 재림 주님이 하시는 것입니다. 재림 주님의 말씀이 초림 주 예수님의 말씀과 똑 같다면 재림 주님의 의미는 없다고 봅니다. 초림 주 예수님께서 재림 주가 오신다고 하시는 것은 재림 주님의 말씀과 재림 주의 법이 초림의 것과 다르기 때문입니다. 똑 같다면 재림 주가 오실 필요가 없습니다. 다르기 때문에 초림 주 예수님께서 재림 주를 기다리라는 뜻을 전하신 것입니다.

예수교에서는 돌아가신 예수님이 다시 부활해서 재림 주로 오신다고 믿는 사람도 있습니다. 하지만 그렇게 육신은 부활할 수가 없으며, 또한 정신적으로 부활한다 해도 이천년 전에 그 말씀 그대로 하실 것이고, 그렇다면 구태의 예수교를 펴시기 위해서 오시는 것이 될 것입니다. 만약, 예수교를 펴시는 말씀을 하신다면 훌륭한 목사님에 불과할 뿐이지 세상을 구원하는 구세주 역할을 할 수는 없을 것입니다. 왜냐하면, 예수교와 맞서는 이슬람교가 있고, 예수교와 맞서는 천주교가 있고, 예수교와 맞서는 불교가 있으니 어찌 지상을 천국으로 만들 수 있겠습니까? 원천적으로 불가능하기 때문입니다.

현재 전 세계는 온통 종교 때문에 투쟁과 전쟁이 벌어지고 있는데 예수교 안에 재림 주님이 오신다면 예수교밖에 펼 수 없으며, 예수교 아닌 다른 법을 펴신다면 모든 교직자들에게 '이단자'라고 출교를 당할 것입니다. 그러니 예수교 안에 재림 주님이 오실 수 없다는 것을 하나님은 더 잘 알고 계시며, 지상천국 건설을 하기 위해서는 예수교 내에 재림 주님을 보내 주시면 초림 예수님 때 박해보다 더 큰 박해와 핍박을 받게 되는 것이 불 보듯 훤하게 보이는 것입니다.

하나님은 현명하시고 영특하시고 지혜로우시며 위대하십니다. 하나님은 하나님 법을 온 인류에게 다 받아들일 수 있는 법으로 전하도록 펴실 것입니다. 하나님은 재림 주님이 어느 곳에 보내시는 것과 어느 때에 보내시는 것과 어떤 법을 지니시고 어떻게 펴시어 지상에 사는 모든 종교인들과 모든 비종교인들까지 다 수용하여 지상이 천국이 되도록 하는 길을 계획하시어 실현하시고 계십니다. 인간의 사고를 넘어 하나님의 사유는 모든 인간을 하나 같이 볼 수 있고, 모든 종교인을 하나 같이 볼 수 있는 하늘같은 사랑을 베풀고 계십니다. 이제 그 준비가 다 되어 세상에 드러날 때가 다 되었습니다. 깊은 잠에서 깨어나듯 자기 종교에 갇혀있는 사고를 깨고 세상을 바라보아야 할 때가 왔습니다.

이제, 재림 주의 시대가 와서 하나님의 뜻과 말씀을 성경과 관계없이 지금도 계속 설교하시고 영원히 하나님의 뜻을 나투고 계십니다. 그 시대마다 하나님은 장소에 따라 하나님의 사명자이신 성자를 출현시키시어 하나님의 뜻을 전하게 하였습니다. '강법시대'와 '바다법시대'로 비유해보면 '어린이'에게 아무리 '어른의 세계'를 이야기해도 이해를 못합니다. 어린이가 성장하면서 사춘기를 거쳐 성인이 되어야 어른의 세계를 알게 될 것입니다. 그와 같이 정신적인 부분도 정신적인 어린이에게 아무리 정신적 어른의 세계를 말해도 이해를 못할 것입니다. 어린이는 자기 것이 제일이라고 고집할 것이고, 자기가 제일 잘 났다고 우겨댈 것입니다.

그러나 어린이가 성장하면서 사춘기를 겪고 성인이 되었을 때 청년의 사고는 자기가 제일이 아니라 상대방도 더 잘난 사람도 있고, 자기 것만이 제일이 아니라 자기 것 이상으로 상대방도 더 좋은 것이 있다는 것을 알게 됩니다. 그런 사고가 더 성장되어 어른의 사고가 되면 모든 사람들이 다 잘난 사람이고 다 훌륭하다는 것을 알게 됩니다. 어린이 사고는 아직 미숙한 사고입니다. 어린이는 자기밖에 모르기 때문에 자기에 갇힌 사고밖에 모릅니다. 그와 마찬가지로, 성경에 갇혀있는 사람들도 성경밖에는 모르기 때문에 성경만을 고집하고 성경에 갇혀 있는 것입니다. 성경을 떠나서는 파멸이라고 생각하기 때문에 못 떠납니다. 하나님은 본래 성경에도, 불경에도, 코란에도, 사서삼경 유경에도 갇혀있는 존재가 아닙니다. 인간이 하나님을 성서 속에 가둬 놓고 이야기할 뿐 하나님은 자유자재, 무소불위, 무소부재, 전지전능하시기 때문에 성서나 경전들과는 무관하게 현존하십니다.

이제, 시대가 어린이 사고를 지나 청년사고로 바뀌고, 어른의 사고에 접어들었기 때문에 하나님을 경전 속에, 성서 속에 갇혀있는 말을 듣고자 하지 않고, 믿고자 하지도 않을 만큼 정신적으로 진화하여 깨어나고 있습니다. 21세기 '바다법' 시대에 도달하여 과학의 힘으로 텔레비전이나 인터넷을 통하여 성경 · 불경 · 코란 · 유경(儒經)

등을 한 눈에 비교 검토하여 하나님의 말씀이 시대가 다르고 지역이 달라 그 나타내심이 조금 다를 뿐이었지 근본은 다 같다는 것을 손바닥 보듯 들여다보는 시대가 되었습니다. 무엇이 다르고, 무엇이 같으며, 근본이 무엇이라는 것을 한 눈에 알게 되는 시대가 도래되었습니다. 아직까지 자기 종교, 자기교리, 자기주장만 세운다면 정신적 어린이에 머물러 있는 것이고, '강법(江法)'에 머물러 있음을 스스로가 아셔야 됩니다. 어린이는 어른 세계를 모르기 때문에 어른의 말을 믿으려 하지 않고, 강물은 바다에 도달해 보지 않았기 때문에 바다의 무량함을 믿지 않으려 하듯이, 강법은 바다법을 만나지 않았기 때문에 바다법의 위대함을 믿지 않는 것입니다.

그러나 때가 되어 어린이가 성장하고 성숙해져서 어른이 되면 어른의 세계를 저절로 알게 되는 것과 같이 강법도 흘러서 시간이 가면 반드시 바다법을 알게 될 것입니다. 그와 같이 성경에 갇힌 사람을 위하여 성경 밖에 하나님 세계가 있고, 하나님이 계속 새로운 말씀을 하시고 계신다는 것을 깨우쳐 드리기 위해서 노력하시는 이시환 선생님의 노고에 감사드리며, 이 사업에 무궁한 발전을 기원합니다.

단기4344년(서기 2011년) 8월 1일

김 두 성 올림

『예수교의 실상과 허상』을 인터넷으로 읽으며 남긴 댓글

cjsgus

아래 1~60번까지의 글은 이시환의 종교적 에세이집 『경전분석을 통해서 본 예수교의 실상과 허상』이란 책을 이시환의 다음[DAUM] 블로그를 통해서 처음부터 끝까지 다 읽은 'cjsgus' 님의 댓글이다. 씨의 책읽기는 2013년 04월 21일부터 시작해서 동년 06월 01까지 40여 일에 걸쳐 지속되었다. 그가 남긴 댓글은 모두 60여 건으로, 이를 보면 씨의 '성경' 내용에 대한 이해도와 우리 한국인들의 신앙행위에 대한 그의 개인적인 생각을 읽을 수 있고, 동시에 이시환의 저서 내용에 대한 씨의 판단을 알 수 있다. -이시환

1. cjsgus 2013.04.21.17:44

'어렸을 때부터 신의 존재'에 대한 의문을 가지셨다고 했는데, 저는 57년간 한 번도 신의 존재와 성경의 말씀을 의심치 않고 믿으며 살아오다가, 57세부터 신의 존재에 대해 회의를 갖기 시작하여 지금은 신을 잃고 헤매고 있습니다. 지금은 기독교 신앙의 바탕인 성경을 읽으면 읽을수록 거짓말 같다는 발칙한(?) 생각에 빠진답니다.

2. cjsgus 2013.04.22. 21:02

"성경에 기록된 대로 예수의 삶이 전개되었으니 이는 성경의 예언

이 성취되었다는 증거다. 예언 성취는 성경이 한 점 오류도 없는 하나님의 진리 말씀이라는 증거이다."

기독인들이 성경은 하나님의 영감을 받아 기록된 하나님의 말씀이라는 증거로 제시하는 것이 성경의 예언 성취입니다. 그런데 예언 성취라는 게 꿰어 맞추기로 보입니다. 유대인들은 하나님의 선민으로 그들의 후손 중에 메시아를 보내기로 하나님과 계약을 맺은 백성이라고 하는데 정작 메시아가 세상에 왔을 때 계약 당사자인 그들이 메시아를 알아보지 못하고 죽이는 어처구니없는 일이 벌어졌지요. 계약 당사자들이 모르는 계약 내용(예언 내용)을 한국의 기독인들이 더 잘 아는 것처럼 잘도 갖다 붙이는 걸 봅니다.

3. cjsgus 2013.04.22. 22:09

"태초에 하나님에게 뜻이 있어서 자신의 형상대로 만들었다는(창세기 1:27) 인간조차 이제는 그 주인의 말을 통 듣지 않는 형국이 되었다 해도 지나친 말이 아니다."

- 바꿔 말하면, '하나님은 창조목적을 달성하는데 실패했다.' 목표 달성에 실패했다는 것은 목표 설정이 잘못되었거나 목표 달성 능력이 없다는 말이고, 이 말은 하나님은 전지전능하지 않다는 말이 됩니다. 소인이 '기독교의 하나님은 전지전능하지 않다.' 혹은 '전지전능하다는 기독교의 하나님은 존재치 않는다.'는 논리를 전개하는 방법입니다.

"영계가 존재하지 않는데도 불구하고 인간계의 약자들이 간구하는 이상세계가 바로 그 영계로써 그려진(만들어진) 것은 아닐까?" "영계도 하나님도 인간들이 꿈꾸는 꿈이 아닐까…." 동감입니다.

4. cjsgus 2013.04.25.17:36

"어쩌면, 사울이란 존재는 예수의 이 말을 입증해 보이는 표본으로서 가공된 인물이 아닌가 싶기도 하다."

"주님께서는 그들과 함께 일하시면서 표징들이 뒤따르게 하시어, 그들이 전하는 말씀을 확증해 주셨다."(마가 16:20) -표징들이 뒤따르게 하시어, 그들이 전하는 말씀을 확증해 주었다고 한 말과 일맥상통하는 것까지는 좋은데 문제는 요즈음에는 왜 그렇지 않느냐는 거지요. 요즈음에는 믿는 자가 하나도 없다는 뜻일까요? 아님 사도행전이나 마가복음의 기록이 모두 가공된 거짓일까요?

5. cjsgus 2013.04.25.18:40

"같은 사건을 세 번 기록하면서 세부 사항의 차이가 무얼 의미할까?" 머리 나쁜 사람이 꾸며 쓰기 하는 중 실수한 것이라고 봐야 하나요?

"사울 역시 자기 의지로 무엇 하나 하지 못한 채 일방적으로 당하였다." bible에서 사람들의 자유의지를 조종하는 야훼의 모습은 아주 자주 볼 수 있지요.

출애굽기에서 여러 차례 파라오를 고집 부리게 하여 벌주는 장면 : 협상이 결렬되어야 그것을 트집 잡아 전쟁을 일으켜 도륙시킬 수가 있기 때문에 헤스본 왕의 자유의지를 조종하시는 야훼 이야기[신명기 2:30] 야훼는 히브리 왕국의 왕을 바꿔치기 하기로 결심한다. 야훼는 사무엘에게 명하여 어린 꼬마 다윗에게 기름을 부어 새 왕으로 점찍어 놓게 한다. 그런 다음 야훼는 자기가 부리는 악신(惡神)을 사울 왕에게 집어넣는다. 그래야 사울은 못된 짓을 하게 되고, 야훼는 철저히 사울을 버릴 수 있게 되는 이야기[사무엘상 16:14]

6. cjsgus 2013.04.26.12:37

부활에서 승천하기까지 40일간의 예수의 행적에 대해 기록하셨는데 저는 예수가 언제 승천했는지도 헷갈립니다. 마태복음서에는 승천 얘기가 없고, 마가복음과 누가복음을 보면 예수는 부활 당일에 승천한 듯 보이고, 요한복음에 의하면 부활 후 적어도 8일 후에 승천한 것으로 기록되어 있고, 사도행전에 의하면 40일 후에 승천한 것을 알 수 있습니다.

기독교에서 예수의 부활은 믿음의 바탕이 되는 가장 중요한 사건인데 부활에 대한 기록이 복음서마다 다르고 부활한 모습을 제자들에게만 나타나 보여주는 것이 의아하게 생각됩니다. 부활하여 제자들에게 당부하는 주된 말이 부활의 증인이 되어달라는 말인데 생전에 하던 것처럼 몇 천 명 앞에 나타나 보이고, 먹이고, 병 고쳐주고, 마귀를 쫓아주고, 한다면 제자들이 증언하는 것보다 훨씬 큰 효과를 기대할 수 있을 텐데요. 고린도전서는 부활한 예수가 오백여 형제들에게 나타나고 바울 자신에게도 나타나 보였다고 하는데 언제 어디서 나타나 보였는지 상세한 기록이 없어 거짓말 같다는 느낌이 듭니다. 왜냐하면 사도행전을 보면 9장에서 사울이 회심할 때 예수를 처음 만나는 것으로 보이는데 고린도전서 15:4~8에서 자신에게도 나타났다는 것이 사도행전 9장에서의 만남을 염두에 두고 한 말일까요?

7. cjsgus 2013.04.26.16:33

"믿기지 않는 내용을 가르치려니, 그는 초인간적이고 초자연적인 하나님의 능력을 끌어들일 수밖에 없었을 것이다. 만약, 그에게 그런 능력조차 주어지지 않았다면, 당시 사람들은 그를 믿지도 따르지도 않았을 것이다."라고 하셨고, "만약, 그에게 그런 능력조차 주어지지 않았다면…" 하셨는데 선생님은 bible에 기록된 대로 예수님에게 기적을 행하는 능력이 있었다고, 그래서 바이블의 기록대로 예수님이 기적을 행했다고 생각하시나요? 저는 바이블의 기록이 거짓이라고 생각되어 믿지 못합니다.

8. cjsgus 2013.04.26.17:00

예수가 온전히 가공된 문장 속 허구의 인물이라면 경전에 기록된 문장상의 내용을 통해서 그의 가르침의 핵심을 분석 확인하고, 바르게 이해하는 것이 왜 그렇게 중요하다고 말씀하시는지요? 인간들로 하여금 인간답게 살아가도록 교훈을 주는 수많은 소설들과 이야기들이 있는데 그 가르침들도 모두 같은 비중으로 중요하게 보시는 겁니까? 아니면 바이블의 가르침이 특별한 의미가 있다고 보시는지요?

9. cjsgus 2013.04.29.10:35

"예수가 이 세상에 온 목적은 하나님 나라에 대한 복음 선포를 위해서라고 하면서 정작 예수는 천국에 대하여 구체적인 설명은 않고 비유적인 묘사만 하고 있기 때문에 천국에 대하여 짐작하고 상상할 수는 있어도 단정 지어 말할 수 없고 확신할 수도 없어서 왠지 속 시원하지 못하다"는 말씀을 하셨는데…

예수의 말이 코란에서 말하는 것처럼 구체적이고 달콤한 것이라 하더라도 과연 그 말에 신빙성이 있는가 하는 것이 제게는 더욱 큰 문제입니다. 하나님 나라가 우리의 인식이 미치지 못하는 먼 훗날 사후의 얘기인데 모호한 얘기냐 구체적이냐의 문제가 아니라 참말이냐 거짓말이냐 하는 것이 더 큰 문제란 말씀입니다.

모호한 미래 얘기는 속을 수밖에 없다 하더라도 우리가 판단할 수 있는 현세의 문제에 대해 거짓말을 한다면 어떻게 판단해야 할까요? 예수는 〈누구든지 나 때문에, 또 복음 때문에 집이나… 토지를 버린 사람은 현세에서… 집과… 토지를 백배나 받을 것이고, 내세에서는 영원한 생명을 받을 것이다.(마가 10:29~30)〉 했는데 열심히 십일조 내고 헌금하는 기독인들 불확실한 내세의 영원한 생명은 제쳐두고 현세에서 헌금한 것의 백배를 받으시는지요? 십일조나 헌금은 아니고 집과 토지에만 해당하는 얘기라면 할 말이 없습니다만….

10. cjsgus 2013.04.29.12:03

"어떤 것은 실제수이고, 어떤 것은 상징수이고, 분명히 이스라엘 자손의 열두 지파라 했음에도 불구하고 영적 열두 지파를 운운하는 것은 아전인수我田引水격의 비논리적 주장", "계시록을 분석하고서 그 내용을 이해하기 쉽게 밝히고 있는 글들도 적지 않지만 그 결과는 사람마다, 글마다 다르다."

과연 이러한 내용의 글이 bible이란 말인가? 읽고 내용 파악이 모호한 글, 해석이 제각각이라…. 이현령비현령, 경강부회….

이런 글은 "읽을 의미나 가치를 느끼지 못할지도 모르겠다는 우려마저 드는 게 사실이다."라고 표현하신 것에 전적으로 동감입니다. "너무나 황당하고, 너무나 유치하기 짝이 없는 공상소설 같은 수준이기 때문"입니다.

11. cjsgus 2013.05.01.11:38

"아들을 낳은 여자는 큰 독수리의 두 날개를 받아 광야로 날아가 그곳에서 용의 낯[얼굴]을 피하여 한 때와 두 때와 반 때를 양육받자(12:14), 그 용은 여자의 뒤편에서 물을 강같이 토하여 여자를 떠내려가게 한다(12:15). 그러나 그 순간 땅이 여자를 도와 그 물을 삼켜버린다(12:16)." "용은 하나님이 창조한 최초의 인간을 타락시킨 뱀이거나 그 뱀을 부리는 사단이고, 여자는 예수를 낳은 '마리아'로 유추되기도 한다."

개신교의 해석은 다릅니다. 광야로 쫓겨 다니는 모습으로 묘사된 여인은 하나님의 교회가 1,260일(1,260년) 동안 핍박을 받고 광야로 쫓겨 다니는 것이라고 합니다. 핍박하는 용은 사단의 추종자인 로마 가톨릭이랍니다. 가톨릭의 핍박을 받아 아메리카 신대륙으로(광야) 피하였는데 용이 따라가 여자의 뒤편에서 물을 강같이 토하여 여자를 떠내려가게 하려 하지만(12:15). 순간 땅(미국)이 여자를 도와 그 물을 삼켜버렸는데 이 구절은 미국의 출현을 예언한 것이라는 멋진(?) 해석을 합니다. 가히 갖다 붙이기의 귀재다운 해석입니다.

12. cjsgus 2013.05.01.12:12

"두 번째로 바다에서 땅으로 올라오는 짐승의 모양새를 보면, 새끼 양처럼 뿔이~ " "바다에서 땅으로 올라오는 짐승"이 아니고 "나는 또 땅에서 다른 짐승 하나가 올라오는 것을 보았습니다(13:11)" 땅에서 올라온 동물이랍니다. 첫 번째 짐승은 바다에서 (나는 또 바다에서 짐승 하나가 올라오는 것을 보았습니다.13:1) 두 번째 짐승은 땅에서 올라왔는데…

《이 짐승은 "바다(물)"가 아닌 "땅"에서 올라 왔다(짐승은 나라를 상징-다니엘 7:17 참고). 다시 말해서, 사람들(물)이 많이 사는 곳이 아니라, 사람들이 별로 없는 "땅", 즉 "새끼 양 같은" 짐승(국가)은 물과 정반대되는 형편에서 생겨난다는 뜻이다. 바벨론과 그리스와 로마처럼 인구가 많은 유럽 지역에서 생기는 것이 아니라 사람들이 거의 살지 않는 지역을 상징하는 "땅"에서부터 올라오는 나라를 말하는 것이다.》 두 번째 짐승은 미국의 등장을 말한 것이라는 개신교의 해석입니다.

그런데 "땅"으로 상징되어 유럽에서 교황권의 핍박을 피하여 오는 참 교회(여자)를 받아주었던 미국이 《계시록 13장은 마지막 시대에 미국이 적그리스도의 세력의 앞잡이가 되고 놀라운 핍박의 세력으로 돌변하여 "용처럼 말하"게 될 것이라고 예언하고 있다.》고 합니다.

13. cjsgus 2013.05.01.12:37

"말씀만으로 엿새 동안에 하늘과 땅 그리고 그 사이 모든 생물을 창조하신, 전지전능한 신께서 어이하여 그토록 구차스런 절차와 방식으로 인류를 심판한다고 하는지 웃음이 절로 나올 뿐이다." 웃음도 안 나옵니다. 읽을 가치가 있는지 의심스럽습니다.

14. cjsgus 2013.05.01.12:56

우리에겐 단군신화가 있고 (인근 민족의 신화를 짜깁기 한 것이라고 하지만), 유대인들에겐 그들의 신화가 있으며, 모든 민족들이 그들의 신화를 가지고 있는데 어찌하여 유독 유대신화가 전 세계를 휩쓸게 되었을까요? 유대신화의 얘기들은 사실(fact)이라고 강력히 주장하고, 다른 신화들은 모두 꾸며낸 얘기라니 무슨 근거로 그런 소릴 하는지…. 납득할 만한 근거도 없이 그냥 우겨대는 그들.

15. cjsgus 2013.05.01.13:28

"그 꼬리가 얼마나 크고 힘이 센지 하늘에 있는 별 삼분의 일을 끌어다가 땅에 던질 수 있는 위력을 지니고 있다(12:4)." 기독인들은 bible이 과학적이라고 주장하는데 정말 가소롭다. 하늘에 있는 별들이 공깃돌 크기라고 생각하고 있음을 보여주는 대목이 바로 '하늘에 있는 별 삼분의 일을 끌어다가 땅에 던진다'는 표현이다. 예수도 "하늘에서 별들이 떨어지~(마태복음24:29)"라고 마지막 날을 표현하고 있다.

16. cjsgus 2013.05.02.11:19

"천국과 심판을 빗댄 수사를 다시 읽으면 실로, 그럴 듯한 비유체계를 갖춘 명문장이라는 생각이 든다." 하셨는데 저는 그렇게 생각지 않고 예수의 일관성 없음을 드러내고 있다고 봅니다. 가라지는 '악한 자의 아들들'을 말하는데 이들은 '그 나라에서 모든 넘어지게 하는 것과 또 불법을 행하는 자들'로서 '풀무 불에 던져'질 자들이지요. 악행을 하는 자들이야 당연히 '풀무 불에 던져'진다 하더라도 그들로 인하여 넘어지는 자들을 보호할 생각이 예수에게는 전혀 없는 것 같습니다.

"나를 믿는 이 작은 이들 가운데 하나라도 죄짓게 하는 자는, 연자매를 목에 달고 바다 깊은 곳에 빠지는 편이 낫다."(마태18:6) 하면서 남을 죄짓게 하는 것을 몹시 경계한 예수의 모습과 남을 넘어지게 하는 가라지 같은 무리를 제거하려는 제자들을 만류하는 예수의 모습은 정 반대의 모습입니다.

"가만 두어라. 가라지를 뽑다가 곡식까지 뽑을까 염려하노라. 둘 다 추수 때까지 함께 자라게 두어라…" 가만 두라는 이유가 기막히지요. "가라지를 뽑다가 곡식까지 뽑을까 염려"해서 그렇답니다. 가라지를 뽑으려다 곡식을 뽑는 실수는 인간들이나 할 법한 일인데 어찌 전지전능한 하나님이 남을 넘어지게 하는 악인과 선인을 구분하는데 실수할까 두려워하시나요? 종들이 실수할까 두려우면 직접 가라지를 제거해야지 그냥 두니까 지금 이 세상이 이 모양 이 꼴이 되었나 봅니다. 이 세상이 악한 것은 그 원인이 하나님께 있군요.

17. cjsgus 2013.05.02.11:45

"… 분명, 자기기만이고, 속임수라고 생각한다. 뿐만 아니라, 심판할 때에는 하나님과 종의 관계이고, 사랑을 베풀 때에는 아버지와 자녀의 관계로 바뀌는 것은 말 그대로 말을 위한 것이지 진실 그 자체가 아니라는 생각이다."

동감입니다. bible에 말장난, 모순, 거짓말이 한두 곳이 아니지요.

그래서 bible을 구라경이라고도 하지요.

18. cjsgus 2013.05.02.02:44

bible의 얘기는 인간이 꾸며낸 거짓말이 아니고 사실이다. 삼국유사의 주몽 얘기, 홍부 얘기, 홍길동 얘기, 각국 신화들은 모두 인간이 꾸며낸 거짓말이다. 이것이 기독인들의 주장이지요. 믿을만한 근거는 제시하지 못하면서 그냥 우기는 기독인들…

이집트군대에 쫓긴 모세가 홍해에 이르러 절망하여 부르짖으니, 야훼가 이렇게 말하였다.

'너는 왜 부르짖느냐? 너는 이스라엘 자손에게 명하여, 앞으로 나아가게 하여라. 너는 지팡이를 들고 바다 위로 너의 팔을 내밀어, 바다가 갈라지게 하여라. 그러면 이스라엘 자손이 바다 한 가운데로 마른 땅을 밟으며 지나갈 수 있을 것이다.' 과연 그렇게 되어 모세는 홍해를 건넜다(출애굽기에서).

부여 금와왕의 일곱 왕자가 주몽을 미워하여 죽이려하니 주몽이 달아나다 엄수에 이르렀다.

뒤에는 대소왕자를 비롯한 왕자들의 군대가 주몽을 죽이려 쫓아오고 앞에는 깊은 물인 엄수가 가로막으니, 주몽이 절망하여 부르짖었다.

"나는 천제(하늘의 신)의 아들이며 하백(물의 신)의 손자다. 오늘 도망해 가는데 뒤쫓는 자들이 거의 따라오게 되었으니 어찌하면 좋겠는가?"

그러자 "이에 물고기와 자라가 솟아올라 다리를 만들어 주어 그들을 건너게 한 다음 흩어졌다. 이로써 뒤쫓아 오던 기마병은 건너지 못하고 주몽은 무사히 졸본주에 다다라 이곳에 도읍을 정하였다."고 한다(삼국유사 제1권 기이편 고구려 장에서).

19. cjsgus 2013.05.03.21 : 17

옛날에 사사건건 인간사에 간섭하던 여호와가 오늘날에 와서는 왜 침묵으로 일관하는가?

- 사사건건 간섭하던 여호와가 실은 존재치 않았던 것이고 옛날에 통하던 집필자들의 구라가 요즈음에는 인지의 발달로 통하지 않기 때문인데 아직도 구라가 먹혀드는 곳이 있긴 하지요. 뾰족당 안에서 구라치는 사람들 발 밑에 머리 조아리며 엎드려 〈아멩〉하면서 할렐루야인지 걸렐루야를 읊조리는 무리들이 아직 적지 않다고 합니다.

20. cjsgus 2013.05.04.10 : 32

"경전 내용은 이중적으로, 모호하게, 입증해 보일 수 없는 내용들이 기록되어 서로 충돌하는 모순도 있고…"

기독인들의 답변? 궤변? - 〈이중적으로, 모호하게, 입증해 보일 수 없는 내용들, 서로 충돌하는 모순〉 운운하는 것은 인간의 잣대로 보기에 그런 것이다. 하나님의 말씀을 인간적인 잣대로 보면 안 된다.

이 말은 기독인들이 인간 이성을 무시하고 자기들은 특별한 세상에 사는 자들인 양 착각하는 말, 이성이 마비된 자들의 말로 들립니다. 인간에게서 이성을 제외하면 무엇이 남는지 … 요즈음 '개독'이라는 말이 유행하는데 평소 멀쩡하다가도 기독교 관련 얘기, bible 얘기만 하면 인간 이성이 마비되는 자들이 개독이라는 소리를 듣기에 합당하다고 생각합니다.

21. cjsgus 2013.05.04.18:46

〈그 방식이 극히 '폐쇄적'이라는 사실에〉 문제가 있다.

계시 내용이 〈신이 인간에게 말하는 것이 아니라 인간 스스로가 말하면서 신으로부터 음성을 들었다고 착각하는〉 경우도 있을 수 있고 계시를 빙자한 사기, 거짓말을 하는 인간도 있을 수 있다. 아니면 거룩한 계시를 사기로 오해할 수도?

실제로 한국에서의 예 하나 :

신의 계시… 남의 집 비워달라 행패 (입력 : 경향신문 2007-09-10 18:44:46)

서울중앙지검 형사5부(조상수 부장검사)는 10일 '신의 계시를 받았다'며 남의 집에 찾아와 주인을 쫓아내고 성전을 세우겠다고 소동을 피운 ㄱ씨(36 · 여)를 상습주거침입혐의로 불구속 기소했다. ㄱ씨는 지난 3월부터 서울 동작구 ㄴ씨 집에 하루가 멀다하고 찾아가 "꿈에서 당신 집이 내가 이사할 집이라는 하나님의 계시를 받았다"며 집을 비워줄 것을 요구하는 등 무려 50여 차례나 행패를 부린 혐의다. 집주인 ㄴ씨는 검찰조사에서 "'집을 팔라'는 것도 아니고 무조건 '집을 비워달라'는 요구에 처음에는 우스갯소리로 넘기려 했지만 ㄱ씨가 '이곳에 성전을 세워야 한다'는 등 해괴한 소리를 해대 가족들이 불안에 떨었다"며 그간의 마음고생을 털어놨다. ㄱ씨는 나중에는 남편과 함께 이삿짐까지 싸들고 ㄴ씨 집에서 행패를 부리다 지난 6월 경찰에 현행범으로 체포됐다. ㄱ씨가 사기를 친 것일까? 아님 경찰이 계시를 몰라보고 하나님을 거스르는 짓을 한 것일까?

22. cjsgus 2013.05.05.11:03

〈교회에 모이는 사람들이, 말이 다른 여러 종족들이었기 때문에 이국어와 방언을 하고, 그것을 통역하는 일은 상당히 절실했으리라〉

- 〈말이 다른 여러 종족들이었기 때문에 이국어와 방언을 하고...〉 그들 각각의 말을 한다면 통역이 왜 필요하겠습니까? 여기 10개국에서 모인 사람들에게 복음전파를 하도록 한다면 말하는 이에게 방언 능력을 주고 통역을 하는 것보다는 듣는 이들이 각각 자국어로 알아들을 수 있게 돕는 것이 훨씬 간단한데 성령님은 그걸 미처 생각지 못하신 모양입니다.

〈그런데 오늘날 어떤 사람들은 그 방언이 특정 지역이나 특정 종족이 하는 말이 아니라 하나님과 개인이 주고받는 말이라 하여, 다시 말해, 인간의 입을 통해서 하는 인간세계의 말이 아니라 하나님이 계시는 천국의 말로서 받아들인다는 사실이다.〉

- 방언하는 사람들 정신 나간 사람들 같습니다. 1977년 소인이 30대일 때 성령세미나란 모임에 참가한 적이 있었는데 그 모임에 참가한 사람들이 모두 방언을 하는데 소인도 주변 분위기에 휩쓸려 입에서 무의미한 어떤 소리가 나올 듯 나올 듯한 지경까지 갔었는데 결국 방언을 하진 못했습니다. 좀 더 분위기에 집중하여 내 정신을 버렸어야 했는데…

〈방언과 관련하여 더 재미있는 사실은, 말하는 본인조차도 정확히, 그리고 즉각적으로 지각하지 못하는, 그야말로 알쏭달쏭한 방언을 듣고 통역하는 이가 있다는 것이다. 그것이 사실이라면, 그에게 천국의 언어에 대한 문법을 정리하라고 요청하고 싶은데 과연 그것이 가능한 일일까?〉

- 단언컨대 "천국 언어에 대한 문법 정리" 불가능합니다. 무의미한 소리의 연속일 뿐이니까…

〈하나님께서 인간에게 직접 말을 하실 때에는 언제나 인간 스스로가 알아들을 수 있는 말로써 했지 별도로 존재하는(?) 천국의 말로써 하지 않았다는 사실이다. 뿐만 아니라, 천사가 하나님의 명을 받들어 특정인과 대화를 나눌 때에도 천국의 말이 아닌 인간의 말로써 했다.〉

- bible의 기록을 믿지 않지만 백보 양보하여 믿어준다면 〈하나님께서 인간에게 직접 말을 하실 때에는 언제나 인간이 알아들을 수 있는 인간의 말〉로써 했는데 천국의 말이 뭐람?

〈일부의 사람들이 말하는 방언에는 일정한 통사구조와 음운법칙이 존재하지 않을 것이다.〉

- 소위 방언이라는 것에는 일정한 통사구조와 음운법칙이 절대로 존재치 않을 겁니다.

23. cjsgus 2013.05.05.11:24

기독인들의 〈잘못된 생각의 발원지가 곧 다름 아닌 경전 안에 있다는 사실〉 바꿔 말하면 기독인들의 신앙의 바탕인 bible이 비이성적이며 거짓이고 모순투성이기에 모든 문제가 거기서 발생한다고 봅니다.

〈경전 내용을 잘못 해석했다고 지적한다.〉

- 문제는 "누가 경전 내용을 올바르게 해석할 수 있는가?" 하는 점이지요.

〈그렇다면, 우리는 회개해서 무탈하게 잘 살고 있는가,〉

- 하나님의 뜻을 우리는 알 수 없다는 등 등 수없이 많은 궤변이 뒤따르겠지요.

24. cjsgus 2013.05.09.10:14

돼지를 부정한 동물로 보든지 상서로운 동물로 보는 것은 그 사회의 편견이고 문화이지요.

언어, 역사, 음식, 관습, 종교 등 인간이 살아가는 모습을 광의의 문화라고 하는데 유대인들 문화의 산물인 bible만을 절대 진리라고 주장하는 기독인들입니다.

예수가 한국에서 태어났다면 포도주가 아니라 막걸리 얘기가 기록됐을 테고 창세기가 아프리카나 남미 아마존 밀림의 원시 부족들에 의해서 기록되었다면 아담부부가 선악과를 따먹고 자신들이 나체임을 깨닫고 부끄러워 몸을 가렸다는 기록은 달라졌을 텐데…

25. cjsgus 2013.05.09.11:07

천사에 관한 얘기도 모두 인간의 상상력에 의해서 그려진 것이군요. 하나님을 직접적으로 보좌하는 천사들, 하나님의 뜻과 명을 받드는 것이 임무인 천사들인데 한 가지 걱정은 예전에 천사들 중 반역한 천사들이 있었는데 앞으론 그런 걱정은 없는지…

인간에겐 자유의지가 있어 수시로 하나님께 반역하는데 천사들에게선 자유의지를 모두 회수하여 반역의 가능성이 없는지, 천사들을 믿을 수 있는지…

〈죄를 범하여 지옥에 갈 천사들도 있다〉 - 베드로후서 2:4는 미래형이 아니고 과거형입니다.

〈When angels sinned, God did not spare them: he sent them down into the underworld and consigned them to the dark abyss to be held there until the Judgement.〉 (New Jerusalem Bible)

*하나님이 범죄한 천사들을 용서치 아니하시고 지옥에 던져 어두운 구덩이에 두어 심판 때까지 지키게 하셨으며(베드로후서2:4)

26. cjsgus 2013.05.11.11:54

〈참으로 어처구니없는 하나님의 벌을 받은 것이다. 그것도 모세와 아론이 하나님을 불신한 것도 아닌데…〉

- [주님께서는 "아버지가 아들 때문에 처형되어서는 안 되고, 아들도 아버지 때문에 처형되어서는 안 된다. 사람은 저마다 자기 죄 때문에 처형되어야 한다."고 명령하셨다.](열왕기 14:6)

"사람은 저마다 자기 죄 때문에 처형되어야 한다"고 한 열왕기의 말을 보면 모세와 아론의 죽음으로 하나님이 영원한 신이 아니라는 결론을 얻을 수 있군요. 영원하다는 말은 시작도 없고 끝도 없고 변함이 없다는 말인데 야훼 하나님은 수시로 변하니 하나님이 영원하다는 말은 부당한 말이 됩니다.

하나님이 영원한 분이라면 bible이 거짓말한다는 증거가 되겠죠? 그래서 구라경….

27. cjsgus 2013.05.11.12:26

〈아브라함이 그곳에 단壇을 쌓고 나무를 벌여놓고, 아들 이삭을 결박하여 단 나무 위에 놓고, 손을 내밀어 칼을 잡고, 그 아들을 잡으려 하자…〉 이 얼마나 잔인한 신이고 아비인가? 결박당한 아들은 어떤 공포를 느꼈을까?

〈그 아이에게 네 손을 대지 말라. 아무 일도 그에게 하지 말라. 네가 네 아들 네 독자라도 내게 아끼지 아니하였으니, 내가 이제야 네가 하나님을 경외하는 줄을 아노라.〉

- 아브라함이 비정한 아비임을 확인하고 나서야 "네가 하나님을 경외하는 줄을 알"았다니 전지한 하나님이라는 말도 모두 거짓이었군요.

28. cjsgus 2013.05.14.18:34

〈금세에 있어 집과 형제와 자매와 모친과 자식과 전토를 백배나 받되… 내세에 영생을 받지 못할 자가 없느니라.〉

난 이 대목을 읽으면서 기독인들을 이해 못하겠다는 말이 나옵니다. 내세야 우리가 확인할 길이 없어서 속는다 하더라도 "현세에서 백배"를 받는지 거짓인지 확인할 수 있는데 왜 구라에 속는다는 걸 깨닫지 못할까요?

29. cjsgus 2013.05.15.18:07

[예수교의 가장 큰 거짓말]

- 납득할만한 근거로 사람들을 납득시키지도 못하면서 〈구라경〉의 기록들은 진실이라고 거짓말을 한다. 구라경을 근거로 예수교의 모든 거짓말이 시작되니 구라경은 과연 예수교 구라의 원천이다.

30. cjsgus 2013.05.15.18:30

〈그 율법들은 사막이 많은 아랍권의 자연환경과 삶이 고려된 것들이 많다. 바로 여기에서 그들 특유의 문화가 생겼고, 그것이 존속될 수 있었다고 보여 진다.〉

- 투쟁을 좋아하는 사막의 인간들 - 투쟁 중 죽는 자도 많을 테니 과부도 많을 것이고 그 과부들을 돌볼 남자는 부족하니 4명의 부인 규정이 생길 법도 하군요. 코란이건 구라경이건 그 시대 그 사회의 생활상이요 문화인 것을 신의 특별한 가르침이라고… 그게 종교의 모습이지요.

31. cjsgus 2013.05.15.19:01

〈이슬람교에서는 인간의 몸으로서 영생한다. 그것도 배우자가 주어지고, 과일 음료수 침상 등 원하는 모든 것이 주어지는 곳으로 묘사되어 있다.〉

- 경전의 가르침이란 것이 다름 아닌 그 시대 그 사회의 사회상이요 문화이며 인간들의 희망사항이지요. 배우자가 주어지고, 과일 음료수 침상 등 원하는 모든 것이 주어지는 곳에서 영원히 살고픈 인간들의 희망사항…

〈하나님이 전지전능하다고는 하나 실제는 그렇지 못하다는 증거 외에 다름 아니다.〉

- 전지전능하다고는 하나 실제는 그렇지 못하다는 증거, 또는 그런 신은 존재치 않는다는 증거지요.

32. cjsgus 2013.05.15.19:11

〈경전의 내용이 얼마나 비현실적이며 불완전한 내용인가를 말해 줄 따름이다.〉

〈그럼에도 불구하고, 그들은 경전이 곧 일자일구 수정할 수 없는 '진리'라고 강조한다.〉

- 실로 웃긴다 아니 할 수 없다. 경전을 해석하고 실천할 때 아전인수, 특히 예언이 실현되었다며 그 증거를 갖다 붙이기의 귀재들 - 이런 걸 아포페니아라고….

33. cjsgus 2013.05.15.20:01

〈죽은 후의 세상을 그리지 말고, 이승에서의 삶을 여한 없이 충실하게 살 필요가 있다고 본다. 어떻게 사는 것이 여한 없이 충실한 삶인가는 개개인 각자에게 달린 문제라고 생각한다. 그러나 여기에서도 전제되어야 할 조건은 있다. 그것은 곧, 사는 동안 가장 가까이 있는 가족으로부터 멀리 있는 사람들에까지도 정신적으로나 물질적으로 피해를 끼치지 않아야 한다는 것이다. 이것은 그 어떤 봉사활동이나 다중多衆을 상대로 하는 정치보다도 더 근원적이면서 더 중요한 것이다.〉

- 전적으로 공감하고 동의합니다.

인간이 세상의 이치, 진실과 진리, 거짓… 등을 어떻게 알 수 있을까요? 저는 6, 70년간 살아오면서 경험한 것들을 아무리 면밀히 분석해 봐도 인간이 뭔가를 알기 위해서는 눈으로 보거나 귀로 듣는 등 오감을 통해 외부의 정보를 받아들이고 그것들을 분석하고 종합하며 추론하고 판단하는 이성의 작용으로 그 무엇이든지 알게 된다고 생각합니다. 우리가 받아들인 정보들 중 거짓 정보도 많고 우리의 불완전한 오감 때문에 정보를 잘못 받아들일 수도 있고 이성의 한계 때문에 잘못 분석하고 잘못 판단하여 잘못된 결론을 내길 수도 있지만 아무리 부족하고 불완전한들 어쩝니까? 오감과 이성은 우리가 자진 전부인 것을… 이것이 인간 인식에 대한 소인의 생각입니다. 물론 소인의 생각이 절대로 옳다는 생각을 하지는 않으며 얼마든지 다른 견해가 있을 수 있다고 생각합니다. 아직 소인의 생각이 잘못된 생각임을 납득할 수 있게 설명해 주시는 분을 만나지 못했습니다.

이시환 선생님은 〈보통 사람들이 신과 관련해서 가지는 몇 가지 공통된 심리〉를 말씀하셨는데 제의 소견으로는 그 몇 가지를 〈이성의 마비〉라는 한 마디로 요약합니다. 물론 인간의 심리문제를 모두 무시하지는 못 하지만요. 기독인들과 bible이나 그들 믿음에 대해 얘기하다 보면 평소에 멀쩡하던 사람도 비이성적이 되는 사람을 너무 여럿 접하다 보니 〈이성의 마비〉라는 엄청나게 경솔한(?) 결론을 내렸습니다.

34. cjsgus 2013.05.16.13:14

인재와 자연재앙으로부터 도피하고 싶었던 인간들은 그 도피처로 우선 신을 상상하여 만들었을 테고 그 자신이 만든 신들에게 잘 보이려고 온갖 애교를 부리면서 복을 빌고 결국은 신들에게 속박당하는 꼴이 되었던 것이지요. 바로 신을 중심으로 하는 종교에 속박된 인간들…

35. cjsgus 2013.05.16.14:11

〈신이 있다면 얼마나 좋겠는가? 우주만물을 창조하고, 주관하는, 전지전능하신 신이 있다면 얼마나 좋겠는가? 특히, 인간 행위로부터 마음 씀씀이까지 그 잘잘못을 일일이 따지는 심판 과정을 거쳐서 천국과 지옥이라는 상벌을 주는 신이 있다면 정말이지 얼마나 좋겠는가? 또한, 사는 동안 어지간한 죄를 지어도 뉘우치고 신을 믿기만 하면 자비로운 마음으로 용서해주는, 그런 너그러운 신이 있다면야 얼마나 좋겠는가?〉

- 소인도 한 때는 그런 신이 있다고 간절히 믿었고 그런 믿음을 잃은 후에도 그런 신이 있기를 간절히 바랬었지요. 그러나 지금은 기독인들의 여호와 신이 존재한다면 이 세상은 지옥으로 변한 거란 확신을 가지고 있답니다. 왜냐하면 어지간한 죄가 아니라 온갖 악행을 저지르고 마지막으로 뉘우치고 용서받는다면 지금 한국에서 볼 수 있는 부도덕한 목사들 같은 인간들이 바글바글할 테고 그런 인간들에게 강도 살인을 해서라도 그들의 재산을 털어 호의호식하면서 살다가 나중에 뉘우치고 용서받는 그런 믿음으로 사는 자들이 가득 찬 세상이 될테니까요.

36. cjsgus 2013.05.16.18:08

〈죽지 않고, 영원히, 지상에서〉〈현재의 지구 자연생태계 속에서 우리가 영생한다면, 그것이야말로 끔찍한 결과를 초래하고 말 것입니다.〉

- 그렇습니다. 그렇지만 구라경을 꾸며 쓴 사람은 그 끔찍함을 모르고 그렇게 희망 사항을 썼을 겁니다.

그런데 구라경의 저자와는 격이 다른 오늘날의 저명한 미래학자가 그런 글을 썼기에 많은 이들이 bible 얘기와는 다르게 받아들이고 저도 그 중 하나랍니다.

이 글을 쓰신 때가 2008년 8월. 어쩜 그 당시엔 인간이 죽음이라는 굴레에서 벗어날 수 있을 것이라고 주장하는 미국의 미래학자 레이 커즈와일(Ray Kurzweil)이 쓴 책을 못 보셨을지도 모른다는 짐작이 됩니다. 저도 책 내용에 대해서 얼마 전에 겨우 알았으니까요.

책 제목이 THE SINGULARITY IS NEAR(2005년 저서)인데 우리말로는 〈특이점이 온다〉라고 번역했네요. 꿈같은 얘기인데 전혀 허황된 얘기만은 아니어서 앨빈 토플러를 비롯한 미래학자들은 그의 이론을 매우 진지하게 받아들이고 있다고 합니다. 빌 게이츠는 "인공지능 분야의 미래에 관해 최고 권위자가 들려주는 인류문명의 미래"라고 평가했답니다. 레이 커즈와일은 2045년이면 그런 시대가 온다고 했다는데 100살까지만 살면 내 눈으로 확인할 수 있을 텐데…

37. cjsgus 2013.05.16.18:54

〈고대 원시종교와 현대 고등종교〉 - 무슨 차이가 있을까요? 현대 고등종교라 함은 기독교 불교 등을 일컫는 듯한데 그 믿음은 몇 천

년 전 몽매한 인간들의 생각에서 시작된 것인데 그 것이 지금도 이어진다 하여 현대(?)고등 종교라니요… 몇 천 년 전 시효가 다 지나간 얘기를 믿는 현대 고등종교… 현대… 고등…

38. cjsgus 2013.05.18.12:05

〈하나님을 찬미하며 기도하자, 갑자기 큰 지진이 일어나 옥터가 움직이고, 문이 다 열리며, 모든 사람의 매인 것이 풀어졌다 한다.〉

- 구라 같은데…

- 그런데 왜 예수의 간절한 마지막 기도는 외면 받을까요? "그들이 모두 하나가 되게 해 주십시오. 아버지, 아버지께서 제 안에 계시고 제가 아버지 안에 있듯이, 그들도 우리 안에 있게 해 주십시오. 그리하여 아버지께서 저를 보내셨다는 것을 세상이 믿게 하십시오."(요한 17:21) 예수의 잡히기 직전 마지막 간절한 기도는 자기를 믿고 따르는 무리들이 갈라지지 않고 하나가 되게 해달라는 것이었는데 이 기도는 철저히 묵살 당했으니 지금 기독교 교파는 하나는커녕 25,000이상의 파벌로 갈라져 서로가 서로를 이단이라고 싸우고 있으니 하나가 되게 해 달라던 그 기도가 묵살되었다고 할 수밖에….

39. cjsgus 2013.05.21.09:14

〈종교에 대해 심도 있는 대화를 피하는 경향이 현실인데…〉

- 미국인 친구 말에 의하면 미국인들은 종교 얘기를 하지 않는 것이 불문율이라고 합니다. 그만큼 종교라는 것 자체는 언쟁, 싸움을 뒤에 숨기고 있다는 말이 아닌가 생각했습니다. 끼리끼리에게는 평화와 구원을 주는지 모르지만 다른 의견을 가진 사람과는 공존이 어

려운 종교… 나도 60년 가까이 얽매여왔던 종교…

종교가 진리를 알려준다고 생각했었는데 끼리끼리만의 진리란 말인가?

이춘희 선생님 말씀대로 논리정연한 이시환 선생님 의견 개진에 박수를 보내며, 어느 기독인도 궤변이나 억지, 거짓말 외에는 이시환 선생님 의견에 맞서지는 못할 겁니다. 그가 인간 이성을 가지고 있다면…

40. cjsgus 2013.05.21.21:42

이춘희 선생님의 용기에 큰 박수를 보냅니다. 지금까지 제가 대화해 본 대부분의 기독인들은 자기들 맘에 들지 않는 글 내용에 대하여 비논리적이고 비이성적인 반응을 보이는 것이 보통인데 이춘희 선생님은 그렇지 않았습니다. 이런 기독인은 처음 봅니다. 이시환 선생님이건 저이건, 예수님이건 잘 못된 논리를 전개한다면 논리적으로 이성적으로 차근차근 잘못을 지적하거나 자신의 의견을 개진해야 하거늘 기독인들은 다짜고짜 남들은 인정도 하지 않는 창조주 하나님과 bible을 앞세워 자기주장을 전개하는 모습을 볼 때 도무지 얘기가 안 됨을 느낄 뿐 대화를 접는 것 외에는 다른 방법이 없음을 아주 여러 차례 경험했습니다. 이춘희 선생님은 진지한 성찰의 기회를 갖게 되었다고 하시며 타인들에게 일독을 권하시는 걸 보면서 이런 기독인도 계시구나 하고 감동 먹었습니다. 이춘희 선생님, 고맙습니다.

41. cjsgus 2013.05.22.09:10

〈인류역사상 예수교 경전인 성경만큼 영원한 스테디셀러는 없을 것이다. 그만큼 많은 사람들이 읽어왔고, 계속 읽히고 있다는 증거이리라. 이러한 현상은 지구가 멸망하지 않는 한 지속될 것이란 전망이다.〉〈종교계에서 금기시하고 있는 성경에 대한 의문〉

- 인류역사상 예수교 경전인 성경만큼 盲信하면서 읽는 책도 없을 것이다. 진리는 의심하고 신뢰하는 과정에서 견고한 진리로 자리 매김할 텐데 bible은 의심치 말고 믿으라. 확인하려 하지 말라. "보지 않고 믿는 자는 복 있다."고 가르칩니다. 세상에 보지 않고 알지 않고 믿을 수가 있나요? 멍청하지 않고서야….

42. cjsgus 2013.05.22.09:17

〈심판 · 부활 · 승천 · 영생 · 천국 · 지옥 등으로 사람을 묶어두고 있는…〉

- 아주 완곡하게 표현하셨네요. 난 〈…영생 · 천국 · 지옥 등으로 사람을 속이고 있는…〉이라고 표현해야 후련한데….

43. cjsgus 2013.05.22.09:24

〈성경 66권 안에서 주장하는 내용 중에 상충하는 모순이 적지 않다는 것이다.〉

- bible이 66권이냐, 73권이냐 하는 문제부터 해결되지 않는 상충이지요. "영감으로 기록된 하나님의 말씀이라면 이럴 수가 있나요? 여기 7권과 그 외에 수많은 위경 문제를 비롯하여 내용상의 상충, 모순… 이게 진리의 말씀이라? 또 가끔은 쓰레기 같은 내용도 있지요.

“너희들은 먹을 수 없는 부정한 음식을 이방인들에겐 팔아도 된다 · 는 등.

44. cjsgus 2013.05.22.09:34

〈하나님께서 인간에게 요구하는 것이 세월이 흐르면서 점진적인 변화를 거듭하고 있다는 지적이다.〉

- 하나님이 변하셨나요? 그럴 리가… 영원하신 하나님이 변하시다니… 애초부터 존재치 않았다면 모를까….

〈이와 같이 의문투성이의 성경이나 종교의 정체는 과연 무엇일까? 〉

- 6천 년 전? 2천 년 전? 그 미개하던 시대에는 아무 의심 없이 잘도 먹혀들던 구라가 인지의 발달로 더 이상 먹혀들지 않게 되고 의문투성이가 되었다는 말보다 더 적절한 대답이 있을까요?

45. cjsgus 2013.05.22.09:45

〈이 에세이집의 표제만 읽고 혹자는 ‘사단의 사주를 받았다’며 ‘이단서적’으로 치부해버릴지도 모른다. 그러나 이 에세이는 그런 사람들이 꼭 탐독해볼 필요가 있다는 역설적인 매력을 지니고 있다. 특히, 맹신자들에게 필독서로 여겨진다.〉

- 이 에세이를 ‘이단서적’으로 치부해버리지 않고 읽을 사람이라면 맹신자가 아니지요. 맹신자, 그래서 ‘개독’이란 소릴 듣는 사람들은 결코 이 에세이를 읽지 않을 것이고 설령 읽는다고 해도 ‘이단의 소리’, ‘사탄의 아우성’으로만 들릴 겁니다.

46. cjsgus 2013.05.24.11:16

〈자유 · 평등 · 박애의 사상이 기독교의 성서에서 유래되었으며…〉

- 소인도 그렇게 배우고 생각했었습니다. 그 후 중세의 암흑시대, 중남미 원주민의 학살과 억압이 기독교에 의한 것이었음도 알았고 그런 만행들이 "자유 · 평등 · 박애" 와는 정 반대임도 알게 되었습니다. 〈자유 · 평등 · 박애〉가 기독교 사상에서 싹튼 것 같기도 하고 기독교 사상으로 짓밟힌 것 같기도 하고… 아무튼, 기독교란 종교 모순을 낳는 것만은 틀림없는 것 같은데….

47. cjsgus 2013.05.24.11:28

〈신학이란 기독교의 교리와 신앙을 이론적으로 연구하는 학문이다.〉

- 신학이란 어떤 종교의 신(神), 교리(教理) 등을 연구하는 학문을 말하는데 기독교 신학은 기독교의 경전인 bible을 중심으로 할 수밖에 없고 기독교의 신학은 성서신학만(?)을 신학이라고 할 수 있지 않을까 하는 무식한 생각을 소인은 가지고 있습니다. 기독인들의 주장대로 bible이 하나님의 감동으로 기록된 진리 말씀이란 걸 이성적으로 학문적으로 연구 증명하는 것이 성서신학의 핵심이지 갖다 붙이기식의 억지 신학은 학문도 아니란 생각입니다.

48. cjsgus 2013.05.24.11:44

〈많은 신학자, 성직자, 성서연구가들이 쓴 책들은 대부분 깊은 신앙심으로 성경의 내용을 해석하고, 또 기적들을 기술, 찬양하고 있다.〉

- 소인은 이런 글들을 신앙고백이라고 보지 학문적이라고 보질 않습니다. 〈하지만 이 책의 저자는…〉 신앙고백을 하는 부류들과는 다르게 보이기에 감동을 주는 겁니다. 신앙고백은 같은 부류끼리는 감동을 주지만 〈하지만 이 책의 저자는〉 다릅니다.

49. cjsgus 2013.05.24.11:57

〈성경에서 가장 해석하기 어려운 부분이 요한 계시록이라고들 한다.〉

- 인간이 쓴 많은 책들 중에는 학문적으로 난해하고 어려운 얘기들이 있을 수 있지만 하나님이 인류에게 자신을 들어내 보이시며 알게 하시려고 하나님이 성경을 인간에게 주신 목적이라면 그 글은 깊은 학문적 연구를 통해 해석하는 어려운 글이어서는 안 된다. 무식한 자나 유식한 자, 높은 지능의 소유자건 저지능이건 누구나 하나님을 알고 믿고 공경하도록 하는 것이 하나님의 뜻이어야 한다. 유한한 인간이 무한하신 하나님을 어떻게 아느냐고? 그런 건 건방지게 걱정할 필요 없다. 자비로우신 하나님이 필요한 만큼 알리시고 알아듣게 하실 테니까. 성경이 꾸며낸 인간들의 얘기가 아니라면 누구나 알아듣고 믿고 공경하고 구원받을 수 있는 하나님의 말씀이어야 한다.

50. cjsgus 2013.05.24.12:33

성경 내용을 모두가 진실이라고, 사실이라고, 하나님 말씀이라고 거짓말하고 있으니…

〈"종교는 거짓말 없이는 성립되지 않는다. 그 거짓말을 믿을 때에 종교는 신비로워진다."〉

- 명언 중의 명언입니다. 거짓말 위에 성립되니 거짓말 없이는 성립 불가한 종교

- 그 거짓말의 바탕이 각 종교의 구라경들….

51.cjsgus 2013.05.24.12:41

〈이제 2,000년 간 진실로 믿어온 성경의 역할은 끝이 났습니다. 21세기에는 그것의 진실과 허구가 다 드러남으로써 그 역할을 다한 것입니다.〉

- 시효가 끝난 거짓말로 버틸 수는 없지요. 그래서 새 시대에 맞는 거짓말을 만들어내야 하는데 옛날처럼 쉽지가 않단 말씀야…. 그래서 터무니없는 거짓말을 하는 자들이 있는가 하면 그래도 앞에 무릎 조아리고 "아맹~♪, 걸렐루야 ~♬" 하는 무리가 아직도 수두룩….

52. cjsgus 2013.05.24.14:58

Q: 종교라는 것은 인간의 이성으로 분석되지 않는다고 생각하는데…

- 인간이 만든 종교가 인간 이성으로 분석되지 않는다? 이게 무슨 말인지 소인 모르겠음.

Q: 불완전한 인간의 머리로써 전지전능한 창조주의 뜻을 온전히 분석할 수 없다고 생각하는데…

- 불완전한 인간의 머리라는 말 동의함.

- 전지전능한 창조주의 뜻을 온전히 알 수 없다는 말 : 전지전능하

다는 말은 인간이 만든 말로서 불완전한 인간의 희망사항을, 꿈을 씨부렁거려 본 것일 뿐. 당연 전지전능한 꿈속의 존재를 인간의 불완전이 이해할 수는 없겠지. 이 말이 무슨 뜻인지 알지도 못하면서 걸핏하면 불완전한 인간이 완전한 신을 이해할 수 없다고 씨부렁거리는 기독인들…. 프란시스 베이컨은 전지전능과 같이 있지도 않은 개념을 인간이 언어로 만들어 놓고 거기 속고 있다고 하며 이런 걸 시장의 우상(idola fori)이라고 했지요. 꿈속의 고향을 그리는 순진함이면 좋으련만 순진함이 아니라 무지몽매함이니….

53. cjsgus 2013.05.24.15:20

〈같은 경전[책]을 읽고도 이렇게 다른 느낌을 받고 이렇게 다른 생각을 할 수 있다는 사실 자체가…〉

- 조선 초 이성계와 무학대사가 나눴다는 농담이 생각납니다. 부처 눈에는 남들도 모두 부처로 보이고 돼지 눈에는 남도 돼지로 보인다는 말. 생각하는 대로 보인다는 말, 소인은 실감하고 있습니다. 그 옛날 한 점 의심도 없이 bible을 믿던 시절 모든 말씀으로부터 진리를 끌어내려 애쓰던 시절이 내게도 있었는데 지금은 읽으면 읽을수록 거짓, 모순으로 보이니 분명 같은 글인데 마음 자세(?)에 따라 이렇게 다른 느낌으로 bible을 읽게 될 줄이야….

54. cjsgus 2013.05.24.15:41

선생님은 어머니 신앙을 많이 얘기하셨군요. 어머니와 친구 목사님에 대한….

소인에게도 똑 같은 얘긴데 다르다면 5대조 할아버지로부터 대대로 물려주신 신앙을 내 대에 와서 잃게 되는 아픔이… 난 선생님처럼 공개적으로가 아니고 혼자서 조용히….

55. cjsgus 2013.05.29.12:46

Bible 안에는 〈근원적인 모순들이 뒤섞여 있기 때문에 그로부터 파생되어 나오는 수많은 의문과 대립이 생길 수밖에 없는데, 그 의문들은 풀리지 않고 그 대립은 끝내 화해되지 않는다는 사실이다. 이점이 바로 신이 인간을 창조한 것이 아니라 인간이 신을 창조한 증거이며, 동시에 인간이 집필한 경전의 한계이다.〉

- 신이 인간을 창조한 것이 아니라 인간이 신을 창조했다. 기독교의 신뿐만 아니라 이 세상 모든 민족들의 신, 모든 종교들의 신이 인간에 의해 창조된 것임을 기독인들만 모르고 부정하는 듯….

56. cjsgus 2013.05.29.13:08

“나는 가시나무”

- 너무 자학하시는 거 아닌가요? 소인은 가시나무 밑이 좋군요. 잡새들이 몰려들지 않아서….

57. cjsgus 2013.05.29.15:21

〈대다수의 사람들은 예로부터 내려오는 종교적인 주장을 직간접으로 많이 접해서 각인刻印·세뇌洗腦되다시피 되어 버렸고, 또한 그런 과정에서 반신반의半信半疑하다가도 ‘무비판적으로’ 혹은 ‘막연히’ 받아들임으로써 생기어 고착되는 일종의 ‘고정관념’에 사로잡혀 있다는 것이 제 판단입니다.〉

- 저도 그렇게 생각합니다. 일찍이 프랜시스 베이컨은 이런 고정관념 또는 편견을 우상이라고 했는데 있지도 않은 용, 봉황, 인어, 귀신, 영, 천사, 신 등을 하도 많이 듣다보니 은연 중에 존재하는 것으로 고정관념을 갖게 되는 걸[시장의 우상]이라고 했다지요. 있지도 않은 걸 의례히 있는 것으로… 어제와 그저께 이틀 동안 전국 노인복지관 대항 탁구시합이 아산에서 있었는데 참가했다가 만난 어떤 기독인 노인과의 대화 중 〈선한 목자〉란 말은 존재할 수도 없다는 얘길 했더니 그분 열을 내면서 예수님은 〈선한 목자〉라고 하더군요. 목자가 왜 양들을 돌보는가? 결국은 양으로부터 털을 빼앗고 양을 죽여 고기를 얻기 위함이지 즉 인간을 위함이지 양을 위해 양을 돌보지는 않는다. 양들에게 착한 목자란 없다고 하면서 착한 목자, 검은 백조, 동그란 세모 등은 존재할 수 없는 말인데 우리 머릿속에 개념으로 존재할 뿐이라고 한참 얘길 했답니다.

58. cjsgus 2013.05.31.17:27

〈놀랍게도, 인간세상을 위한 하나님의 업무 중에도 이 도장을 사용하고 있다는 사실이다.〉

〈정말로 하나님이 사용하고 있는 도장이 있을까?〉

- 인간은 자연계를 의인화해서 말하고 신도, 하나님도 모두 인간의 눈으로 보고 인간의 잣대에 맞추어 행동하는 것으로 꾸며대고 있습니다. Francis Bacon은 이런 편견을 종족의 우상이라고 했지요. 하나님이 사용하는 도장은 보나마나 싸구려 목도장이 아니겠지요?

59. cjsgus 2013.05.31.18:20

〈하나님은 백성들로부터 제사 받기를 참 좋아하셨고, 그 결과에 따라서 복福과 벌罰을 주시던 하나님, 인간의 죄악을 그 때 그 때 응징했던 하나님, 질투하며 응징하던 하나님께서 어찌하여 마음을 바꾸어 자비를 베푸셨는가?〉

- 분명히 하나님은 변하셨다.

- 영원하신 하나님이라고 했는데 이젠 영원하지도 않다. 언제 어떻게 변할지 모른다.

bible 안에서만 살아계시고 전지전능하시고 영원하신 하나님 ~ ♬ 아맹~ 걸렐루야~ ♬

60. cjsgus 2013.06.01.18:13

〈하나님의 창조목적〉

- 하나님은 우주만물과 인간을 왜 창조했을까?

- 심심해서? 제사를 받으시려고?

- 가톨릭의 대답 : 하나님께서는 당신의 아름다우심과 완전하심과 사랑을 인간에게 나누어 주시려고 창조하셨다는데 인간의 범죄로 하나님은 목적 달성에 실패하신 걸까?

『신은 말하지 않으나 인간이 말할 뿐이다』를 펴낸 저자와의 대담 · I

정세봉

*아래 대담은 2009년 09월 04일 오후 4시 30분 서울 충무로에서 승용차로 출발하여 당일 19시 30분 전북 정읍시 감곡면 용곽리 소재 이시환의 모친 묘소를 거쳐 부안군 변산 온천에서 하룻밤을 묵고, 다음날 아침 07시에 새만금과 변산 앞바다를 산책 후 13시 서울로 돌아오기까지 두 사람 사이에 이루어졌던 수많은 대화 내용 가운데 문제의 책 『신은 말하지 않으나 인간이 말할 뿐이다』에 대한 것만을 9월 6일 일요일에 정리한 것이다. -정세봉

정세봉 이 작가님, 안녕하십니까? 올 초였던가요? 지중해 연안 7개국 여행을 다녀오신 게?

이시환 예, 맞습니다. 지난 1월 14일에 출국해서 3월 19일 귀국했었습니다.

정세봉 두 달 이상 길게 여행을 하셨는데 이번에 펴내게 된 종교적 에세이집과 무슨 관련이 있나요?

이시환 특별한 관련이 있었던 것은 아니지만 그렇다고 관계가 전혀 없었던 것도 아니라고 생각합니다. 왜냐하면, 이 책을 쓰던 중에 여행을 떠났는데, 그 당시 제 생각으로는 현장에 가서보면, 그러니까 예수의 탄생지나 사역활동의 중심지였던

갈릴리 바다나 예루살렘 성 등을 두루 돌아보면 경전만을 읽고 느끼거나 판단한 나의 생각들이 바뀔 수도 있지 않을까 싶었거든요.

정세봉 그럼, 여행을 다녀오신 후 내용상으로 바뀐 것들이 전혀 없으신가요?

이시환 거의 없습니다. 은연중, 저도 어느 정도는 변화가 있지 않을까 생각했었는데, 바뀌거나 수정된 내용은 거의 없어요. 다만, 경전에 나오는 지명들을 현지에서 확인하고 관련 유적들을 살펴보긴 했지만, 경전 내용에 대한 판단은 오히려 더 굳어지게 되었고, 본문 관련 주석에서 보완되었던 한두 건이 있을 뿐이지요.

정세봉 그러면 본론으로 들어가서, 이번에 펴내게 된『신은 말하지 않으나 인간이 말할 뿐이다』라는 책에 대해서 몇 가지 여쭈어 보겠습니다. 책이 400여 쪽 가깝게 꽤나 두꺼운데 주로 어떤 내용들인가요? 물론, '성경'과 '꾸란'에 대한 오해 혹은 진실이라는 부제가 붙어있어서 어렵지 않게 독자들도 짐작은 할 수 있을 것입니다만….

이시환 예수교 경전인 '성경'과 이슬람교 경전인 '꾸란'을 읽고 저 나름대로 느끼고 판단한 내용들인데 제가 그것들을 오독·오판했다면 나의 책이 두 경전 내용에 대한 오해일 것이고, 그것들을 정확하게 읽고 정확하게 판단했다면 나의 책 내용이 진실이라는 뜻에서 그런 부제를 굳이 부쳤습니다. 그리고 이 책은 머리말에서 이미 밝혀 놓았듯이, ①일러두기 ②머리말 ③차례 ④본문 7장 ⑤약간의 주석과 예수교 관련

성화 몇 점 ⑥후기 등으로 이루어졌는데, 본문 제1장은 예수교의 종지(宗旨)를 이루는 키워드를 중심으로 분석한 내용들이고, 제2장은 예수의 정체성을 확인하는 글들입니다. 그리고 제3장은 예수의 인간적 가르침을 집중적으로 분석한 글들이고, 제4장은 예수교의 키워드들 가운데에서도 그 중심에 있는 '천국'과 '지옥'에 대한 글들이며, 제5장은 요한계시록의 내용을 부분적으로 풀이한 내용들입니다. 그리고 제6장은 경전 기술상의 비유적 표현의 한계, 그러니까, 왜, 구체적이고 직접적인 기술이 있어야 할 곳에 비유적인 표현을 해야만 했는가에 대하여 나름대로 생각해본 글들이고, 제7장은 종교현상에 대한 저 개인의 생각을 종합적으로 정리한 글입니다.

정세봉 그렇군요. 이 선생께서 생각하는 예수교의 종지를 이루는 키워드는 무엇 무엇이라고 판단하셨는지요?

이시환 물론, 그들 한 가운데에는 '천국'과 '지옥'이란 것이 있어요. 그 천국과 지옥이 있기 때문에 '심판'이란 것이 있고, 심판이 있기 때문에 '부활'이 있고, 심판의 결과 천국으로 올라가야 하는 이들이 있기 때문에 '승천'이란 것이 있어야 하지요. 이들 천국 · 지옥 · 심판 · 부활 · 승천 등이 예수교의 종지를 이루는 키워드들이고, 이들이 전제되기 때문에 '성령'이니 '계시'니 '믿음'이니 '회개'니 하는 것들이 다음으로 중요하게 다루어진다고 봅니다. 저는 성경에 관한 초심자인 만큼 조심스럽습니다만 경전 내에서 이들 용어들이 어떻게 사용되고 있는지를 나름대로 규명했다고 볼 수 있습니다. 결과적으로 나의 이야기는 조금밖에 없고 경전 안의 이야기가 대부분이라고 볼 수 있어요. 그렇기 때문에, 나의 책이 틀렸어도 조금밖에 틀리지 않은 셈이지요(하하하, 비교적 크게 웃음).

정세봉 이슬람교 경전인 '꾸란'에 대한 이야기는 얼마나 나오는가요? 그 양의 많고 적음에 관계없이 '꾸란'을 일독하셨으리라 믿습니다만….

이시환 물론, '꾸란'에 대해서는 한글로써 번역이 되어 있기 때문에 일독할 수 있었고, 재독하는 중에 여행을 떠났었지요. 여행국들 가운데에는 터키 · 시리아 · 레바논 · 요르단 · 이집트 등 대부분의 국가들이 무슬림 국가이었기 때문에 그들의 정서를 간접적으로 이해하기 위한 방편으로 읽었었지요. 그런데 그것에서 발전하여 예수교 관련 글을 쓰면서 자연스럽게 양자를 비교하게 되고, 크게 다른 점들에 대해서는 왜 다른가를 놓고 나름대로 생각해 보았지요. 때문에 그리 많이 언급되지는 않지만 천국이나 지옥 문제, 심판 문제, 예수의 정체성 문제 등 핵심적 사안들에 대해서는 양쪽을 소개하면서 결과적으로 문제를 제기한 셈입니다.

정세봉 이 책을 전체적으로 보면, 7장에 57개 항목 이상의 글들이 수록되어 있는데 이 선생께서는 '무신론자'라고 말할 수 있습니까? 물론, 평소에 가깝게 성경과 불경을 머리맡에 놓고 읽어 오신 것으로 압니다만, 게다가 작년인가 불교적 성향이 짙은 심층여행에세이집 『시간의 수레를 타고』를 펴내기도 했고 말입니다….

이시환 제게 무신론자냐 유신론자냐, 라고 묻는다면 저는 유신론자라고 대답하고 싶습니다. 다만, 신의 개념이 다를 뿐이지요. 제가 이 책 어디에선가 이야기를 한 것 같은데… 잠깐만요. (책을 뒤적이다가) 아, 여기 있군요. 신에 대한 저 개인적인 생각을 밝힌 대목입니다.

시작이 있으면 반드시 끝이 있게 마련이듯, 그 끝은 새로운 시작일 뿐이라고 나는 믿는다. 나는 처음부터 있었던 그것을 두고 외형상 '공(空)'이라 할 뿐 그것이 바로 신이라면 신이다. 다만, 인간의 행실과 마음을 읽고 그에 따라 상벌을 주는 인성(人性)을 지닌 신이 없다는 것뿐이다. 따라서 인간세계의 질서는 인간 스스로가 만들어가야 옳은 일이라고, 아니, 그럴 수밖에 없다고 나는 믿는다. 종교라는 것도 넓게 보면, 인간이 만들어가는 그 질서 가운데 하나일 뿐이다. 그런데 인간 스스로가 만들어 낸 신에게 인간 스스로가 종속되면서 신은 인간에게 무리한 요구를 하게 되었고, 인간은 인간존재에 대한 그릇된 인식을 갖게 되었다. 나는 그런 굴레로부터 자유롭고 싶고, 자유로운 만큼 책임을 스스로 지고 싶을 따름이다. 바로 이 대목이 저의 개인적인 신에 대한 생각을 드러내었다고 봅니다.

정세봉 그렇군요. 이제 마지막으로 하나만 더 묻겠습니다. 이 책을 펴내시고 난 지금의 느낌이랄까, 생각이랄까, 기분은 어떠신지요?

이시환 저 자신은 크게 변함이 없는데 주변사람들이 저를 조금 당혹스럽게 하는 것 같습니다.

정세봉 어떤 면에서 그렇다고 생각하시는지요?

이시환 사실은, 이 책속에 실린 글들을 쓰는 중에도 불편한 점이 없지는 않았었지요. 솔직히 고백하자면, 제가 예수교 경전인 '성경'에 대해서 글을 쓴다하니, 그것도 비판적 시각에서 이슬람교 경전인 '꾸란'과 비교해가며 신을 부정(?)하는 글을 쓴다하니 적지 아니한 사람들이 심히 걱정을 했었습니다. 물론, 그분들은 저를 비교적 잘 아는 사람들이지만 내가 무엇을 근거로 어떤 생각을 펼치고 있는지에 대해서는 전혀 모르는 사람들이라고도 말할 수 있지요. 그런 의미에서 나를 잘 안다고는 하지만 나를 전혀 모르는 사람들이라고도 말할 수 있습니다. 보통, 우리의 대인관계가 그렇듯이 대다수의 사람들이 자기 이야기는 열성적으로 해도 남의 이야기에는 좀처럼 귀를 기울여 주지 않는 관계잖아요? 게다가, 어떤 고정관념에 사로잡혀 있거나, 아니면 어떤 편견을 갖고 살면서 상대방을 그것들로써 재단하는 경향이 있으니까요. 제가 구체적으로 예를 들어볼까요?

정세봉 계속해서 말씀하시죠.

이시환 성경과 종교이론서들을 많이 읽어서 어지간한 목사님들보다 더 박식해 보이는 아무개는, 내가 평소에 시와 문학평론을 하는 사람이라는 것을 알기에 "문학은 자기 임의로 얼마든지 글을 쓸 수 있다지만 성경에 관한한 그럴 수는 없다. 그동안 얼마나 많은 사람들이 그 경전 때문에 목숨을 버렸던가."라고 제게 주의를 환기시켜 주었었지요. 그의 말은 듣는 순간 저는, '네가 어설프게 성경 내용을 읽고, 분석하고,

써보았자 씨알도 먹히지 않는다. 한 마디로 말해 역부족이다.'는 속뜻이 깔려 있었다고 나는 생각했었습니다.
또, 저의 친구 목사님 가운데 한 분은, 제 사무실을 직접 방문하여, 기도해 주고, 예배를 인도해 주기도 했습니다. 그러나 그 분 또한 내심 걱정이 앞서는 모양인지라, 성경의 이 구절 저 구절을 들쳐 보이며, 하나님이 살아계심을 강조하고, 나름대로 인간의 육(肉)과 영(靈)과 혼(魂)을 구분하여 애써 설명해 주었지요. 그러면서도, "네가 이 책을 펴내면 많은 사람들이 볼 터인데 잘못 쓰면 큰일 난다."는 우려 섞인 말을 강조하는 것을 보면서 저는 이런 생각이 문득 들었었습니다. '만에 하나 너의 불완전한 이성적 판단과 불신으로 하나님을 부정하고 왜곡하면 심판을 거쳐 지옥에 간다.'는 뜻으로 말입니다.
이뿐이 아니에요. 성경을 약 150회 이상 읽었다는 매우 지성적인 젊은 목사님 한 분이 때마침 제 사무실을 방문하시어 이러저런 이야기를 하던 중에, 제가 먼저 성경 내용에 대해서 몇 가지를 여쭈었더니 그 분은 그분 나름대로 명쾌하게 답변해 주더군요. 나와는 약간의 시각 차이가 있었지만 논리적으로 대화가 가능하고 특정 사안에 대해서도 따져 볼만한 분이라고 저는 생각했습니다. 그분의 이야기를 듣고서도 나는 나의 원고 내용을 단 한자도 수정하지 않았지요. 약간의 오기가 작용한 것입니다.
그런가하면, 나의 초등학교 친구인 한 사내 녀석은 제게 애정을 갖고 한다는 소리가,"야, 시환아, 너, 신을 부정하지마

라. '신은 죽었다'라고 말한 니체도 결국은 정신이상자가 되었잖은가."이었습니다. 친구의 이 말을 듣는 순간, '신은 분명 존재하니까, 함부로 부정하면 너도 그렇게 화를 당할 수도 있다'는 뜻으로 내게는 들렸었습니다.

참, 여러 가지죠? 어떤 독실한 믿음을 가진 예수교 성도 가운데 한 여성은 "우리나라의 석학 이어령 씨도 무신론자에서 유신론자로 바뀌었잖은가."하면서 나도 결국에는 그렇게 될 것이라고 말하더군요. 그런가하면, "하나님이 나를 크게 쓰실 요량으로 훈련시키는 중이라."고 궤변을 늘어놓는 분도 있었어요. 나의 아내와 명석한 친구도 같은 말을 내게 했지요. "종교의 근본은 믿음인데 차가운 이성으로 분석하는 의미가 무엇인가?"라고 말입니다.

솔직히 말해서, 나의 글쓰기를 놓고, 사단의 사주를 받았다고 말하지 않아서 다행지만(그렇다고 해서 또 내가 기분 나빠할 바도 아니지만), 나의 경전 읽기에 대해서, 과연 어떻게 읽었으며, 그 결과 어떻게 논리를 폈으며, 무엇을 말하고자 함인가에 대해서는 도무지 관심을 갖지 않는 것 같다는 생각입니다. 그래서 걱정이 앞서는 것도 사실입니다. 하지만 괜찮아요. 최소한, 그것이 무서워서 써야 할 글을 쓰지 않는 사람은 아니니까요. 제가 믿는 바가 하나 있지요. 그것은 내가 죽어서 말끔하게 사라져도 책이 남아 담론을 불러일으킬 수도 있다는 사실입니다.

정세봉 저도 연길에 살면서 4, 5년을 매주 교회에 나가서 예배를 보았습니다만 언제부턴가 발길이 뚝 그쳤답니다.

이시환 왜, 그랬어요?

정세봉 하루는 서울에서 오신 목사님이 특별히 설교를 하시는데 '뭐하지 않으면 모두 지옥에 간다'고 하도 강조하는 그 모양새가 영 좋지 않아 저는 그냥 그 자리에서 일어나 나와 버린 적이 있습니다. 많은 사람들이 나를 쳐다보았지만 어쩔 수 없었지요. 사람들이 박수를 치며 찬양한답시고 얼마나 노래를 불러대는지 저와는 도통 맞지 않는 것 같습니다. 조용히 앉아 묵상하고 싶어도 할 수가 없는 분위가 자체가 싫더군요. 아무래도 한국교회에 문제가 있는 것은 아닌지 모르겠습니다만….

이시환 글쎄올시다. 예수께서는 인간의 위선을 아주 신랄하게 꾸짖으셨는데, 이 책에서도 소개하고 있지만, 지금도 변한 것은 아무것도 없다고 생각합니다. 저의 이 책을 끝까지 다 읽으시면 현재의 우리가 얼마나 그 분의 가르침을 임의로 해석하고 있는지 알 수 있을 것입니다. 오죽했으면 제가 예수께서 입 밖으로 내뱉은 말씀만을 따로 뽑아 인간에게 무엇을 요구하고 있는지를 조목조목 따져보았겠습니까? 그래, 36가지를 요구하셨다고 저는 판단했습니다만 그조차 거의 지키지 못하면서 오늘 날 사람들은 예수, 예수, 하면서 그의 이름을 팔고 있지요.

정세봉 (웃으면서) 우리가 흥분하면 아니 되겠지요?

이시환 이제 저도 이야기 그만 하겠습니다. 실은, 제 주변사람들과 불필요한 종교적 논쟁을 하지 않기 위해서 이 책을 썼다고 해도 틀리지 않습니다.

정세봉 마지막으로 한 가지 더 여쭈어 보아야 할 것이 있습니다. 다름 아니라, 이 책의 결론이라 할까 마지막 장 마지막 글에서 네 가지 지켜야할 덕목을 제시하셨던데…

이시환 그렇습니다. 지금 보시는 바와 같이,

첫째, 사는 동안, 정신적으로나 물질적으로 가장 가까이 있는 이를 포함하여 그 누구에게라도 피해를 끼치지 말라.

둘째, 사는 동안, 세상 사람들이 필요로 하는 것을 만드는 데에 일정 부문 참여하라.

셋째, 죽지 않고 영원히 산다는 믿음은 가장 어리석은 욕심일 뿐 시작이 있으면 끝이 있다는 사실을 인지하고, 죽음이란 것조차 있는 그대로 받아들여라.

넷째, 삶이란 제한된 시간에만 누릴 수 있는 축복이자 공허함임을 알고, 자신의 능력을 이웃사람들에게 나누어 주라.

이 네 가지입니다. 단순한 것 같지만 엄청나게 무서운 계율입니다. 가장 가까운 사람이란 나와 함께 사는 가족입니다. 그 가족한테 정신적으로 물질적으로 피해를 끼치지 않고 존경받는다는 것은 대단히 어려운 일입니다. 속된말로 바깥 사회에서 널리 인정받고 존경받는 자들은 많이 있어요. 그러나 남편한테서 부인한테서 그리고 자식들한테서 존경받는 사람이 되기란 대통령되기보다 더 어렵거든요.

정세봉 이 네 가지를 곰곰이 새겨보면 아주 깊은 뜻이 들어있는 것 같습니다. 살인 도둑질 간음 등 일체의 종교적 계율들을 나열하지 않아도 되고, 하루하루를 어떻게 살아야 참 의미가 있는지를 제시했다고 저는 생각합니다만…

이시환 글쎄올시다. 여러모로 부족한 제가 생각할 수 있었던 것의 총합이라고 생각합니다. 시간이 지나더라도 이 책으로 하여금 제가 부끄러워지지 않았으면 하는 마음뿐입니다.

정세봉 저를 초청해 주신데 대해 감사드립니다. 희망 같아서는 많은 사람들이 이 책을 읽고 나름대로 새기어 보는 계기가 되었으면 합니다.

이시환 변변치 않은 책인데 미리 다 읽으시고 대담까지 진행해 주신데 대해 제가 먼저 감사를 드립니다. 더욱이 오늘 같은 날은, 제가 일방적으로 초청해서 저의 어머니 묘소로 가는 길인데 정 작가님의 많은 시간을 빼앗는 것 같아 송구스럽기도 합니다. 하지만 여행 삼아 부안 바닷가도 구경하고 머리도 식힐 겸해서 함께 가시자고 제안했었습니다. 이해해 주시리라 믿으며, 독자 여러분께 한 말씀만 드리겠습니다. 제 책을 읽고 무언가 잘못이 있다면 기탄없이, 말이 아니라 문장으로써, 지적해서 여러모로 부족한 제가 깨우칠 수 있도록 도와주기 바랍니다. 정세봉 작가님, 기쁜 마음으로 동행해 주셔서 많은 위로가 되었으며, 보잘 것 없는 책에 관심을 가져주시고, 질의해 주신 점에 대해서 특별히 개인적으로 감사드립니다.

'감사합니다.'

10

『신은 말하지 않으나 인간이 말할 뿐이다』를 펴낸 저자와의 대담 · II

세인

Q : 세인(이시환을 에워싸고 있는 세상 사람들 가운데 한 사람)
A : 이시환(『신을 말하지 않으나 인간이 말할 뿐이다』의 저자)

Q 당신이 예수교 경전을 알면 얼마나 아십니까? 당신이 신학자입니까? 아니면 목회자입니까? 고작, 시나 쓰고, 문학 평론활동을 한다는 삼류문학인이 아닙니까? 그렇다고, 당신 말마따나 성경을 150회 이상 읽은 것도 아니실 터이고….

A 예, 맞습니다. 저는 성경에 대하여 아는 바가 별로 없습니다. 나의 친구 목사님들처럼 성경을 150회 이상 읽지도 못했습니다. 하지만 나는, '성경을 얼마나 읽었느냐?' 그 양도 중요하지만 '어떻게 읽었느냐?'는 그 방법이 더욱 중요하다고 생각합니다.

Q 많이 읽으면 많이 아는 것 아니에요?

A 꼭 그렇다고는 생각지 않습니다. 여기 한 편의 시(詩)가 있다고 가정합시다. 일반적으로 말해서, 이 시를 여러 번 읽은 사람은 아무래도 그 내용이나 그 구조에 대해서 잘 알 수는 있겠지만 꼭

그렇지만도 않다는 뜻입니다. 그것을 누가 어떻게 읽었느냐에 따라서 그 결과는 얼마든지 달라질 수 있다고 봅니다.

Q 단도직입적으로 말해서, 선생께서는 '신은 말하지 않고 인간이 말할 뿐이라'고 했는데, 무슨 근거로 그런 말을 쉽게 할 수 있나요?

A 결단코, 쉽게 말한 것은 아니고, 그럴만한 이유가 있어서 내 딴에는 아주 어렵게 말했습니다. 문제의 책을 처음부터 끝까지 읽어나 보셨습니까? 하긴, 읽었든 읽지 못했든 그야 상관할 바는 아니지요.

저는 이렇게 생각합니다, 왜 신이 말하지 않고 인간이 말하는지를. 그야, 신이 없기 때문입니다. 우주만물을 창조하시고, 그 가운데 인간을 지극히 사랑한다는 자비로운 신이 계시다면 당연히 인간에게 말씀을 해오셨을 터이고, 필요하다면 지금도 하시겠지요. 그것도 만인이 알아들을 수 있는 화법(話法)으로써 말입니다.

Q 그렇지만 성경 66권 안에 신이 말씀하셨다고 수없이 씌어 있지 않습니까? 그것도 어떤 사람들은 성경을 읽으면 읽을수록 살아계신 하나님의 생생한 말씀이라고 느낀다는데….

A 물론, 얼마든지 그럴 수 있고, 문장 안에서야 하나님이 직간접으로 말씀하시고 있지요. 그러나 신이 하셨다는 그 말씀들이 따지고 보면 신이 한 게 아니라 신을 간절히 원하고 꿈꾸는 자들 가운데 문장력이 있는 특정 사람들의 말이라는 사실을 확인할 수 있다는 게 바로 저의 판단입니다.

Q 그렇다면, 무슨 근거로 그런 주관적인 판단을 유포시키고 있습

니까?

A 당신께서 책을 끝까지 다 읽으셨다면 짐작하고 있겠지만, 간단히 말하면, 이렇습니다. 성경 66권 안에 상충(相衝), 의문에 대한 해명(解明) 불가(不可), 점진적인 내용의 변화 등 이 세 가지 때문인데, 이게 무슨 말인지 아시겠어요?

Q 보충설명이 필요하다고 생각지 않습니까?

A 외람된 말씀이오나, 당신 수준에 맞추어서 얘기하겠습니다. 먼저, 상충이란 성경 안에서 주장하는 내용 중에 서로 충돌하는 모순이 있다는 것입니다. 그것도 매우 본질적인…. 예컨대, 죽은 몸이 다시 산다고 강조해 놓고는 몸이 아니라 靈(영)이라고 말하지요. 그리고 세상이 끝나는 날에 예수의 지엄한 심판이 있고, 그 결과에 따라서 사람들은 천국과 지옥으로 나뉘어 간다는데, 천국에 가는 분들은 예수처럼 당연히 하늘에 오르는 승천(昇天) 과정을 거친다고 말하면서 계시록에서는'새 땅 새 하늘'로 빗대어지고 있는 '아주 새로운 예루살렘 성'을 아예 만들어가지고 예수가 천사들과 함께 지상으로 내려온다고 합니다. 그러니까, 천국은 하늘 어딘가에 있는 것이 아니라 지상에서 실현된 뜻이지요. 이들이 다 모순 아니에요? 이 외에도 따지고 들어가면 아주 많아요.

그리고 의문에 대한 해명불가란, 예수교의 근본이 심판하고, 그 결과에 따라서 천국과 지옥으로 보내 영생 아니면 영벌을 받는다는데, 천국과 지옥이 어디에, 어떤 규모로, 어떤 상태로 있는지, 구체적인 설명이 있어야 할 부분에서는 없습니다. 있다면 그저 비유적인 수사(修辭)가 있을 뿐이지요.

그리고 점진적인 내용의 변화란, 하나님이 인간에게 요구하는 것이 세월이 흐르면서 바뀌고 있다거나, 교리를 설명하는 특정 개념의 뜻이 점진적으로 확대 심화되기도 하고, 어떤 것은 아예 변질되기도 하지요. 이해하기 쉽게, 예를 들어서 말하면, 구약시기에는 할례(割禮)가 하나님의 백성임을 증명하는 육체적인 표식으로서 하나님과 백성들 간의 언약이었지만 사도 바울에 와서는 마음의 할례를 강조하지요. 세월이 흐르면서 인간에게 요구하는 하나님의 뜻이 바뀌었나요? 또, 농작물에 피해를 끼치는 '황충'이란 단어도 처음에는 있는 그대로 해충으로서의 단순한 의미밖에 없었는데, 갑자기 그것이 하나님이 부리는 天軍(천군)으로, 그리고 인류심판 시 징벌 수단으로 둔갑합니다. 그렇듯, 구약시기에는 단 한 차례도 쓰이지 않았던 '천국'이나 '지옥'이란 단어도 '하늘'이 변하고, '음부'가 각각 변해서 된 용어들이지요. 인지발단에 맞추어 하나님의 계획이나 뜻도, 아니 하나님의 말씀이 그렇게 바뀌어 왔습니까?

저는 '아니라'고 생각합니다. 오로지 신을 생각하는 사람들이 스스로 점진적으로 그리고 진지하게 발전시켜 왔을 뿐입니다.

Q 설명을 듣다보니 내가 할 말이 다 사라져버리는군요. 그래도 종교라는 것은 인간의 이성(理性)으로 분석되지 않는다고 생각하는데, 다시 말해, 불완전한 인간의 머리로써 전지전능한 창조주의 뜻을 온전히 분석할 수 없다고 생각하는데 선생께서는 이점에 대해 어떻게 생각하십니까?

A 저의 똑똑한 친구가 이런 말을 한 적이 있습니다. "너는 언제까지 드라이하게 성경 내용을 분석하고만 있을 것인가?" 라고 말입

니다. 나의 '성경읽기'에 대해서 친구는 덧붙이기를 "빅뱅이론을 가지고 창세기를 비판하면서, 아니 창세기의 말씀을 가지고 빅뱅이론을 비판하며 서로 옳다고 주장하는 것과 무엇이 다르겠느냐?"고. 그 순간, 저는 뒤통수를 한 대 세게 얻어맞은 것 같은 느낌을 받았습니다. 나의 아내조차 그러더군요. "인간의 이성으로 분석이 되면 그것은 이미 종교가 아니라."고 말입니다. 이는 종교가 가지는 한 가지 매우 중요한 특성을 말했다고 생각되는데, 어떤 의미에서는 그 말들이 맞는지도 모르겠습니다. 어떤 종교든지 간에 그 안에 신비주의적인 요소들이 있고, 그것은 인간의 불완전한 꿈을 실현시켜 주기를 바라는 보편적인 심리의 소산이라고 생각합니다.

이쯤해서 그만하는 게 어떻습니까? 저의 똑똑한 그 친구한테 혼날 수 있거든요. (하하하)

Q 기분이 썩 개운하지는 않는 것 같습니다.

A 저 역시 그렇습니다. 나중에 기분 좋아지면 다시 한 번 만납시다.

Q 내가 연락을 드리겠습니다. 감사합니다.

A 별말씀을요. 제가 감사할 따름이지요. 이미 사도 바울이 말씀하셨어요.

Q ?…

A (중얼거리듯 혼잣말로 거의 들리지 않게) 뻔질나게 성경을 손에 들고 다녀도 제대로 읽었어야 말이지. 쯧쯧.

☞팁2 원로 여행작가 이경희 님의 이메일

참고자료를 보내주신 것에 무척 감사드립니다.

사실, 선생님의『신은 말하지 않으나 인간이 말할 뿐이다』를 읽으면서, 물론 끝가지 다 읽지는 못했으나, 확실하게 참뜻을 파악하지 못하고 있었습니다. 그 이유가 저의 독서 실력의 허약함 때문임을 두말없이 부끄럽게도 고백 드립니다만, 또 한 가지는 책의 후기를 먼저 읽고는, 독실한 기독교 신자이신 어머님과 주변의 여러 목사님들의 기도의 은총을 받으신 이시환 선생님의 글이라는 선입견(?)을 가지고 읽고 있었기 때문이었습니다.

이제야 저의 마음이 이 선생님 앞에서, 적어도 하나님의 문제에서 자유로워 질 것 같습니다. 저는 카톨릭 신자이긴 합니다만 솔직히 저는 우리나라의 토속신앙에 대해서 참으로 인간적인 것을 느끼고 있는 사람입니다. 모든 종교에 대해서 그것을 믿고 있는 인간의 마음이란 참 사랑스럽다는 생각마저 하고 있답니다.

정안수를 떠놓고 두 손을 비비며 무아지경이 되어 빌고 있는 여인의 모습이야말로, 거기에 종교라는 말도 필요 없이, 우주공간 속의 아득한 그 무엇과 감응할 거라는 그런 믿음을 가지고 있습니다.

만나 뵙고 좋은 말씀 듣겠습니다.

내일, 광화문 세종문화회관 뒤편에 있는 '경희궁의 아침아파트' 근처에서 뵙고 싶습니다. 저의 점심약속이 그곳에서 되어있어서 그렇게 허락해 주시면 너무도 감사하겠습니다. 경희궁의 아침아파트 4단지 앞에 Coffee Bean 이란 coffee shop이 있습니다. 그곳에서 오후 3시에 어떨까요.

내일 아침에 다시 확인전화 드리겠습니다.

이 경희

☞팁3 우려(憂慮)속에서 집필된 나의 '경전읽기'

내가 예수교 경전인 '성경'에 대하여 글을 쓴다하니, 그것도 비판적 시각에서 이슬람교 경전인 '꾸란'과 비교해가며 신을 부정(?)하는 글을 쓴다하니 적지 아니한 사람들이 심히 걱정을 했다. 물론, 그분들은 나를 비교적 잘 아는 사람들이지만 내가 무엇을 근거로 어떤 생각을 펼치고 있는지에 대해서는 전혀 모르는 사람들이다. 그러므로 나를 잘 안다고는 하지만 나를 전혀 모르는 사람들이라고도 말할 수 있다.

보통, 우리의 대인관계가 그렇듯 대다수의 사람들이 자기 이야기는 열성적으로 해도 남의 이야기에는 좀처럼 귀를 기울여 주지 않는 관계로서 어떤 고정관념에 사로잡혀 있거나, 아니면 어떤 편견을 갖고 살면서 상대방을 대하는 사람들인 셈이다.

성경과 종교이론서들을 많이 읽어서 어지간한 목사님들보다 더 박식해 보이는 아무개는, 내가 평소에 시와 문학평론을 하는 사람이라는 것을 알기에 "문학은 자기 임의로 얼마든지 글을 쓸 수 있다지만 성경에 관한한 그럴 수는 없다. 그동안 얼마나 많은 사람들이 그것(경전) 때문에 목숨을 버렸던가."라고 나에게 주의를 환기시켜 주었다. 그의 이 말은 '내가 어설프게 성경 내용을 읽고, 분석하고, 써보았자 씨알도 먹히지 않는다. 한 마디로 말해, 역부족일 것이라.'는 속뜻이 깔려 있었지만 그래도 나를 존중해준 처사라고 여겨졌다.

또, 나의 친구 목사님 가운데 한 분은, 나의 사무실을 직접 방문하시어, 기도해 주고, 예배를 인도해 주었다. 그러나 내심 걱정이 앞서는 모양이다. 성경의 이 구절 저 구절을 들쳐 보이며, 하나님이 살아계심을 강조하고, 나름대로 인간의 육(肉)과 영(靈)과 혼(魂)을 구분하여 애써 설명한다. 그러면서도, "네가 이 책을 펴내면 많은 사람들이 볼 터인데 잘못 쓰면 큰일 난다."는 우려 섞인 말을 강조하는 것을 보면, 차마, 친구에게 할 소리는 아니지만 '만에 하나 너의 불완전한 이성적 판단과 불신으로 하나님을 부정하고 왜곡하면 심판을 거쳐 지옥에 간다.'는 뜻이 깔려 있는 듯했다.

또, 성경을 약 150회 이상 읽었다는 매우 지성적인 젊은 목사님 한 분이 때마침 사무실을 방문하시어 이러저런 이야기를 하던 중에, 내가 먼저 성경 내용에 대해서 몇 가지를 물었더니 그 분은 그분 나름대로 명쾌하게 답변해 주는 것을 나는 분명하게 들을 수 있었다. 나와는 약간의 시각 차이가 있었지만 논리적으로 대화가 가능하고 특정 사안에 대해서도 따져 볼만한 분이라고 나는 생각했다.

또, 나의 초등학교 친구인 한 사내 녀석은 나에게 애정을 갖고 한다는 소리가, "야, 시환아, 너, 신을 부정하지 마라. '신은 죽었다'라고 말한 니체도 결국은 정신이상자가 되었잖은가."였다. 친구의 이 말을 듣는 순간, '신은 분명 존재하니까, 함부로 부정하면 그렇게 화를 당할 수도 있다'는 뜻으로 들렸다.

그러가하면, 어떤 독실한 믿음을 가진 예수교 성도 가운데 한 여성은 "우리나라의 석학 이어령 씨도 무신론자에서 유신론자로 바뀌었잖은가."하면서 나도 결국에는 그렇게 될 것이라고 말한다. 또 그런가하면 어떤 사람은 "하나님이 나를 크게 쓰실 요량으로 훈련시키는 중이라."고 상투적 궤변을 늘어놓기도 한다.

솔직히 말하여, 나의 글쓰기를 놓고, 사단의 사주를 받고 있다고 말하지 않아서 다행지만(그렇다고 해서 내가 기분 나빠할 것도 아니지만), 나의 경전 읽기에 대해서, 과연 어떻게 읽었으며, 그 결과 어떻게 논리를 펴며, 무엇을 말하고자 함인가에 대해서는 도무지 관심을 갖지 않는 것 같다. 그래서 걱정이 앞서는 것도 사실이다.

-2009. 08. 31.

3부

1.『명상법』을 읽고/**김재황**

2. 명상생활 속에서 체득한 명상의 방법을 쉽게 풀다 -이시환의『명상법』을 읽고/**정정길**

3. 이시환 주간님 전/**김창현**

4. 양심의 삶이 그에게 준 선물 -이시환의 아포리즘,『생각하는 나무』에 부쳐/**심종숙**

1

이시환 시인의『명상법』을 읽고

김재황(시조시인, 문장가)

이시환 시인에게 받은 239쪽 분량의『명상법』이란 제목의 책을 조용한 시간에 서재에서 가슴을 여미고 일독하였다. 결론적으로, 이 책의 내용과 집필은 '명상'을 통한 탐구로 이루어졌다고 여겨진다. 그 노력에 찬사를 보낸다. 아울러 '명상'을 이렇듯 깊고도 넓게 생각할 수 있는 계기를 마련해 준데 대하여 고마움을 전한다.

책을 읽어 나가며 나는 수없이 '그렇지!'하고 고개를 끄덕거렸을 뿐만 아니라 '옳거니!'라며 무릎을 쳤다. 많은 부분에 동감한다. 그러나 간혹 머리를 갸웃거릴 때가 전혀 없지는 않았다.

우리 삶에서 우리는 '몸' 때문에 '마음'이 이리저리 움직이곤 한다. 말하자면 '몸'이 주인이고 '마음'은 하인이라는 생각이 든다. '몸'이 아플 때를 생각해 보면, '마음'은 바람 앞에 촛불처럼 흔들린다. 그러므로 내 생각에 '명상'이란, '몸을 잠시 잊고 마음이 홀로서기를 하는 것'을 이르는 게 아닐까 한다. '호흡법이나 자세' 및 '장소나 시간' 등은 모두 몸을 편안하게 하여 몸을 잊도록 만드는 방법들이다. 그런데 이 책 77쪽에는 '고행'이 나온다. '고행'은 오히려 잊었던 몸을 깨우는 결과가 되지 않을까? 몸이 깨어나면 마음은 홀로 설 수 없다.

우리 마음이란 그야말로 자유롭다. 어린아이마냥 천방지축이다. 잠시도 가만히 있지 못하고 이리저리 움직인다. 그래서 명상을 하려면 '화두'가 필요하다. 한 마디로 '화두'란, 마음을 한 곳에 묶어 두는 '말뚝'이라고 말할 수 있다. 명상을 시작하려면 무엇보다 먼저 '무념무상'의 상태로 들어가야 한다. 이 상태를 중용(中庸)에서는 '중'(中)이라고 했다. 즉, 중용 첫 장인 '천명장'에는 '喜怒哀樂之未發 謂之中'(희노애락지미발 위지중)이란 글이 나온다. 즉, '기쁨과 노여움과 슬픔과 즐거움'이 아직 나타나지 않은 것을 '중'(한가운데)이라고 한다는 말이다. 바로 이를 가리켜서 '감정 제어'라고 말하는 성싶다. 이는 36쪽에 나온다.

그러나 일단 '자신의 생각'을 일으키면 자연스럽게 '희로애락'이 나타나게 된다. 여기에서는 '감정 억제'를 하면 안 된다는 게, 나의 생각이다. 다만, '감정의 객관화'가 필요할 뿐이다. 다시 '중용'을 보면 '發而皆中節 謂之和'(발이개중절 위지화)라는 말도 나온다. 즉, 그것(희로애락)이 나타나서 상황의 절도에 들어맞는 것을 '화'(알맞음)라고 한다는 말이다. 그러므로 '감정 억제'는 한쪽에 치우치는 결과를 만들게 되지 않을까?

정말이지, 우리는 평소에 기쁨이나 노여움이나 슬픔이나 즐거움

등이 아주 주관적이다. 자기와 관련지어 그것들이 발현된다. 보편적이고 객관적이지 못하다. 그러므로 명상에서는 그것들이 보편적이고 객관적으로 발현되어야 한다. 그런 순수함이 전제되어야 올바른 생각을 이끌어 낼 수가 있다. '감정 억제'는 그런 면에서 순수하지 못하다.

책의 82쪽에서 100쪽까지 명상이 필요할 때가 기술되어 있다. 여기에 기술된 여러 가지 경우는 반드시 '화'의 상태가 필요하다. 모든 감정이 보편적이고 객관적으로 될 때, 비로소 욕심을 버릴 수 있다. 욕심을 버리고 나면 무슨 걱정이 있겠는가. 말을 바꾸어서 우리가 '몸'을 지니지 않았다면 무슨 걱정이 생기겠는가. 그래서 공자는, 가장 가슴에 담아 두어야 할 글자 하나는 바로 '서'(恕)라고 했다. 이 '서'야말로 기독교에서 말하는 '네 이웃을 네 몸과 같이 여기라.'라는 바로 그 말이다.

이 책 끝 부분에 기술되어 있는 아포리즘은 과연 압권이다. 일순간 숨이 멎는다. 이는 명상에서 낚아 올린, 펄떡펄떡 살아 있는 물고기와 같다. 이런 깨달음을 얻기 위해서는, 이시환 시인이 명상에 대한 이론뿐만 아니라 실제로 명상에 얼마나 많은 시간과 노력을 기울였는가를 짐작하게 한다. 명상이 자기 자신을 맑고 깨끗하게 만드는 방법이라는 것은 확실하다. 그것 하나만을 생각하고 명상에 들어야 한다. 그러면 그 나머지 소소한 이로움까지 부수적으로 얻을 수 있다. 특히, 방황하는 청소년들에게 이 책의 일독을 권한다.

명상생활 속에서 체득한 명상의 방법을 쉽게 풀다

– 이시환의 『명상법』을 읽고

정정길(시인)

1)

명상의 정의가 과연 무엇인가? 수많은 사람들이 저마다 명상을 말하고, 또한 명상을 한다고 한다. 그런데 도대체 무엇을 명상하고 어떤 방법으로써 명상을 하고 있는 것일까?

그저 눈만 지그시 감고 있다고만 해서 명상한다고 할 수 있을까. 그럴 수도 있을 것이다. 여기에 『명상법』의 저자는 분명한 답을 주려고 한다. 이른바, 저자는 체험적 바탕과 경험적 요소의 삶속에서 이 문제의 해답을 얻고자 부단한 노력을 해왔던 것 같다. 그리고 그것들을 쉽고도 간결하게 일러 주고 있다. 읽다가 보면 어느새 책을 읽는 게 아니라 내가 명상을 하고 있는 상태가 되고 만다. 참으로 희한일 일이다.

저자는 명상의 시작을 '눈을 지그시 감고, 무언가 골똘히 생각하는 것으로부터 명상이 시작된다고'고 머리말 첫 마디에서부터 밝히고 있다. 또한 신(神)과의 관계와 종교와의 사이에서 비롯되는 문제들에 대해서도 말머리를 아끼지 아니하고 개인적인 의견을 분명히 전하고 있다. 즉, '사람들은 명상을 통해서 세상을 발칵 뒤집어놓을 만한, 어떤 특별한 초자연적인 현상을 보여주기를 원하겠지만 그런 마음 그런 욕구 자체가 크게 잘못된 것임을 깨달았으면 한다. 종교가 신과 자신과의 일대일 대화라 한다면 명상은 자기 자신과의 일대일 대화이기 때문이다.'라고 말이다.

2)

『명상법』의 저자 이시환 선생은 시인이자 문학평론가이다. 이 책은 2013년 3월 12일 초판을 신세림출판사에서 발행했다. 저서로는 시집『안암동 일기』외 9권과 문학평론집 9권 그리고 심층 여행 에세이집 2권과 종교적 에세이집, 논픽션 등 많은 저서를 발행한 작가로서 현재 동방문학 발행인 겸 편집인으로서 도서출판 신세림 주간을 맡고 있다.

3)

그럼, 그가 말하는 '명상'이란 무엇인가? 저자는 명상이란 눈을 감고 생각하는 일이라 한다. 그리고 '눈을 감는다는 것은, 눈에 보이는 요소들을 차단함이자, 동시에 정신집중을 의미하는 것이라고' 못 박고 있다. 그래서 명상에서 제일 중요한 것은 두 가지뿐이라고 말한다. '하나는, 집중해서 깊이 생각해야 할 대상으로서 그 내용이고, 그 다른 하나는 그 대상에 대하여 생각을 집중하는 과정에 방해되는 요소들을 먼저 차단 · 제거하는 일이다'라 한다.

4)

다음은 무엇을 명상할 것인가? 저자는 이렇게 말하고 있다. '당연히 당신이 하고 싶고, 당신이 필요로 하는 것을 하면 된다.'고 말이다. 그러면서 멋진 결론을 선사해 준다. 곧, 사람이 태어나서 죽을 때까지 평생 동안, 자주, 혹은 끊임없이 해야 할 명상의 대상이란 게 있을 수 있는데, 그것이 바로 '자기 자신'이라는 것이다.

여러분들도 무엇이 되었든지 간에 명상이라는 것을 해보았을 진대 자기 자신을 들여다보는 일이 그리 쉽지만은 않은 일이라는 사실에 동의할 것이다. 필자의 의견이지만 자신을 돌아본다거나, 들여다보는 것이 정말로 쉬운 일이 아님을 경험해 본적이 있기에 하는 말이다. 그래서 저자는 이렇게 화두를 던지고 있다. 곧, '이처럼 자기 자신을 들여다보는 일로써, 다시 말해, 자기 자신에 대한 이해와 깨달음을 통해서 ①죽음을 포함한 생명의 본질이라든가 ②인간 삶의 진정한 의미라든가 ③자신과 신(神)이란 존재와의 관계라든가, ④별의별 외적 자극으로부터 동요되지 않고 평정심을 유지하여 마음의 평화를 누리는 방법 등 부수적인 여러 가지 문제들에 대해서까지도 자연스럽게 탐색 · 궁구 · 터득하게 될 것이라.'고.

5)

그렇다면, 왜 명상을 해야 하고 또한 명상을 하면 무엇을 얻는가? 저자는 이 부분에 대하여 '마음의 평안'으로 귀결되지만 세 가지가 있다고 한다. 곧, ①정신적 중압감이나 신체적인 고통 등을 경감 · 해소시키는 데에 도움이 되고, ②직면한 문제의 실마리를 구해서 풀며, ③인간 존재의 본질이나 삶의 지혜에 대해 개달음으로써 자신의 일상을 보다 안락하게 할 수 있다는 것이다. 이와 관련하여 명상의 목적과 명상의 효과에 대해서 상세하게 풀어서 설명함으로써 쉽게 이해할 수 있도록 길을 터주고 있다.

6)

그럼, 명상의 방법은 어떻게 하는 것이 효과적일까? 저자는 자세와 호흡에 대해 일목요연하게 설명하고 있다. 아울러서 명상하기에 좋은 시간과 장소 등에 대해서도 예를 들어가며 설명해 주고 있다. 그리고 명상을 실제적으로 수행하다 보면 본래의 목적은 어디로 가고 각종 잡념에 시달리며 무엇을 명상했는지를 모르게 되는 수가 더러는 있는데, 그러한 때를 대비하여 잡념을 차단 · 제거하는 방법까지 기술해주고 있다. 이는 단순히 논리적인 것이 아니라 자신의 경험을 토대로 일러주는 것으로 사료되며, '우수리'라는 코너를 활용하여 잡념의 개념부터 마음의 눈, 집착의 예, 명상과 기 수련의 차이 등 많은, 실질적인 문제나 개념들에 대하여 아주 이해하기 쉽게 풀어 놓고 있다.

7)

뿐만 아니라, 이『명상법』은 몇 가지 특수한 현실적 상황 속에서의 명상법을 제시하고 있다. 그러니까, 사람이 살다 보면 여러 가지 상황에 직면하게 되는데, 그러한 상황들에 처했을 때에 어떻게 명상하여 그를 극복하는 것인지에 대해 설명하고 있다. 그 핵심인 즉 명상의 정신집중으로써 몸을 잊게 함으로써 몸의 자연치유력을 이끌어 내는 것인데, 그것은 ①자신이 처한 상황을 객관적으로 먼저 지각(知

覺)하고, ②현실적 상황이 자신에게 미치는 영향 곧 내게서 일어나는 정신적・신체적 제 현상을 자각(自覺)하고, ③그러한 상황으로부터 스스로 벗어나려는 방법을 강구하려는 노력을 통해서 이루어진다는 것이다.

8)

그리고 실생활 속에서 명상을 어떻게 해야 할 것인가? 이 문제에 대해서도 여러 가지 정보를 제공해 준다. 그것들은 어쩌면 오늘을 바쁘게 살아가는 현대인들에게 주는 삶의 지혜이기도 하다. 여러분들이 직접 읽어 보면서 체험해보기를 권하는 바이다.

9)

그리고 종교를 창시한 두 지도자들에 대한 명상법도 언급해주고 있다. 곧, 부처님은 고행과 명상을 통해서 깨달음을 얻었다는 내용과 방법, 그리고 예수님의 묵상과 기도로써 명상을 했다는 내용이 그것인데 해당 경전들을 탐독하지 않으면 알 수 없는 내용들이 정리되었다. 뿐만 아니라. 영 혹은 영혼의 실체에 대하여 개인적인 의견을 논리적으로 풀어 헤쳐 놓고 있다. 특히, 이 문제는 앞으로 논의되고 검증되는 절차를 밟아야 할 것이다.

10)

저자는 자신의 명상생활을 통해서 얻은 깨달음을 아포리즘(aphorism)으로 밝혀 놓았다. 쉽게 말하면 명상의 증거로 내놓은 것이다. 티베트에 가면 '활불(活佛)' 또는 '생불(生佛)'이라 하는 '살아있는'

부처를 어렵지 않게 만날 수 있고, 인디아(인도)나 네팔에 가면 '사두'라 하는 수행자들을 쉽게 만날 수 있다. 그들이 진정 무언가를 깨달았다면 그 내용을 이해하기 쉽게 말해줄 수 있어야 한다. 죽는 날, 죽는 순간까지 그 설법(說法) 내지는 설교(說敎)를 멈추지 않았던 문장(文章) 속의 부처나 예수처럼 말이다. 저자는 명상의 결과로써 얻은 것을 자신의 아포리즘으로 입증해 보이고 있는 것이다. 문제는 '그 아포리즘의 내용이 무엇이냐?'일 것이다.

11)

이시환의 『명상법』을 읽고 난 필자의 소감을 단 한마디로 말하라 한다면, 이렇게 말하고 싶다. '읽는 동안 내내 내가 명상에 빠져 있었다.'고 말이다. 그 이유가 어디에 있을까를 두고 생각해 보았는데 그것은 어쩌면, 명상법을 설명하는 문장들의 간결함과 합리적인 내용 전개 때문이 아닐까 싶다. 난해한 용어들을 사용한 것도 아니고 복잡한 논리전개를 한 것도 아니고 누구나 쉽고도 편안하게 읽고 이해할 수 있는 내용이기 때문이 아닌가 싶다. 한 가지 분명하게 언급하고 싶은 것이 있다면, 『명상법』의 후기로 쓰여진 「살아서 적멸에 들기」라는 아주 짧은 글이 주는, 생각게 하는 무서운 힘이다. 솔직히 말해서 인생이 무엇인가를 다시금 되돌아보게 하고 다시 생각게 하는 힘이 있다고 생각한다. 다른 사람들은 몰라도 필자에게는 그랬다.

이는 분명 사족이지만 그 「살아서 적멸에 들기」라는 글을 읽으면서 우리 인생이 한 천년 정도는 살고 싶은 생각이 들었던 게 사실이다. 성경 속에 나오는 고대의 사람들은 최소 120년에서 수백 년까지 살지 않았던가. 이 문제에 대해서 이스라엘의 역사학자 '요세푸스'는 이렇게 기록하고 있다. 하나님의 의도로, 인간이 최소 '600년 이상을 살지 않으면 별들의 주기를 예언할 수가 없었기 때문에 천문학적, 기하학적 발견을 위해서라도 장수하게 하셨던 것이라고 말이다. 왜냐하면, 대역년(大歷年:The Great Year)은 600년이 그 한 주기이기 때문이라는 것이다.

아무튼, 이시환의 『명상법』은 명상이 특별한 신분의 전유물이 아니며, 인간의 모든 문제를 해결해 주는 마스터키도 아니지만, 자기 자신을 들여다보는 과정으로서 자기감정이나 생각을 통제 · 제어하는 일종의 기술이며, 그것으로써 자신의 잠재능력을 이끌어내는 데에 도움이 되는 것임을 밝히고 있는 책이다. 몸을 떠나 혹은 무시하고서 마음의 평정을 유지함으로써 심신의 고통을 경감 해소하는 데에 어느 정도의 도움이 되는 명상을 누구나 쉽게 할 수 있도록 그 방법을 제시하고 있는 훌륭한 길잡이라고 생각한다. 관심 있는 분들에게 일독을 권한다.

3

이시환 주간님 전

김창현(수필가)

우선, 『주머니 속의 명상법』이란 책 제목부터 맘에 듭니다.

저도 「재미있는 고전여행」이란 동양고전 268권을 간략히 다이제스트한 책을, 우리나라 최초로 낸 일을 항상 자랑으로 생각해오지만, 이 주간님의 이번 저서의 의미야말로, 서양철학과 나란히 평가되는 동양철학, 그 동양철학의 백미인 禪(선), 그 선으로 들어가는 입구인 명상법을 주머니 속에 넣고 다니면서 볼 수 있도록 한국 최초로 다이제스트 했다는 것은 참으로 보람 있는 일이라 생각합니다. 어쩌면, 요즘 불교에 관심이 깊은 프랑스 독일 일본 불자들도 이 책 발간 소식을 알면 대단히 기뻐할 일인 것 같습니다.

하늘엔 별이 많고, 서점엔 책도 많지만, 아마 이 책은 앞으로 뜻있는 분들의 많은 반응이 있을 것으로 생각됩니다. 어젯밤, 몇 분의 문인들과 문인협회 이유식 고문님과 그 책 출간 기념 자리에 있었다는 그 자체가 매우 유쾌한 일이었습니다.

제가 40년 전에 전에 불교신문 기자로 있었고, 선에 관하여 관심을 가지고, 앞으로 일생을 통하여 선을 공부하리라 마음먹고, 고승

대덕들에게 배우려고 그분들을 괴롭힌 전적이 있는 사람이라, 더더욱 이 책 출간의 의미가 부럽습니다.

어젯밤 전철을 타고 집으로 오면서, 우선 처음 몇 편을 읽으면서, 오랜 시인 평론가 생활, 그리고「동방문학」지 발행인다운 책의 맛깔스런 편집과 명상에 대한 일목요연한 차례를 보면서 치밀한 명상에 대한 제 구성 내용을 보고, 새삼 이 주간님께 고맙다는 말씀을 올립니다. 경하 드리는 바 입니다.

먼저, 조계사 서점에 책을 보내고, 불교신문 불교방송 기자와 한번 인터뷰를 시도하여 교계에 널리 알리기를 조언하는 바 입니다.

거듭, 경하 드리는 바 입니다.

김 창 현 합장

양심의 삶이 그에게 준 선물

-이시환의 아포리즘, 『생각하는 나무』에 부쳐

심종숙(문학평론가)

이시환의 아포리즘『생각하는 나무』는 그가 일상인으로서, 시인으로서, 평론가로서 살아오면서 보고 듣고 읽고 사색하는 가운데 머릿속에 반짝이는 섬광의 한 줄기를 짧은 형식으로 쓴 글이다. 필자는 그의 아포리즘을 4년쯤 전에 읽은 적이 있고, 이번에 책으로 출간된 것들 속에는 지난 4년 이후에서 현재까지 그의 내적 사색들을 정리한 것이 들어있다.

그의 글에는 제1부/존재 근원, 신(神), 종교, 생명, 죽음, 제2부/대자연의 질서의 아름다움, 제3부/인간 욕망, 모순, 삶의 의미, 사랑, 행복, 제4부/사회, 문명, 역사. 제5부/건강, 삶의 지혜, 제6부/문학과 나로 이루어져 있다. 참으로 다양한 영역에 대한 저자의 사색들의 큰 줄기는 우주와 자연의 의지에로 그의 사색이 향하고 있다는 것과 그가 자기 자신을 비롯하여 이 모든 범주의 대상에 대해 거리를 두고 바라보며 사색의 흐름을 멈추지 않고 있고 그가 현재에도 아니 미래에도 종생 이 세상에 존재하는 그날까지 이 작업은 계속될 것이라는 점이다. 물론, 그의 아포리즘은 그의 생각들을 정리한 것이지만 이 중에 어떤 구들은 독자 개개인들에게 공감이 되거나 반론을 제기할 수도 있을 것이다. 어디까지나 이시환 시인의 개성과 사색의 결실에서 출발하지만 공감과 소통을 이룰 수 있는 구가 어느 정도일지는 아무도 모른다.

제1부에서는 많은 부분 유물론자나 유심론자들, 그리고 종교인과 비종교인, 신의 존재를 인정하는 사람들과 부정하는 사람들 간의 다양한 반론이 제기될 수 있는 부분이라고 생각된다. '신'이라고 할 때 일신교냐 다신교냐의 문제도 있을 것이기 때문이다. 다만, 그는 현실의 제도적 종교에 대해서 거리를 둔 듯하다. 여러 제도화된 종교의 경전들을 탐독하고 많은 부분 공감을 하지만 그는 신앙하지는 않는다. 제도적 종교에 입신하여 규칙적으로 신앙행위를 하고 있는 신자는 아니라는 뜻이다. 그는 어쩌면 여러 종교들의 가르침에 대해 객관적 거리를 가지고 바라볼 수 있지 않나 생각된다. 그러기에 그는 어디까지나 종교인과 비종교인의 경계에 서서 종교를 바라보고 있다고 할 수 있다. 그가 "신이란, 인간이 스스로 위로 받고 스스로 행복해지기 위해서 끌어들이는 관념적인 존재일 뿐이다."라고 천명한 것은 그가 신과 인간의 관계에서 신의 정체를 이야기한 것이고, 신이란 인간에 의해 창조된 피조물이라는 의미이다. 그야말로 '신'은 바로 그런 존재이다. 여기에서 신을 유일신인지 다신교의 신인지는 분명치 않으나 그는 신을 관념적인 존재라고 하였다. 이 구를 읽다가 떠오른 것이 모세가 시나이 산에서 40일간 머무른 후 십계명이 새겨진 판을 가지고 내려왔을 때 그를 따르던 선민 이스라엘 백성은 금송아지를 만들어 우상을 숭배하고 있었다. 광야에서의 불안정하고 정착되지 못한 생활에서 그들은 스스로 금송아지를 만들어 숭배

하며 복을 빌었던 것이다. "신은 말하지 않으나 인간이 말할 뿐이다. 신이 인간을 창조한 것이 아니라 인간이 신을 창조하였다는 뜻이다." 이 구는 인간이 신을 창조하여 인간의 언어에 의해서 형상되고 신의 진리를 전한다는 의미로써 바로 우상화된 신을 말한다. 현재의 종교들이 그에게는 이와 같이 인간에 의해 우상화된 신만이 존재한다는 인식은 현재의 종교를 바라보는 그의 날카로운 비판의식이 작용하고 있다고 하겠다. 그래서 그는 종교를 '신이 거주하는 오래된 집'이라고 보았다.

> 무릇, 종교(宗教)란 신이 거주하는 오래된 집이다. 그 집조차 인간에 의해서 부단히 보수 · 증축되어가지만 결국 인간의 마음(→영혼)이 머물고자 하는 궁전일 뿐이다.

한 마디로 신이 거주한 집인 종교는 인간에 의해 보수되거나 증축되어 "인간의 진화와 함께 종교도 진화한다."는 그의 논리는 종교인들에게는 무척 불편한 의견일 것이지만 비종교인에게는 또 공감을 얻을 수 있는 요소가 있다. 그리고 "'믿으시기 바랍니다'라고 말할 수밖에 없는 것이 종교의 한계이다."라고 할 때는 인간에게 믿음을 강요하여 거대하고 우상화된 관념의 세계를 창조한 것이 그에게는 종교 일뿐이다. 중요한 것은 일련의 종교 관련 구에서 시인이 얘기하고 싶은 것은 제도화된 종교의 권력화 및 세속화에 대한 비판일 것이다. 종교의 권력화 및 세속화는 종교의 존재성에 대해 회의를 갖게 하고 올바르지 못한 종교적 권위는 섬김이 아니라 세속적 권력과 다름없이 행사된다. 그럴 때 우리는 눈살을 찌푸리게 되며 참 진리라고 부르짖는 그들의 말과 행동의 불일치에서 오는 모순을 대하게 된다. 그래서 많은 이들이 사원이나 교회를 버리기도 하였다. 종교 역사적으로 무교회주의자들이 생겨난 것도 사원을 버리고 은둔자들이 생겨난 것도 이런 맥락이리라. “과거 신전이란 신전은 다 무너졌다. 결국 무너지지 않는 신전은 있을 수 없다는 뜻이다.”라는 구는 역사적으로 신을 모신 사원은 파괴되었고 신전은 무너질 수밖에 없다는 뜻으로 인간의 욕망으로 우상화되고 인간에 의해 만들어진 신은 결국 인간의 욕망에 의해 다시 파괴되고 만다는 예리한 통찰이다. 그래서 그는 우주의 이법을 깨달아 아는 통찰력을 중시하였다.

> 깨달음이란, 작게는 지속적인 사유과정을 통해서 얻어지는 사실에 대한 인식이며, 크게는 그 축적된 사실들에 대한 통합적 통찰력의 결과이다.

> 통찰력이란 겉으로 드러난 현상이나 상황 등의 대상을 통해서 그 이면의 질서나 원리를 꿰뚫어보는 능력이다.

깨달음과 통찰력의 관계는 인간의 이성을 바탕으로 하여 지속적인 사유과정 속에서 사실들에 대한 이면의 질서나 원리를 꿰뚫어 보아서 이루어지는 결과이다. 그에게 인간 이성은 중요하다. 인간의 끊임없는 사유과정에서 생겨난 통합적 통찰력의 결과가 어떤 깨달음이라고 할 때 여기에는 인간 이성의 힘이 작동된 결과라고 할 수 있다. 그러기 때문에 그는 어디까지나 인간 이성을 중시한다. 그러나 이성으로만 닿을 수 없는 것이 깨달음이 아니겠는가? 대상의 이면의 질서나 원리를 이성을 넘어서 꿰뚫어보려면 견성(見性)의 자세를 갖지 않으면 불가능하다. 이성을 넘어 견성을 담지할 수 있으려면 양심이 일러주는 마음의 소리에 귀기우려야 한다. 그리고 현세적 가치를 넘어선 가치 기준을 세워야 하며 세속에 살되 탈속의 자세로 살아야 가능하다. 그런 자세로 이면의 질서나 원리를 깨달은 데서 오는 현실과의 괴리를 그는 부조리나 모순이라고 생각하였고 이러한 결과의 불가피는 늘 삶이 지니고 있는 핍진성으로 파악하였다. 그럼에도 모든 것은 이 질서나 원리에 의해 작동될 뿐이며 다만 인간은 그 질서나 원리에 따라 살기를 거부하였기에 불행을 자초하였다고 보았다. 그는 이면의 질서나 원리를 꿰뚫어보는 견성을 획득하여 세계를 이해하려 했으므로 세계와 거리를 둘 수가 있었다. 그러기에 "우주가 가까이 혹은 멀리 있는 게 아니라 내 안에 있고, 내가 우주 안에 있을 따름이다"라고 하여 인간 사유의 보고(寶庫)를 미크로코스모스와 마이크로코스모스 개념으로 파악하여 일체가 유심조라는 불교적 사유에 닿아있다.

그는 오직 그를 둘러싼 우주, 자연, 인간, 사물들의 관계와 그 이면의 원리와 질서를 통하여 세계를 통찰하였다. 그가 "우주는 하나의 사실이다"라고 했을 때 만유를 하나의 명백한 사실로서 파악하여 그 실재성 속에서 원리와 질서를 찾아보려 했음을 알 수 있다. 그런 우주는 그에게 "지극히 아름다우면 그 자체로서 진실하고, 진실하면 그 자체로서 아름답다."라고 하여 거기에 내재하는 자연물 속에서 그는 진실성과 미를 보았다. 그래서 그는 "아름다움이란 선악과 시비를 초월한 감각적 욕구라고 하였다. 이는 평생을 문학이라는 창조의 미를 추구하여온, 진실성과 아름다움을 지향하는 그의 문학적 지향성을 읽을 수가 있다. 그러므로 그의 눈은 인간계로부터 멀리 떨어져 우주와 자연에 관심을 두고 그 이법을 깨달으려 하였다. 이 우주는 "모든 생명체가 생로병사의 과정을 거치듯이 우주 또한 그러하다."라고 하였듯이 생멸을 거듭하는 것이다. 여기서 우주에 존재하는 것들은 그저 공空이다.

> 존재하는 것들의 고향은 공(空)이나 그 공은 절대적인 무(無)가 아니라 만물을 낳을 수 있는 바탕으로서 사람의 눈에 보이지 않을 뿐이다. 따라서 온갖 것들은 그의 씨앗을 내장한 공(空)에서 싹을 틔웠을 뿐이다. 부처가 영원하다고 믿는 바도 바로 그것인데, 그것은 처음부터 있었고 없어지지도 않는 하나의 종자(種子)일 따름이다.

공(空)과 무(無)는 같지가 않다. 존재하는 것들의 고향은 공이며 공은 무가 아니며 만물을 낳을 수 있는 바탕으로 인간의 눈으로는 파악되지 않는다. 존재의 궁극이 공이면서 거기에는 시작과 끝이 함께 존재한다. 그러기에 공이 허무로되 허무가 아닐 것이며 공으로 움터 오는 씨앗이 내재된 공이다. 시인은 눈먼 '믿음'을 강조하는 종교보다 인간의 이성을 바탕으로 하여 견성에 이르는 통찰력과 깨달음의 사유 과정을 통하여 우주의 이법이나 그 질서와 원리의 주재자를 어렴풋이 그려보는 것이 이시환에게 있어서의 종교라면 종교가 될 것이다. 그래서 그는 "천국도 지옥도 내 마음 안에 있는 그림일 뿐이다."라고 하여 현실의 종교에서 말하는 사후세계 관념인 천국/극락과 지옥에 대해서도 관념 속의 그림에 지나지 않는다고 보았다. 그가 이렇게까지 우주의 근원이나 제도화된 종교에 대한 회의적인 것은 아마 제도화된 종교 속에 내재하는 인간의 욕망을 보았기 때문일 것이다. "인류 최대의 적은 인간 자신이다."라고 했을 때 인간 자신을 파괴시키는 것은 바로 인간임을 경고하는 구이다. "인간의 지나친 행복이 재앙을 부른다."나 "인간의 승리가 파멸이다."는 바로 제도화된 종교 속에 눈먼 믿음을 강요하고 인간의 손으로 만든 우상화된 신들을 예배하는 데에는 인간의 끝없는 욕망을 신에게 투사하고 있는 현실의 종교에 대해 비판적인 거리를 두고 있기 때문이다. 사후세계까지 인간의 욕망은 바벨탑처럼 하늘 높이 쌓아져 있다. 신은 이제 인간이 바친 제물에 고통을 겪는다. 이웃을 짓밟고 올라간 인간 - "인간을 한낱 굶주린 동물로 만드는 것은 '상대적 우월성'을 확보하려는 욕구이다"이나 "상대적 빈곤이 커질수록 인간은 과격해진다."- 이 자신의 승리를 위해 신에게 끊임없이 제물을 갖다 바치고 현세기복적인 욕망을 토해낸다. 그래서 시인은 "인류가 욕구를 자제하지 않는다면 악어를 삼킨 비단뱀과 다를 바 없으리라."라고 하여 질주하는 인간의 욕망에 대해 브레이크를 건다. 오늘날의 남북문제는 부의 공정한 분배가 이행되지 않는 결과이며, 구미세계와 같은 경제적 부국의 정신적 빈곤은 상대적 우월감이나 상대적 빈곤에서 오는 박탈감과 상실감의 만연으로 야기된 현상이다. 이들의 영적 빈곤은 원래 그들의 정신적 지주였던 기독교로부터의 이탈현상이나 동양적 종교에의 경도를 가져왔다. 또한 각종 환경문제로 지구가 고통의 신음을 하거나 '묻지마' 범죄와 같은 사회문제 역시 정신적 빈곤이나 상대적 우월성으로부터 패배감을 느끼는 이들의 사회적 불만이 범죄의 과격성으로 이어지는 경우이다. 그래서 그는 말한다.

> 우리는 불확실한 시대에 살고 있는 게 아니라 가장 명료한 시대를 살고 있다. 자연과 인간, 인간과 문명, 문명과 자연 사이의 관계에서 우리의 대응 양식만이 남아있기 때문이다.

이러한 세계에 대해 인간의 대응 양식을 어떻게 바꾸어나가느냐에 따라 인간의 미래가 결정되기 때문에 그는 '가장 명료한 시대'를 살고 있다고 하였다. 우리의 미래는 현재 우리의 대응 양식의 선택에 따라 결정될 것이며 현재의 문제는 과거의 대응 양식의 한계나 문제점에 의해 야기된 결과임을 그는 분명히 하고 있다.

> 새장은 아름다운 새를 독차지하겠다는 욕심과 집착에서 나온 것이다. 오래 가둬놓아 그로 하여금 탈출을 꿈꾸게 하지 마라. 오히려 풀어주라. 그리하면 날아갔던 새도 돌아오리라.

이 경구에서 보여주는 인간의 소유욕과 그 집착은 모든 관계를 파괴하고 급기야 자신마저 파괴하고 만다. 이것은 파멸에 가깝다. 함께 나누지 못하고 독식하는 권력은 바로 파멸의 역사를 가져온다. 세상의 각종 권력들이 바로 이러한 공정한 분배 없이 독식하다가 명멸해간 것이 인류의 역사이다. 그러니 시인에게는 신의 제단에 바치는 인간의 제물보다 더 중요한 것은 문제에 대한 인간의 대응 양식의 선택만이 남아있음을 절박한 어조로 이야기하고 있는 것이다. 인간의 합리적 이성과 공정한 눈으로 이 문제를 풀어가고 모든 소유 양식의 삶을 벗어나 존재 양식의 삶을 영위하는 태도로 바뀔 때 인간의 역사는 변화를 가져올 수 있다. 자본주의적 삶의 양식이 불러

온 배금주의나 물신주의는 바로 우상화된 소유욕의 다른 이름이며, 현재의 종교에도 참 진리를 팔고 사는 거래와 끝없는 욕망의 기복을 비는 눈먼 제물로 가득하다. 고용시장에서 스펙화된 인간은 바로 인간이 환금성으로 교환가치가 전도된 양상을 보여준다. 인간의 존엄성은 어디 가고 환금성을 지닌 물질화된 인간만이 남아있다. 이것은 비극이다. 신의 제단에 바쳐진 제물은 인간의 욕망이며, 그것은 진선미의 신의 눈에는 똥으로밖에 보이지 않는다.

> 더 이상 헛된 제물을 가져오지 마라. 분향 연기도 나에게는 역겹다. 초하룻날과 안식일과 축제 소집, 불의에 찬 축제 모임을 나는 견딜 수 없다. 나의 영은 너희의 초하룻날 행사들과 너희의 축제들을 싫어한다. 그것들은 나에게 짐이 되어, 짊어지기에 나는 지쳤다. 너희가 팔을 벌려 기도할지라도, 나는 너희 앞에서 내 눈을 가려 버리리라. 너희가 기도를 아무리 많이 한다 할지라도, 나는 들어 주지 않으리라.
>
> 너희의 손은 피로 가득하다. 너희 자신을 씻어 깨끗이 하여라. 내 눈앞에서 너희의 악한 행실들을 치워 버려라. 악행을 멈추고 선행을 배워라. 공정을 추구하고, 억압 받는 이를 보살펴라. 고아의 권리를 되찾아 주고, 과부를 두둔해 주어라.

이 구절은 구약성경 이사야서 1장 13절에서 17절까지의 내용이다. 예언자 이사야는 소돔과 고모라처럼 하느님 백성에게 헛된 제물을 바치지 말고 악한 행실들을 치워버리라고 경고한다. 당시의 하느님을 믿는 백성이 얼마나 타락의 길을 걸었으면 이렇게 경고의 예언을 하였겠는가? 욕망의 길을 따르다 타락한 이들이 바치는 제물을 역겨워하며 그들의 기도를 듣지 않겠다고 하였다. 더럽혀진 영혼은 피 묻은 손과 같다. 그러니 자신을 정화하여 악행을 멈추고 선행과 공정을 행하고 억압받는 자와 의지할 곳 없는 고아와 과부와 같은 이들을 보살피라 한다. 이 예언은 바로 하느님의 신탁이기도 하겠지만 깨끗한 마음에서 울려나오는 양심의 소리이다. 성전이 타락한 인간들과 그들의 욕망으로 번질대는 타락한 제물로 가득 넘쳐나기에 이러한 시대에 양심의 소리를 지닌 예언자는 높이 부르짖는다. 아포리즘은 바로 그런 시대에 부르짖는 예언이다. 이시환 시인은 오늘날과 같이 타락한 시대의 타락한 종교에 대해 양심의 예언을 하였다. 명철한 이성을 통해 깨달음과 통찰의 견성으로써, 올바른 길을 걸어야 하는 제도화된 종교의 그릇된 모습을, 소돔과 고모라의 천지로 변한 신의 제단을 비판하였고 양심의 소리로 그의 일련의 아포리즘을 통해 일갈하였다. 제2차 바티칸 공의회 문서에는 이와 같은 양심을 외치는 이들이야말로 하느님의 백성이라 하였고, 시편 50편의 말씀에 "올바른 길을 걷는 이는 하느님의 구원을 보리라."라고 하였듯이, 그런 양심을 지닌 무리들에 의해 자연은 풍화되어 가지만 인간세계는 영원히 성장하며 역사는 진일보된다고 하겠다. "온갖 문제를 야기시키는 주체도 인간이지만 그 문제 해결의 열쇠를 만드는 주체 또한 인간이다."라고 말하였듯이 문제 해결은 신에게 제물을 갖다 바치는 눈먼 신앙보다 합리적 이성에 의한 소통과 공감의 나눔을 통한 합의와 실천으로 변화를 주도해가는 주체적인 인간, 욕망을 내려놓는 새로운 인간이 아포리즘에서 그가 바라는 인간일 것이다.

4부

1. 논픽션『신과 동거중인 여자』에 대한 10인의 촌평

①김재황, ②조순제, ③나석중, ④강상기, ⑤이영석

⑥정정길, ⑦유순복, ⑧오천수, ⑨박정진, ⑩김 노

☞ 팁4 논픽션『신과 동거중인 여자』로 인해서 '출판물에 의한 명예훼손' 죄의 피의자가 되다

1

논픽션『신과 동거중인 여자』에 대한 10인의 존평

김재황, 조순제, 나석중, 강상기, 이영석
정정길, 유순복, 오천수, 박정진, 김 노

① 김재황 문장가

결코 짧지 않은 글을 단숨에 읽었다. 그만큼 이 글이 사람의 호기심을 끌었다는 뜻이다. 그러나 그 내용이 그런 게 아니라, 글을 전개하는 방법에 매력이 있었다고 여겨진다. 그 여자와 비슷한 사연을 지닌 사람은 주위에서 찾아보기 어렵지 않다. 피해망상증이라든가, 피해의식에 대한 자기최면이라든가, 성적으로 오염된 사회에 대한 고발이라든가, 신앙에 대한 부정적 생각 등이 그녀로 하여금 상상을 초월한 사연을 만들게 하고, 그녀를 스스로 그 안에 갇히게 만든다. 그리고 그녀는 그 안에서 즐거움을 느낀다. 부모의 일이나 언니의 일이 픽션일 수도 있고, 정말이라고 한다면 그 사실을 애용(愛用), 즉 가지고 논다. 그러다 보니까, 글을 써보자는 생각이 들었을 터이고, 누군가에게 이야기하여 그 반응을 보고 싶기도 했을 것 같다. 하여튼, 이 글은 재미있다. 잘 정리하여 단편 소설로 쓰면 좋겠다. 그 이상은 어렵다고 생각된다. 시간 낭비다. 공자는 말했다. "물이 스며드는 것 같은 참언과 살갗에 느껴질 듯한 하소연을 물리친다면 가히 총명하다고 할 수 있다."

② 조순제 수필가

나는 신실하지는 못하나 기독교인의 입장에서 이 여인의 수기가 몹시 불쾌하다. 우선, 이 연인의 성장 배경부터가 혼란스럽다. 부모와 자매가 모두 성적 혼돈 속에서 타락해 있음을 여인의 눈으로 보고 충격을 받아 그런 쇼크가 트라우마trauma로 작용했다고 본다.

나는 1996년 고양동 제일교회의 전요한 담임목사를 알고 있다. 당시 그곳에 살았으니까. 전직 경찰 출신인 이 분은 당시 잡음이 좀 있었다. 목사를 둘러싼 여신도끼리 머리채를 잡고 치고받는 난투극도 있었다. 각설하고, 이 여인의 정신세계는 샤머니즘의 온상이다. 하나님이 들락거렸다가, 무당의 빙의(憑依)에 사로잡혔다가, 남편이 믿는 부처도 출입하였을 황폐한 심령이다.

수기 내용은 통속소설을 읽는 기분이다. "신은 말하지 않으나 인간이 말할 뿐이다"에 동조 편승하여 자신의 수기를 사회 이슈화하여 책값을 챙기려는 속내가 보인다. 그러나 소재가 진부하여 주목 끌기는 글렀다.

1958년 현대문학 5월호에 송기동의 단편소설 「회귀선」이 큰 사회물의를 일으켰다. 기독교단이 들고 일어났기 때문이다. 하나, 이 줄거리는 송기동의 주제에 비하면 천박하고 차원이 다르다. 늙고 추한 여인의 타락상을 보는 것 같아 연민까지 느껴진다. 다급한 정신치료

대상인물이다. 한마디 부언해 두지만, 신학은 논리학으로 접근하면 풀 수 없는 딜레마에 빠진다. 영성(靈性)의 문제이기 때문이다.

③ 나석중 시인

사람은 눈에 보이는 몸과 보이지 않는 마음으로 돼 있는데 그 결합하여 영육(靈肉)이라고 부르지요. 그래서 사람이 죽으면 영도 함께 소멸될 것이라는 걸 믿게 되는 게 타당할 것이라 생각하지만 우리는 그렇지 않다는 사실들을 얼마든지 보고 들을 수 있다는 데 영(靈)의 불멸을 믿을 수밖에 없다는 논리에 이른다고 믿습니다. 그러면 그 사실이라는 게 뭐냐고요? 우선 무당이 망자의 혼을 불러다 점을 치는 일을 보아도 그렇고, 이따금 집안에 우환이 많거나 고통스러운 일이 벌어진 사람들이 무당을 찾아 상담해 보면 조상 누구의 무덤에 물이 들어서 그렇다느니 묘택을 잘 못 써서 그렇다고 하여 무당 말 대로 길지에 묘를 옮기면 감쪽같이 들끓었던 우환이 사라진다는, 그런 거짓말 같은 사실이 지금도 발생하고 있다는 것이지요. 각설하고, 신과 동거하는 여자의 치료법은 단 하나일 것 같은 생각이 듭니다. 어떤 돈 많은 남자가 나타나서 그녀를 영육 아울러 충족시켜주면 그녀의 제2의 자아는 언제 그랬냐는 듯 사라질 것으로 믿습니다. 그 역할을 '김대박' 씨가 해야 하는데 오히려 경제적으로는 그녀에게 신세를 지는 입장이긴 하지만 김대박 씨와의 동거로도 점점 나아질 거라는 생각이 듭니다.

④ 강상기 시인

교보문고에 들렀다가 인사동에서 지인을 만나 저녁식사를 하고 9시 너머 집에 들어왔어요. 컴퓨터를 열어 보았는데 「신과…」 글이 들어와 있더군요. 양이 엄청 많아서 이 글을 읽으려면 시간이 많이 걸리겠구나 싶어 견과류를 준비해 놓고 글을 읽었는데 단숨에 끝까지 읽었습니다. 쪽번호를 쳐보니 62페이지가 되더군요.

저도 이러한 문제에 평소 관심 있는 지라 아주 재미있게 읽었어요. 그런데 어쩜 그렇게 분석을 빼어나게 할 수 있는지, 그리고 지루하지 않게 이끌어가는 문장력이 놀랍습니다. 책을 내면 많은 사람들로부터 큰 반응이 있을 것 같네요.

감사하게 잘 읽었습니다.

⑤ 이영석 시인(전 한양대 영문학과 교수)

① 보내주신 원고 일독했습니다.

② 책을 펴내는 것은, 아마 마음속으로 결정이 된 듯하신데, 저는 강력하게 반대입니다. 우선, 작가로서 하나의 작품으로 승화시켜 보시지요. 작품에서는 모든 판단을 독자의 상상력에 맡기시지요. 아마 좋은 시나 소설이 될 것 같네요.

③ 또 하나, 최근의 연구입니다. 언어에서 각 단어, 즉 [s], [t], [아], [가] 등등을 말할 때 뇌의 각기 다른 부분이 변화를 보인다는 것입니다. 모든 것이 뇌의 작용인 것이지요. 신기하지요. 우리집에 손자를 위한 햄스터 두 마리를 키우는데, 이들도 '생각'이 있다는 겁니다. 만

물에 '영'이 있습니다.

④ 그 다양한 사람들 중에 한 여인을 '체험'한 것이지요.

한 두어 가지만 더 말씀드리면, 그것을 영이라 부르든, 생각이라 부르든, 감정, 영감, 뜻, 의지, 생리적 현상 등등 아리하든, 모든 것은 없어지는 것도, 무에서 나오는 것도 아닙니다. 우주의 태어나고, 머무르고, 다시 줄어들었다가, 다시 태어나는 과정입니다.

우리의 태양도, 지구도, 태양계도 그 과정이듯, 인간, 동물, 생물, 무생물도 그 일련의 과정에 있습니다. 우리 태양계 바로 밖에 공기의 존재가 확인되었습니다. 우리 지구와 태양과의 거리나 역학관계가 비슷한 다른 지구들도 발견되었습니다. 다만, 우리는 인간이기에 인간적인 범주를 정해서, 희로애락을 누리는 것이지요.

문학도 우리의 기준이 있어서, 그것에 맞게 명작도 만들고, 감동을 주는 시도 쓰고, 영화도 만들지요. 포도주 한 잔이 싱큼하게 영혼을 깨우지 않습니까? 그것은 가장 인간적이면서 인간이 누릴 수 있는 행복이지요!

제가 읽은 글은, 머리로 쓴 글이었습니다. 감동을 줄 수 있는 작품으로 승화시켜 보시지요. 이시환 시인의 시적 재능을 높이 사기에 드리는 말씀입니다.

저도 그 재료에서 영감을 얻기도 했습니다.

⑥ 정정길 시인

① 보내오신 메일을 끝까지 읽었다. 허나, PC방 어두운 곳에서 몇

차례에 걸쳐 정독은 아니지만은 성의껏 읽어 보았다. 그래서 내가 병동에서 겪은 얘기를 간략하게나마 나름대로 답신이라고 드려보고자 한다. 그리고 약간은 오래된 사안이라서 기억의 저편에 있는 것이 또한 사실이다. 참고로 봐 주시기 바란다.

② 정신병을 앓고 있는 사람을 만난 경험을 줄여보면 이러하다. 첫째는 자기만 잘 났다고 주장한다. 둘째는 자기만 옳다고 주장한다. 셋째는 과거의 피해의식 내지는 나쁜 추억만 안고 산다. 넷째는 자기가 무지하게 똑똑하다고 자랑하며 인정해달라고 한다. 다섯째는 지금 처해 있는 상황을 인정하려 하지 않는다. 여섯째는 항상 자살을 꿈꾸며 실제로 행동에 옮긴 경험이 있다는 것이다. 일곱째는 국가가 장애등급 내지는 생활보호 대상자로서 진료비도 국가가 부담하고 있는 형편이다. 여덟째는 돌출적인 행동을 서슴지 않는다. 정신병 자체는 본인에게도 큰 문제이지만 사회적인 문제로 번 질 수 있기 때문에 국가관리가 필요한 것 같다.

③ 위의 경우는 내가 겪은 한 단면을 놓고 평가해 본 것이지 절대다수라고는 말 할 수 없다. 정신병이라고 앓고 있는 사람들의 공통적인 사항이라고 느낀 점은 이러하다. 첫째는 과거에 집착하고, 둘째는 피해의식을 강하고 느끼고 있으며 셋째는 남의 얘기는 듣지 않으려고 한다는 것이고 넷째는 식욕이 엄청나게 왕성하다는 것이다. 다섯째는 과거의 좋지 못한 기억들을 자꾸 떠 올리며 자기 합리화에 열을 올리고 있다는 점이다.

④ 신과 동거하고 있다는 이 여인도 그런 범주에 속하지 않나하고 생각을 해본다. 나 자신이 별로 연구가 되지도 않은 상태로 뭐라고 딱히 말을 할 수 있는 게재는 아닌 것 같다. 그래서 물으신 문제에 대

해서 깊은 답을 드릴 수는 없다. 그리고 '어쭙잖은 성경지식이 주범이다.' 라고 한 대목과, 육체가 죽으면 영도 죽는데 '죽은 자의 영이 나타나 나를 조종한다고 여기겠는가'라고 지적한 것에 대해서는 전적으로 공감한다. 이 점이 바로 결론을 말하고 있지 않은가. 그녀에 대한 과거지사를 끝까지 물고 늘어져 결국은 얻어낸 초등하교 4학년 때 당한 강제 추행 사건은 본인은 아무렇지도 않다고 하지만 아마도 그녀의 인생에 늘 그림자처럼 따라다니고 있지 않을까 생각해본다. 왜냐하면, 내가 만났던 그 여인 중 한 분이 그리했기 때문이기도 하다.

결론은 출판을 해도 좋은지 대한 문제다. 내용상으로는 좋다고 본다. 오늘날 우리 사회가 겪고 있는 병리적 현상의 한 단면이 아닐까 해서 말이다. 그리고 술술 잘 읽어지느냐는 질문에 그러하다고 답을 드린다. 아무튼, 차제에 종교적 현상이 사회발전에 어떤 양면을 끼치고 있을까 하는 주세로 세미나를 한번 가져 볼만 하지 않을까 생각해본다. 좋은 글 보내주셔서 감사합니다. 다만, 깊은 연구가 없어서 좋은 답변이 못 되어서 미안합니다.

⑦ 유순복 님

제가 그 분과 비슷한 증상을 보였던 분을 만났습니다. 저에게서 수업을 배우고 회사에 재취업되셔서 첫 월급 탔다고 맛있는 밥을 사준신다고 하시기에 만났습니다. 그래서 제가 조심스럽게 물어보았습니다. 증상이 비슷한 여자 분이 있는데. 선배 된 환자 입장에서 어떤 조언을 해줄 수 있느냐고 물었더니. 첫 번째가 절대 혼자 있지 말라고 하시더군요. 혼자 있으면 망상이 온데요. 그리고 두 번째는 망상이 있는 사람들과 같이 대화를 하거나 이야기를 들어보는 자리를 마련하라고 하더라구요. 그래서 3자의 입장의 눈에서 자신을 판단하게 되게끔 하라고 하시더라구요.

아. 나도 저 사람처럼 저렇게 보이겠구나. 이상하게 보이겠구나. 이렇게 생각이 들게끔 객관적으로 보여야 된다고 얘기해주셨어요. 제가 전달해 드린 의견이 도움이 될지 모르겠습니다. 글을 잘 읽어보고 의견을 보내드리겠습니다.

「신과 동거중인 여자에 대한 보고서」를 읽고 나서

유순복

선생님, 글 잘 읽었습니다. 오늘 아침 뉴스에 잘못된 믿음으로 성경에 나오는 대로 아이들은 구타해도 죽지 않는다며 부부가 아이 셋을 20일째 굶기고 때려죽이는 사건이 보도 되었습니다. 많은 사람들이 잘못된 믿음으로 죄를 짓고 과학이 발달하여 달에까지 가는 21세기에도 이런 일은 늘 태양 아래 버젓이 계속 되풀이되고 있습니다.

기독교가 정치를 하던 중세시대를 넘어 고대에도 분명 샤머니즘이나 다른 영적인 믿음으로 음지에서 많은 사건들이 일어났을 겁니다. 어떻게 보면, 그런 사건은 인간의 진화, 또는 자연의 진화의 한 부분이며, 역사이며, 사람의 인력으로, 또는 정부의 간섭으로도 어쩌지 못하는 한계가 있는 부분이라고 생각됩니다. 2000년 전 고대 로마, 스파르타, 그리스, 티베트 각 나라마다 신령한 산이나, 바다, 자신보다 더 큰 존재(대부분 자연)에 대한 경외심과 두려움이 그 시대의 나름의 종교가 되었습니다.

저는 조셉캠벨이 쓴『신화의 힘』,「천의 얼굴을 한 영웅」신화에 관심이 많아서 이런 책을 읽어 보았습니다. 그 책의 요지는 모든 민족, 성경까지도 신화가 비슷하며, 모습은 다르나 내용은 같다는 이야기입니다. 그 책의 내용을 보면 조셉캠벨(신화학자-저자) 하나님은 선악과를 인간이 따 먹을 줄 알고 계셨으며, 하나님은 실낙원에 가끔 놀러 오시는 분이며, 그곳을 지키기 위해 인간을 창조했으며, 뱀이 낙원의 주인이라고 합니다. 그리고 그 뱀이 여자와 인간에게 삶을 주었다고 합니다. 삶이 있으니 죽음도 태어났습니다. 저는 그 이야기에 공감이 많이 되었습니다.

개인적으로 저는 기독교인이라고 생각하나 교회에는 잘 나가지 않습니다. 솔직한 표현으로 섬길만한 목사가 없으며 인간이 인간을 섬기는 게 (존경과는 다른-테레사 수녀, 오태석 신부) 가능한가 하는 의문이 들며, 누가 인간에게 그런 권한을 주고 당연히 여기는지 의심스럽습니다.

저는 굉장히 불편했습니다. 물론 제가 겸손하지 않을 수 있습니다. 「로마인이야기」를 읽고 느낀 점은 기독교는 정치적인 목적으로 이용되었으며, 그러니까 고대이후 중세까지 종교=권위=힘이었습니다. 중세기대에는 죄의식을 사람들에게 심어줘서 다스렸다고 생각합니다. 물론 지금 21세기에도 그렇다고 생각합니다.

과학자들은 우리를 별의 자식이라고 부릅니다. 제가 다큐멘터리

(특히 공룡, 그렇게 되면 진화론과 천문학에도 관심이 가게 됩니다.) 우리 몸을 구성하는 요소가 우주에 다 있다는 이야기입니다. 다시 말해, 우주의 구성원소가 뭉쳐지고 반응을 일으켜 지구가 생기고 지구에서 진화된 생물중의 하나인 우리에게 우주의 원소가 다 있으니 전체적인 관점에서 우리를 별의 자식이라고 부릅니다. 저는 먼 관점에서 본다면 그 말도 맞다고 생각합니다. 물론, 많은 우연으로 지구와 우리가 탄생했으니 그 우연에는 신이란 존재가 개입되었다고 사람들은 이야기하기도 합니다.

제가 교회에 가기 불편한 이유는, 교회는 저를 죄인으로 만들며 죄의식을 심어주기 때문입니다. 그러나 인간이든 동물이든 태어난 이상 동물들은 살생을 하며 초식동물도 (특히 공룡) 생태계를 파괴할 정도로 먹는다고 합니다. 인간은 태어나면 죄를 짓습니다. 그러나 그것은 이 세상에 태어난 이상 모든 생물이 다 같다고 생각합니다. 맘모스도 호모사피엔스가 다 잡아먹어 죽였다고 합니다. 먹고 살기 위해 살생을 했다면 죄라고 할 수 있을까요?

『스웬덴보리의 위대한 선물』이란 책을 보면 과학자였으나 나중에 신의 대리인이 되었습니다. 그는 지옥과 천국에도 다녀왔으며 여러 가지 증거를 보여주었습니다. 이를테면, 죽은 남편이 남기고 간 영수증을 찾아준다거나 모임에서 본 사람들 중 누가 가장 먼저 죽을 것이라 등 예언을 알려주었습니다. 그 책의 내용 중 마음에 들었던 부분은 하나님을 알지 못하고 죽은 어린아이나, 아프리카 원주민 불교신자이지만 착한 사람들은 종교가 달라도 천국에 간다는 것입니다. 저는 위로 받는 느낌이었습니다. 모두 태어나는 것은 생로병사가 있고 오히려 이곳이 지옥이 아닌가 하는 생각이 들 때도 있습니다. 신이 있다면 모든 영혼을 보살펴야 한다는 게 저의 믿음입니다. 또한, 저의 한 친구가 교회를 나가더니 저를 세상의 타락한 악의 축으로 보며 자신의 하나님의 딸로 착각하며 저에게 설교를 하려고 든 적이 몇 번 있었습니다. 두어 번 들어주다 세 번째가 되었을 때 저는 '너의 목사님은 너를 그렇게 가르쳤냐며 네가 과연 천국에 갈 수 있겠냐'고 물었습니다. 그 친구는 자신은 천국에 갈 수 있다고 했습니다. 그래서 "지옥은 내가 가지 누가 가랴?" 이런 말도 못 들어봤냐고 얘기해 주었습니다. 저의 말뜻은 그건 니가 판단할 수 있는 게 아니라는 뜻이었지만 친구는 알아듣지는 못했을 것 같았습니다.

주변의 많은 교인들의 잘못된 처신이나 행동과 그들의 편견 때문에 오히려 교회에 가고 싶지 않을 때가 있습니다. 물론, 그것도 종교의 부작용이라고 생각합니다. 인간은 자유의지 때문에 어떤 사람이 불구덩이에 들어간다고 해도 말릴 수가 없습니다.

선생님이 그 여인을 보고 판단하신 것처럼 생존의 한 과정이며 욕구이고 의지라는 점 또한 자라면서 잘못된 성의식과 정체성의 혼란, 죄의식을 심어준 교회로 인해 정신분열이 일어난 것은『다중인격』이란 책 내용과 일치합니다.

저는 캐머론 웨스트 저자가 지은 그『다중인격』이란 책을 읽었습니다. 자신이 환자이자 심리학자입니다. 자신의 자아가 24명이라고 주장합니다. 한 사람의 인격이 24명이 넘으며 그도 처음에는 그런 증상이 없었습니다. 30살이 넘은 한 가정의 가장으로 평화로웠습니다. 그러나 그가 자신을 분석하기를 그는 어린 시절 특히 남성, 근친, 친족에게서 성폭행을 당하면 유년시절에는 그 기억을 잊고 지내다가 늦게 자아분열이 생긴다고 합니다. (30살 이후) 믿고 싶지 않아 거부했던 기억들이 무의식에서 갑자기 어떤 계기로 수면에 떠오르는 것입니다. 물론, 자살시도와 자해를 거듭합니다.

제가 읽으면서 불편했던 점은, 그 여인의 성경험에서의 나누셨던 대화의 수위가 우리가 일반적으로 접하는 표현보다 너무 직접적이어서 거부감이 들었습니다. 순화시키시는 게 낫지 않을까 생각됐으며, 읽는 독자에게 약간의 언어폭력으로 인해 마음의 불편함을 느끼게 되지 않을까 생각됩니다.

제 개인적인 의견은 그 여인 말고도 우리나라의 많은 여인들, 또는 인도의 여인들(성이 개방적이지 않고 폐쇄적인 곳들)에는 성적인 피해자가 많습니다. 왜냐하면, 폐쇄적일수록 음지에서 나쁜 일들이 일어날 확률이 높기 때문입니다. 인도여성의 일부는 아직도 할례를 받으며 남편이 일찍 죽으면 그녀의 재산이 탐나 주변에서 그녀에게 따라 죽으라고 종용합니다.

제가 또한 염려 되는 것은 그 책을 출간하시면서 선생님이 쌓아놓으신 명성과 출판사 이미지 등을 고려해보셨나요? 제목도 가제이시죠? 제목이 신뢰도와 호기심을 일으키지는 않는 것 같습니다. 그 여인이 책을 내는 이유가 교회와 하나님에 대한 폭로와 고발이라고 한다면

선생님이 이 글을 쓰시는 이유는 그 여인의 대한 측은지심, 종교가 한 여인에게 저지른 만행에 대한 문인으로서의 책임감, 동정이 작용하시지 않았나 하는 생각도 듭니다.

『만들어진 신』 아직 이 책은 읽지 못했으나 선생님이 성경을 공부하시고 주장하시는 내용이 이 책과 비슷하리라고 생각됩니다. 미국

에서는 인종차별에 대해서 아무도 이야기를 하지 않는다고 합니다. 그 이야기를 꺼내는 즉시 문제가 더 확대되며 갈등이 증폭되어 더 이상 문제를 시사하지 않기 위해 말 자체를 꺼린다고 합니다.

그 여인은 어쩌면 선생님을 만나고 많은 기대감을 갖고 선생님은 본의 아니게 희망고문을 하시는 것은 아닌지 걱정이 됩니다. 또한, 그 여인의 가족까지도 그녀와 멀어졌다면 제3자인 우리가 할 수 있는 역할이 과연 무엇이 있을까 생각됩니다. 우리는 그녀 앞에서 무기력한 존재입니다. 누군가에게 제대로 된 자세와 꿈과 열정을 설명한다고 하여 알아듣는 이가 몇 명이나 되겠습니까. 더군다나, 정신이 온전치 않다면, 몸과 마음이 건강하지 못한 그들을 우리는 어쩔 수 없습니다.

선생님이 그녀를 진실로 위하신다면 그 여인에게서 받으신 영감을 문학으로 승화시켜 시나 소설, 수필로 그녀를 독자들에게 한 단계 순화하고 소개하여 거부반응이 적고 폭력적이지 않게 그녀의 이야기를 들려주시는 것이 어떨까 생각해 보았습니다.

「새야 새야 파랑새야」를 tv문학관에서 봤습니다. 벙어리에 귀까지 들리지 않는 가족과 한 여인이 성폭행으로 인해 미쳐버렸고 임신까지 하게 되었으며 그 여인을 측은하게 여긴 벙어리인 남자는 세상이 힘들어 그녀와 죽기를 결심합니다. 눈이 많이 오는 날 그녀를 데리고 엄마무덤에 갑니다. 죽은 어머니는 잘 들리지 않는 자신의 처지를 비관하여 아들이 보는 눈앞에서 기차에서 자살했습니다. 그런 엄마의 무덤을 삽으로 파서 그 안으로 그녀와 자신이 들어갑니다. 세상에 숨을 곳이 없던 그는 그렇게 엄마의 품으로 돌아갑니다. 하지만 마지막 장면에서는 그는 따뜻한 엄마의 품을 생각합니다.

주제넘게 선생님 앞에서 제가 읽은 책들을 나열하며 낮은 지식으로 선생님의 글에 평하게 되어 죄송합니다. 그녀와 같은 이야기는 지금, 매일 이 순간에도 일어나고 있습니다. 뉴스를 보면 알 수 있지요. 매시간 하루도 빠짐없이 잘못된 믿음으로, 살인과 자살, 자해가 일어납니다. 모두 자신이 피해자라고 아우성칩니다.

저는 그녀가 엄마라면 강해지라고 강요할 수는 없으나, 아이들 눈에 비춰질 자신을 생각하라고 하고 싶습니다. 제 이야기가 너무 주제넘고, 내용이 뒤죽박죽이며 너무 제 생각만을 편협하게 쓰지 않았나 생각됩니다.

읽어주셔서 감사합니다. 선생님을 걱정하는 마음에서 우러나온 저의 솔직한 독후감입니다. 혹시, 마음이 상하시여 노여워 마시고, 어린 문하생의 글장난이라고 생각해 주십시오.

⑧ 오천수(신앙인)

[사례1]

어느 날 나(예술가인 孤兒a)의 아버지가 쓴 일기를 발견하여 읽어보았다. 그 일기를 여러 번 읽어 보았다. 아버지의 예술가적 기질을 보고 예술가라고 믿게 되었다.

[사례2]

어느 날 나(축구선수인 孤兒b)의 아버지가 쓴 일기를 발견하여 읽어보았다. 그 일기를 여러번 읽어 보았다. 아버지의 일기를 보니 축구선수가 분명해 보인다.

[사례3]

어느 날 나(심리학자인 孤兒c)의 아버지가 쓴 일기를 발견하여 읽어보았다. 그 일기를 여러 번 읽어 보았다. 아버지의 심리변화구조를 분석해 보고 소설가라고 믿게 되었다. (여기서 a, b, c는 한 아버지가 낳은 고아들로서 서로 흩어져 내왕 없이 살아가고 있다.)

이상의 사례를 보니 아버지는 만들어진 개념(자신의 생각대로, 자신의 사고방식대로 상상하는)이며, 그 일기도 허구임이 분명하다. 고로, 그 일기를 썼다는 아버지도 존재하지 않는다.

[사례4]

어느 날 나(장사꾼孤兒d)의 아버지가 쓴 일기라는 것을 발견하여 읽어 보았다. 그 일기를 여러 번 읽고 연구하고 분석하였다. 아버지는 장사꾼임이 분명하였다. 어느 날 아버지라는 분이 나를 찾아왔다. 어릴 때 집을 나가 길을 잃고 고아가 되었는데, 30년을 찾아다녔다는 것이다. 보는 순간 아버지임을 알았다. 피는 못 속이나보다. 아버지는 학자였다. 아버지와 10년을 같이 살아가면서 일기를 거듭해 읽어 볼수록 아버지의 학자적 인격을 믿을 수밖에 없다. 일기는 아버지의 진실된 고백이었다. '예수님을 만나는 것이 믿음의 시작입니다. 성경은 예수님을 영접해야만 의미가 있습니다. 예수영접 없는 성경은 소설일 뿐입니다.'

[사례5]도 가능하겠습니다. 여기에 소개된 내용처럼 엉뚱한 자가 나타나 아버지라고 속이는 것입니다.

⑨ 박정진 문화인류학 박사

이 주간, 오랜만입니다. 제가 시골에 있어서(반은 서울, 반은 시골) 오래 찾아뵙지 못했습니다. 글을 다 읽어보았습니다.

성경, 혹은 교회, 그리고 정신분석학이 혼합된 모습인데 책을 출판했을 때의 독자 반응에는 큰 기대를 않는 것이 좋을 것 같습니다.

빙의라는 것이 본래 여자들이 잘 걸리는 병이지만, 인간이면 누구나 또 빙의에 걸립니다. 이성조차도 일종의 빙의라고 볼 수 있으니까요. 하나의 해석학적 경향을 고집하니까요.

그런데 그것이 병적인 것으로 나타나느냐, 그렇지 않느냐에 따라 생산적이냐, 그렇지 못하느냐가 결정되는 것 같습니다. 물론, 이번 여성의 경우는 병적입니다. 욕구불만이 매우 커서 무의식의 가면이 매우 혼란스럽습니다. 그것이 기독교적인 외피를 입음으로 해서 더욱 악화된 것 같습니다. 이것을 문학적으로 더 승화시키면 몰라도, 지금 상태로는 소기의 목적을 얻기가 어려울 것 같습니다.

ps: 지난 번 이영석 교수 발표 때 꼭 가려고 했는데 못갔습니다. 저는 최근에 『철학의 선물, 선물의 철학』(1권)과 『소리의 철학, 포노로지』(2권)를 소나무 출판사에서 출간했습니다. 이 책을 내느라 좀 많은 원고를 썼습니다. 약 1만장 분량의 원고였습니다. 조만간 한 번 들리겠습니다. 언제나 성실하고 진지한 이 주간을 보면 기대가 큽니다.

⑩ 김노 작가

선생님! 이제 다 봤어요. 제19신이 끝이네요. 아까 적에 제16신을 보기 시작했으니 좀 더 있을 줄 알았는데 조금 아쉽네요. 마지막 부분이 더 재미있는 것 같은데…. 후기 다시 한 번 더 봤구요.

어느 기구한 인생을 살아온 한 여인의 정신상태를 집중적으로 탐구한 글이네요. 제가 얼마나 알겠습니까마는 글을 읽으면서 따라가 보면 느낌만이 아닌 그 여인의 미친 생활상이 여실히 보여집니다. 선생님께서 심혈을 기울인 '예수교의 실상과 허상'을 전형적인 이 여인을 통해 펼쳐 보여주는 것 같았어요. 이 여인이야말로 스스로 굴러들어와 저를 해부해 주십시오! 모델을 자처한 거죠. 고집스럽고 완고한 기존에 많은 종교인들이 일독해서 왜곡된 종교관이 바로 잡혀지는 그런 기적이 일어났으면 싶고, 특히 종교에 입문하려는 많은 사람들이 신생님의 작품을 일독하고 나서 그 여부를 결정했으면 하네요. 그리고 앞으로의 종교 활동에 많은 도움이 될 것이 틀림없을 것 같은데 이는 나만의 바람으로 끝나지 않았으면 싶어요.

선생님의 설득력을 가진 방대한 논증을 제가 일일이 거론한다는 것 그 자체가 벅차죠. 내세울 것이라곤 아무것도 가진 것 없는 저로선 그냥 땅을 내려다보는 것으로 편안함을 추구해야죠. 종종 블로그에 들러서 선생님의 좋은 글을 많이 읽고 감상하겠습니다. 오늘 좋은 글 감사합니다.

---

*논픽션 「신과 동거중인 여자」에 대한 원고 혹은 출판된 책을 읽고 이런저런 의견을 밝히어 주신 분들은 위 10인 외에도 적지 않다. 김견(중국 조선족 작가), 정세봉(연변소설가학회장), 심현숙(화가), 최태진(수필가) 외 다수가 있다. 이곳에 일일이 다 소개하지 못함이 섭섭할 따름이다. -이시환

2014년 12월 16일, 나는 뜻하지 않게 서울 중부경찰서에 불려가 조사를 받았다. 그 이유인 즉 논픽션『신과 동거중인 여자』라는 책속 주인공 격인 '심주현' 씨가 '출판물에 의한 명예훼손'이라는 죄명으로 나를 형사고발했기 때문이다.

그녀가 어떤 남자와 함께 자신의 몸에 들어와 있는 귀신을 쫓아달라는 부탁을 하기 위해서 나의 사무실을 처음 방문한 때로부터 수십여 차례 상담, 출판(2종의 개인저서), 기타 도움을 받았었는데, 돌연 그동안의 대인관계를 전면 무시하고 나의 책속의 내용들을 부정(否定)하면서, 주변 사람들(함께 살던 새로운 남자, 절에서 만난 스님들로 추측됨)과 상의하여 법무사를 통해서 나를 형사고발하였다. 그런 사실을 지각한 순간, 얼마나 황당하고 어이가 없었는지 이루 다 말할 수 없었다. 나는 피의자 신분이 되어, 검·경에서 조사를 받아본 사람은 알겠지만, 기분이 완전히 잡쳐 일이 손에 잡히질 않았다. 소위, 명상을 오래 해온 사람으로서 다소 혼란스러워졌으나 감정을 추스르고 내가 해야 할 일을 생각하면서 차분하게 대응하는 것이 '미친개'에게 물리지 않는 일이라고 자가 최면을 걸었다.

나는 잠시 이 문제를 어떻게 해결할까 생각하다가, '내가 죄를 지은 것도 아닌데 변호사가 왜 필요하며, 사실대로 말하면 되리라'고 생각하고서 실제로 그렇게 행동했고 진술했다. 중부경찰서의 어느 여형사가 묻는 대로 대답하다보니 꼭 '엮이는' 기분이 들어서 참을 수가 없었다. 분한 마음으로, 다음날 아침에 스스로 다시 경찰서에 방문하여 '추가진술 및 자료'를 내었다. 그 내용은 아래와 같으며, 그 후 2015년 1월 29일자로 처분된 '혐의없음'이라는 통지서를 서울지방검찰청으로부터 받았다.

'왜, 굳이 이런 불명예스런 일을 이곳에 소개하는가?' 여러분들은 궁금해 할 것이다. 이 책을 여기까지 읽어온 사람들 가운데 얼마나 많은 사람이 기억하고 있을지 모르겠지만 김재황 사백님이 공자(孔子)의 말을 인용하여 쓴 촌평(寸評)의 끝 문장, "물이 스며드는 것 같은 참언과 살갗에 느껴질 듯한 하소연을 물리친다면 가히 총명하다고 할 수 있다." 라는 이 말이 내 삶을 송두리째 흔들어 놓았기 때문이다. 김 사백의 말마따나, 연민의 정 따위를 뒤로하고 단호하게 물리쳤어야 하는데 그러지 못해서, 다시 말해, '총명하지 못해서' 생긴 일이고보면, 경찰서로 불려가 조사받는 일 따위야 마땅히 내가 감수해야 할 업보라고 인정한다. 그러나 나는 안다. 법적으로 고발하여 그동안 자신에게 도움을 준 나에게 정신적 물질적 타격을 가하려는 그녀와, 그녀 주변 사람들의 계산된 행위에는 두 가지의 속뜻이 들어있음을. 그 하나는, 종교적 피해망상에 의한 편집증 환자에게는 자신의 말을 의심하거나 배격하는 등 자신에게 피해를 입히는 사람이라고 판단하면 앙심을 품고 공격적인 태도를 집요하게 보인다는 면에서 이해되는 부분이 없지 않다. 그리고 그 다른 하나는 자신의 문제로 만나는 그 주변 사람들과 친밀해지면서 그들의 말에 영향을 받고, 출판물에 의한 명예훼손으로 문제를 삼으면 돈도 벌 수 있겠다는 계산된 마음이 작용하고 부추겨진 것 같다는 점이다.

말이 나왔으니 말이지, 나는 내 주변의 안타까운 사람들과 많은 대화를 나누어왔다. 그들은 다 정신적 신체적 질환을 갖고 있는 사람들로 주변에서 혹은 가족들로부터 외면당하는 사람들이다. 그 덕으로 피해망상증 환자들의 얘기를 글로 쓸 수도 있었다. 그런 나를 조금 아는, 어떤 지성인 한 분이 내게 진지하게 물어온 적이 있다. "왜, 당신 주변에는 그런 사람들이 많이 꾀이느냐?"라고. 그래서 내가 웃으면서 대답하기를, "그들은 교회 문전에서도 쫓겨나고, 가족들로부터도 버림받는 사람들인데 나까지 내친다면 어떻게 되겠는가?"라고 했다. 내가 스스로 생각해보아도, 나는 분명 그 사람보다는 자비롭다고 말할 수 있지만 총명하다고는 말할 수 없다.

[추가진술 및 자료]

1. 본인의 저서 『신과 동거중인 여자』(2012년, 신세림출판사)에서 본인이 심주현 씨를 정신분열증으로 몰았다는 주장에 대하여

➡ 그녀가 정신분열증 환자인 것은 그녀의 저서 『하나님과 땅콩여자』(2010년, 서정문학)와 『하나님이 너를 들어 크게 쓰겠다』(2012년, 신세림출판사) 라는 2종의 책에서 이미 공개된 사실이며, 동시에 최소 10여 차례 20시간 이상 본인과의 상담 결과이기도 하다. 현재 그녀가 어떤 상태에 있는지에 대해서는 그녀의 세 번째 저서인 『국민께 드리는 호소문 -기독교 하나님이 18년 동안 저를 이렇게 죽이고 있다. 곧 만신(萬神)입니다』(2013년, 신세림출판사)라는 책의 제목과 그 내용이 잘 말해준다고 본다.

2. 그녀가 성폭행을 당하지도 않았는데 당한 것으로 매도했다는 주장에 대하여

➡ 그녀의 저서 2종을 분석해 보면 그것을 시사·암시하는 내용이 있으며, 마땅히 언급되어야 하거나 의심이 가는 내용들이 많이 생략되었는데 바로 그 부분에 대한 상담 시 질문으로 이루어진 그녀의 고백 내용일 뿐이다. 사적인 고백이 들어가 있는 책이기에 일체 가명(假名)을 사용하였고 책의 일러두기에서도 밝혀 두었다.

3. 본인의 『신과 동거중인 여자』는 그녀와의 상담결과물로서 일차적으로는 그녀를 위한 것이며(그래서 정중히 그녀에게 증정하였음), 진실을 알고 싶어 하는 세상 사람들을 위한, '편집성 피해망상(종교)의 사례 연구서라 할 수 있다. 이는 인간의 심리와 행동의 인과관계를 추적한 책의 전체적인 내용과 형식이 말해준다고 본다.

4. 본인은 그녀가 간절히 원해서 측은지심을 내어 무료상담에 응해 주었으며, 그녀의 두 번째 책인 『하나님이 너를 들어 크게 쓰겠다』에 대해서는 교정 교열까지 직접 보아주었고, 세 번째 책인 『국민께 드리는 호소문 -기독교 하나님이 18년 동안 저를 이렇게 죽이고 있다. 곧 만신(萬神)입니다』은 단순히 제작해 주었지만 지금까지 약속한 제작비(300만원)조차 받지 못하고 있으며, 그 후 네 번째 유인물을 만들어 달라고 부탁해 왔으나 완고하게 거절한 바 있다.

5. 참고자료로, 본인의 저서 『신과 동거중인 여자』보관용 1권[자료#1]과 그녀의 세 번째 저서 『국민께 드리는 호소문 -기독교 하나님이 18년 동안 저를 이렇게 죽이고 있다. 곧 만신(萬神)입니다』의 표지 이미지[자료#2]와 본인의 저서를 읽고 보내온 주변 문인들의 소감문[자료#3]을 첨부한다.

2014년 12월 17일

작성자 : 이시환

5부

1. 시(詩)에 무지한 내가 시로써 인생을 들여다보다/**김노**

2. 체험적 '여백(餘白)의 진실(眞實)'을 담은 파노라마/**채수명**

3. 이시환 통일론에 투영된 사랑과 자비/**심종숙**

4. 이시환 시인의 산(山) : 여유미, 한적미, 담백한 시풍의 무위자연/**심종숙**
-자기 정화와 자기 비우기의 절정에서

5. 이시환의 시 「서 있는 나무」와 합사성의 원리/**심종숙**
-존재혁명을 위하여

1

시(詩)에 무지한 내가 시로써 인생을 들여다보다

-이시환 시인의 시를 읽고

김 노(소설가)

지난해, 그러니까 2015년 9월 초 중국연변소설가학회장 J로부터 오랜만에 탈고한 그의 단편소설 「고골리 숭배자」를 이메일로 받았다. 한 번 읽었는데도 파악이 잘 안 되어 다시 한 번 더 읽었으나 내게는 여전히 '난해한' 작품이었다. 그로부터 얼마 뒤 J께서 이번에는 자신의 그 작품에 대한 평론 한 편을 보내왔다. 나의 편견일지는 모르나 보통, 평론은 소설보다 고리타분하고 지루한 면이 없잖아 있다고 생각해 왔는데 반해 이 평론은 뭐랄까, 나를 단숨에 사로잡았다고나 할까?! 분명, 그랬다. 평론가는 작품 전체를 해부하듯이 펼쳐놓고 저자가 의도한 목적의식, 작품속의 심리묘사 등 육하원칙에 따라 보란 듯이 예리한 필치로써 기술했다. 내가 무지한 만큼 인지(認知)하지 못했던 부분 부분들을 설득력 있게, 후련하게 집어 내준 탓일까. 그동안 이 작품을 보면서 답답했던 내 마음이 다 시원해지는 것 같았다.

이 평론을 통해 비로소 난해했던 「고골리 숭배자」의 작품을 보다 깊이 이해할 수 있었던 것이다. 애당초, J의 작품에 대한 평론이어서 예의상 마지못해 읽었던 터라 그 평론을 쓴 필자에 대해서는 신경을 안 썼었는데 뒤늦게 확인하니 '이시환'으로 되어 있었다.

이시환, 그는 누구인가? 그의 저서 가운데 하나인 『주머니속의 명상법』이란 책에서 소개되기를,

①'들우물', '사막의 수도사'라는 별칭을 갖고 인생의 황금기인 30, 40, 50대의 30년을 다 소비했지만 그 결과가 보잘것없는, 별 볼일 없는 사람.

②불교 · 예수교 · 이슬람교 등의 경전들을 탐독하고서도 성전(聖殿)에 벽돌 한 장 쌓아 올리지 못하고 오히려 헐어낸 사람.

③시작이 있으면 끝이 있고 죽지 않는 생명체가 없다는 사실 앞에서 오히려 위로받는 사람.

④모든 것이 덧없고 허망한 것이기에 그 허망한 내 삶이 더욱 소중하고 거룩해야 한다는 것을 뒤늦게 깨달은 사람.

⑤하지만 그조차 다 버려야하는 것을 잘 아는 사람.

⑥학창시절부터 써오던 시 600여 편, 문학평론집 7종(種), 종교서 『경전 분석을 통해서 본 예수교의 실상과 허상(2012)』, 세상을 쏘다니며 썼던 여행기 3종, 기타 편저(編著)들이 그의 피곤했던 삶을 말해주리라 본다.

고 했다. 그는 시와 문학평론을 집필해온 한국의 문학인이었다.

나는 그의 단 한 편의 평론 문장에 매료되어 언젠가 나의 보잘것없는 작품들을 그에게 보여 '혹평(酷評)'이라도 받고 싶어졌다. 그만큼 그의 글은 내 마음에 강력한 인상을 남겼었다.

그 뒤 얼마 지나지 않아, 나의 바람은 곧 이루어졌다. 때마침 9월 중순에 J께서 한국에 나오신 것이다. 우리는 시간 약속을 하고 그의 사무실을 찾았다. 그렇게 나는 이시환 시인과 만나게 되었다.

그의 첫인상은 조금은 까칠한 모습이었다. J가 '여류조선족소설가'라고 소개한 탓에 나는 걸맞지 않은 옷을 입은 듯 불편한 마음인데다 여기저기 책이 쌓여 있는 좁은 공간에 앉을 자리가 마땅치 않아서 어정쩡 서있는 내게 그가 자리를 권하면서 마실 차를 내왔다.

그런 그에게 J가 있는 저서를 좀 내놓으라고 하니 그는 썩 내키지 않은 태도로 '어차피 읽지도 않을 책을 뭐… 별로 드리고 싶지 않다'면서도, 지중해 연안국 여행기인『산책』한 권을 나에게 건넸다.

J께서 이왕이면 사인을 해서 주라고 하니 역시나 예의 그 일관된 태도로 '사인해서 뭐하느냐며, 그런 건 중요하지도 않다'고 하면서 마지못해 사인을 해주었다. 다른 책도 여유가 있으면 더 내놓으라는 J의 말씀에 그가 다시 책꽂이를 뒤적거려 자신의 저서 한 권을 더 찾아냈다. 시집『몽산포 밤바다』였다. 이번에는 내가 용기를 내어 사인을 부탁했다.

아무튼, 그날 이후 고맙게도 그로부터 여러 차례에 걸쳐 많은 책을 받을 수 있었다. 그는 당초의 이미지와는 완전 다르게 인간적으로, 특히 소외되고 불우한 사람들에게 남다른 관심을 가지고 따뜻하게 배려해줄 줄 아는 사람이었다. 20여 년을 한국에 살면서 편견이라면 편견일 수도 있겠지만 이곳 한국사회에서 많은 사람들이 첫 대면에서부터 내가 중국교포인 것을 알았을 때 이유 없이 불친절했고, 뭔가 못마땅해 했으며, 더러는 화가 나있는 것처럼 보일 때도 있었다.

무엇보다 내가 중국 교포인 것을 몰랐다가 뒤늦게 알았을 때의 그

미묘한 표정변화를 나는 바로 포착할 수 있었다. 그만큼 나는 20여 년간에 상당히 예민해져 있었다. 그러나 이 시인으로부터는 그 어떤 편견이나 차별은 느낄 수 없었다. 오히려 소심해진 내게 그동안 소외되고 닫혔던 시선을 넓게 열어 멀리 내다보고, 우선 '인간의 본질'부터 이해하는 게 좋으며, 앞으로의 삶을 살아가는데 많은 도움이 될 거라고 했다.

실제, 그의 저서들을 읽어보면 그의 이미지와는 완전 딴판인 것을 알 수 있었다.

평소 그는 키가 크지도 않으면서 다소 거만스런 시선으로 눈을 아래로 내리깔며 말하기를 좋아했는데, 상대방과 눈을 마주치지 않고 말하는 그 모습은 흡사 내가 좋아하는 가수 나훈아나 힙합가수 쌈디의 개성이 강한 이미지와 오버랩 되곤 했다. 나는 그의 저서들을 통해서 그의 숨겨진 세계를 조금씩 이해해 나가고 있었는데, 실제로 그의 글을 보면 그의 마음이 그렇게 겸손할 수가 없다.

그의 시집『여백의 진실』속에 실려 있는 작품「제물」에서도 잘 드러나 있다

나이를 먹으며 산다는 것은,

알게 모르게 이 몸에

알록달록 얼룩지게 하는 일이다 마는

그 몸을 정갈하게 씻어서

저 눈부신 갯벌위에 올려놓고 싶다.

나이를 먹으며 산다는 것은,

알게 모르게 이 마음에
덕지덕지 상처를 남기는 일이다마는
그 마음 말끔하게 아물게 해서
저 청정한 산봉우리 위에 올려놓고 싶다.

그동안 사느라고
얼룩지고 상처투성인 몸과 마음을
깨끗하게 씻고 닦아서
어느 청명한 날에
제단위로 고스란히 올려놓고 싶다.
저 토실토실한 햇밤이나 대추마냥.
제단위로 올려놓고 싶다.

- 시 작품 「제물」 전문

내가 알기로는, 이 시는 몇몇 문인들과 함께 어느 지방에 여행을 다녀온 후에 쓴 시이다. 물론, 여러 편의 시를 썼지만 그가 여행에서 보고 느끼고 생각한 것들을 굳이 '제물(祭物)'이란 시제로 쓰게 된 것은, 어떻게 보면 남은 생에 대한 진지한 자아성찰이 아닐까싶다.

그는 지금껏 살면서 알게 모르게 얼룩진 몸을 정갈하게 씻어서 '여행지에서 본' 저 눈부신 갯벌 위에 올려놓고 싶고, 덕지덕지 입은 상처를 아물게 해서 저 청정한 산봉우리 위에 올려놓고 싶다고 했다.

"그동안 얼룩지고 상처투성인 몸과 마음을 깨끗이 씻고 닦아서 어느 청명한 날에 토실토실한 햇밤이나 대추마냥 재단 위로 고스란히 올려놓고 싶다."고 했다.

흔히, 우리가 제사를 지낼 때 과일도 흠집이 없는 것을 골라 올리고 각종 나물도 싱싱한 것으로 준비하듯이, 모든 제물은 항상 정성을 다해 좋은 것만 골라 상차림에 올린다. 이처럼 그는 자신의 여생(餘生)을 수도자의 마음으로 갈고 닦아 깨끗한 몸으로 이 세상을 살아가고픈 마음가짐을 제물로써 표현한 것이리라!

나는 시를 잘 모른다. 문학을 시작할 때도 그래서 소설장르를 선택했다. 그렇다고 본인이 소설을 쉽게 생각하는 것은 아니다. 또한, 잘 쓴다는 말은 더더군다나 아니다. 그동안 시보다는 소설을 더 중요시했고, 그래서 소설을 더 많이 읽었다는 얘기이다. 그동안 어쩌다 보게 되는 시들이 지나치게 상징적이고 함축적인 언어들로 난해한 때문인지 나는 그 뜻을 애써 파악하려기보다 기피하게 된 게 솔직한 심정이다. 그래서 그동안 시문학을 멀리하게 되었었는데 이시환 시인이 쓴 여러 권의 시집을 통해서 뒤늦게나마 나는 시가 주는 아름다움을 발견하게 되었고, 음악적인 멜로디도 감지할 수 있었으며, 사색하게 하는 강력한 메시지들도 읽을 수 있었다. 전에 몰랐던 많은 것들을 느끼게 되었던 것이다.

우선, 그의 시집『여백의 진실』속에 있는「산 같은 사람」이라는 작품에서 확인할 수 있다.

…

… (2행 생략)

내가 좋아하는 산(山)조차

고도보다는 그 종심이 깊어야 넉넉하듯이

내가 좋아하는 사람도
외형보다는 속이 깊어야 기대고 싶어진다.

잘 보이지 않지만 그놈의 속이 깊고 깊어야
그 속에 무엇이 얼마나 들어있을까 궁금해져서
그의 세계가 더욱 신비로워지고

잘 보이지 않지만 그놈의 속이 깊고 깊어야
그 속으로 내가 들고
그 속으로부터 네가 나오는 길이 많아져서
그의 세계가 더욱 다채로워진다.

잘 보이지 않지만
모름지기 속이란,
깊고 깊어야 많은 것을 품을 수 있고,
많은 것을 품어야 많은 것을 내어놓을 수 있다.

이 시에서 그가 추구하는 진실 된 인간과 그가 품고 있는 그것이 지식이든 마음씀씀이든 깊고 넉넉해야 베풀 수 있다는 점을 피력하고 있다. 매주 등산을 한다는 그는, 단지 신체의 운동만이 아닌 정신건강에도 유별히 신경을 쓰는 것 같았다. 등산길에서 보고 느낀 것들을 그는 가볍게 흘리지 않고 끊임없는 사유를 통해서 한 편 한 편의 알찬 시를 토해 놓았다.

작품「산에 들어」의 일부이다.

마침내 9월로 접어드는
기분 좋은날 아침
큰마음을 내어
잠시 깊은 산에 들었네.

(2연 4행 생략)

그렇게
나도 그저 하나의 돌부리처럼
선인봉 곁에 비켜 앉아있었는데

그새를 못 참고
여기서 툭, 저기서 툭,툭,
도토리 떨어져 구르는 소리에
놀란 다람쥐 귀를 세우네.

다람쥐 주식(主食)이 도토리인데 도토리 떨어지는 소리에 다람쥐가 놀라다니! '놀란 다람쥐 귀를 세우네.' 라는 시적 표현이 아이러니하면서도 그 순간 내게 너무 재미있게 다가왔고, 실제 산에서 본 귀여운 다람쥐가 떠올라서 혼자 웃었다.

그런데 언제부턴가 도토리묵이 맛도 좋지만 건강에 좋다는 소문 때문에 가을철만 되면 사람들이 무분별하게 도토리를 채취해가는 바람에 다람쥐의 먹이 부족으로 개체수가 많이 줄었다는 신문기사를 본 적이 있다. 인간의 건강도 자연과 더불어 공존할 때 지켜지고, 우리의 삶 또한 건강해지지 않을까 싶다. 이제라도 자연을 보호하고 지키려는 생각이나 외침보다 그 실천이 더 요긴하다는 생각이다.

작품「봄 햇살에 걸터앉아」 전문이다.

산수유 진달래 개나리 목련 할 것 없이
그 빛깔 다 다르고
그 생김새 다르지만
저마다 피를 토하듯 온몸으로
차례차례 꽃을 피워내고,

동네방네
벚꽃마저 만발하니
이른 아침부터
사람, 사람 마음 들썩이고
새들조차 신이 나서
분주하기 그지없네.

소리 소문 없이 찾아와
꽃궁전을 다 헤집고 다니는
저 크고 작은,
낯선 새들을 훔쳐보며

내 잠시 봄햇살에 걸터앉아 있노라니
산들바람 불어와
종잇장처럼 가볍게
내 가슴을 들었다 내려놓는구나.

그렇게 잠시 한눈파는 사이,
꽃잎과 꽃잎들이 바람결에 흩뿌려지며
아른아른 강물결을 이루어 흘러가네.
흘러서 가네.

「봄햇살에 걸터앉아」는 우선 제목이 주는 느낌부터가 아늑하다. 그리고 그 표현이 낭만적이다. 나는 이 작품에서 봄이 주는 환희를 보았고 느꼈다. 산수유, 진달래, 개나리, 목련 할 것 없이 저마다 피를 토하듯 온몸으로 차례대로 꽃을 피워대고, 동네방네 벚꽃마저 만발하니 이른 아침부터 사람마음 들썩이고, 새들조차 신이 나서 분주하기 그지없네….

봄의 꽃잔치에 동참한 그곳 사람들의 설레이는 마음과 기쁨을 보는 듯해서 나도 덩달아 즐거운 마음이 되었다. 그러나 그렇게 함박웃음으로 만발한 봄꽃들도 때가 되면 자연스럽게 봄바람에 흩날리며 아른아른 강 물결을 이루어 흘러간다고도 했다.

자연의 이치이다. 꽃잎이 사라진 그 자리에 새순이 돋아나고… 다음해를 기약할 수 있으니 희망적이다. 우리가슴에도 봄꽃처럼 내놓을 수 있는 그 어떤 희망 하나라도 만들어 나가야 되지 않을까 잠시 생각해 본다.

작품 「백운봉 가는 길」 전문이다.

꽁꽁 얼어붙은 백운봉
굳게 입을 다물고 돌아선 모습이
낯선 거인처럼 냉담하지만
가까이 다가가면
어디선가 물 흐르는 소리
천상의 음악인 양 들리고,

작은 새들은 작은 새들대로
실가지 사이사이 넘나들며
곡예 부리듯 분주하고
딱따구리는 딱따구리대로
여기저기서 나무껍질 쪼아대는
삼매에 빠져있네.

까마귀는 까마귀대로
인기척에 반가운 신호 보내느라
오늘따라 그 소리 유별나게 우렁차고
잔뜩 흐린 하늘에서는
함박눈이 띄엄띄엄 흩날리는데
얼굴을 스치는 북서풍의
바람끝은 제법 매섭구나.

이 시에서 경쾌한 봄 왈츠가 연상되는 건 나만의 감성인가? 실가지 사이사이 넘나들며 곡예 부리듯 분주한 작은 새들, 나무껍질 쪼아대며 삼매에 빠져있는 딱따구리, 인기척에 반가운 신호 보내느라 오늘따라 그 소리 유별나게 우렁찬 까마귀, 어디선가 흘러내리는 물소리 등등 이 모든 화음(和音)이 하나의 경쾌한 음악이 아니고 무엇이겠는가.

작품「정릉계곡을 내려오며」전문이다.

오늘은 북한산 까마귀들이
다 소집되기라도 했나?

정릉계곡 숲에 큰 무리지어
갈급하게 울어쌓는지 심상치가 않구나.

모르긴 해도 저들 사이에
무슨 중대한 일이라도 생긴 모양이다.

천 길 낭떠러지 바위틈에 위태롭게 서 있든
사람 다니는 길목에 서서 수난을 받든

한 곳에 붙박여 살아가는 초목들에게도
일 년 삼백육십오 일 생생한 역사가 있는데

저들 숲에 깃들어 사는 까마귀라 해서

저들만의 뜨거운 숨결, 애환이야 없겠는가.

그는 무리지어 소란하게 움직이는 까마귀들에게도 인간세상처럼 그들만의 뜨거운 숨결과 애환이 있다고 했으며, 한곳에 붙박여 살아가는 초목들에게도 일 년 356일 생생한 역사가 있다고 했다. 남다른 안목으로 그는, 그의 렌즈에 들어오는 모든 사물들을 그냥 지나치지 못하고 우러나는 시심을 한껏 쏟아낼 줄 안다. 이 시를 통해 일 년 365일 사계절을 지내는 동안 자연법칙에 따라 변하는 모습들을 다시 한 번 그려 보게 되었다.

작품「구천계곡에서」전문이다.

바람도 쉬어가다 갈 길을 잃고
햇살도 주저앉아 꾸벅꾸벅 졸고 있는
이곳 하늘 깊은 계곡에서는,
지난해 낙엽들이 고스란히 쌓여 있고
어디선가 졸졸졸 물 흐르는 소리 들리건만
정작 물길은 보이지 않네.

다만, 낯선 내가 다가서도 모른 채
산수유가 곳곳에서 앞 다투어 볼을 붉히고
작은 새들만이 저리도 신이나 있는 것이
아무래도 오늘은
저들이 일을 낼까싶네그려.

이 시를 보면 한 구절 한 구절 표현 자체가 재미있다. '바람도 쉬어가다 갈 길을 잃고 햇살도 주저앉아 꾸벅꾸벅 졸고 있는 깊은 계곡…' 실제로 깊은 계곡일수록 바람도 잦아있고 햇볕도 따뜻하다.

'낯선 내가 다가서도 모른 채 산수유가 곳곳에서 앞 다투어 볼을 붉히고 작은 새들만이 저리도 신이나 있는 것이 아무래도 오늘은 저들이 일을 낼까 싶네그려.' 나는 이 대목에서 붉게 핀 산수유 꽃 앞에서 작은 새들이 저들만의 이벤트가 있을 것도 같고, 어쩌면 사랑놀이라도 한판 벌이지 않았을까 싶은 즐거운 상상을 하면서 시 문장이 주는 재미를 만끽할 수 있었다.

작품「조우」전문이다.

폭염과 건조주의보가 함께 내려진
5월 하순 어느 한낮

살아있는 것들은 다들
어디로 피신(避身)해 있는지
평소 움직이는 것들은 보이지 않고
그 소란스러움조차 다 가시었다.

모처럼 햇볕이 깨끗하고
세상이 온통 조용해져서 참 좋다.

한 장의 백짓장 같은
그 적요(寂寥) 한가운데를 가로지르는

가시철조망을 넘어서

얼굴과 얼굴을 내밀고 있는

붉은 장미꽃들의 숨소리만이 뜨겁다.

그래, 이왕 이렇게

너와 내가 만났으니 함께 가자구나,

이 깨끗한 세상 속으로.

구차한 몸이야 녹아 버려서

한 장의 붉은 꽃잎이 되고

그 꽃잎 다 불타버린 뒤

한 방울의 이슬로 고여도 좋은 날이다.

위 시에서 "가시철조망을 넘어서 얼굴과 얼굴을 내밀고 있는 붉은 장미꽃들의 숨소리만이 뜨겁다."라는 표현에서 나는 전에 살았던 아파트담장을 에워싸고 철따라 한껏 피어있는 빨간 장미꽃들을 연상하며 시인이 장미꽃을 보고 느낀 감정에 대해 잠시 생각을 해봤다. 남다른 감성과 관찰력을 지니고 있는 그가 어쩌면 아름다운 장미꽃들의 속삭임을 들었을지도 모르겠다. 그래서 한껏 기분이 좋아진 그가 내친김에 한 장의 붉은 꽃잎으로 화하고 한 방울의 이슬로 고여도 좋은 날이라고 한 것일까? 아무튼, 그는 모처럼 햇빛이 깨끗하고 세상이 온통 조용해진 좋은 날에 장미꽃과 더불어 자연 속으로 함께 가자고 하는 것 같다.

작품「향로봉에 앉아서」전문이다.

내게 허락된
내 몸 안의 기름이
점점 닳아 가는구나.

때가 되면
나의 등잔도 바닥을 드러내고
심지까지 돋우어 가며 태우겠지만
불꽃은 점점 사그라져 갈 것이다.

원하든 원하지 않든
마침내 불은 꺼지고
텅 빈 등잔만이 남아서
어둠의 바다 속으로
잠기어 갈 것이다.

나이가 한 살 두 살 더해가면서 느끼는 몸의 불편들을 생각하며, 그는 자신의 몸을 타고 있는 등잔불로 비유했다. 심지까지 돋우며 태우겠지만 불꽃은 점점 사그라져 갈 것이고, 마침내 불은 꺼지고 어둠의 바다 속으로 잠기어 갈 것이라고.

그의 비유법이 너무나 적절했고, 깊은 공감과 함께 나는 남은 생을 어떻게 살 것인지에 대해 진지하게 다시 한 번 고민하게 됐고, 더 깊게 생각하게 하는 계기가 되었다.

작품「애인 -인제 원대리 자작나무 숲에 갇히어」 전문이다.

이왕이면 자작나무처럼
살결이 뽀얗고 매끌매끌했으면 좋겠네.

이왕이면 자작나무처럼
호리호리하고 시원시원했으면 참 좋겠네.

평생을 한데 어울려 살면서 서로 다독이고
노랗게 같이 물들어갔으면 참 좋겠네.

이왕이면 자작나무처럼
살만큼 살다가 죽어서는, 죽어서는

미련 없이 잘 썩어 진토(塵土)되고
잘 불에 타 바람에 날리는, 바람에 날리는

한줌의 재가 되었으면 좋겠네.
한줌의 재가 되었으면 좋겠네.

이 시에서 그는 제목처럼 애인이 '이왕이면 자작나무처럼 살결이 뽀얗고 매끌매끌했으면 좋겠네. 이왕이면 자작나무처럼 호리호리하고 시원시원했으면 참 좋겠네. 평생을 한데 어울려 살면서 서로 다독이고 노랗게 같이 물들어 갔으면 참 좋겠네. 이왕이면…'

흔히, 남자들의 로망인 애인에 대한 희망사항 같지만 그가 칭하는 진정한 애인이란 부제에서 보다시피 자연을 가리킨다. 즉 '자작나무'

라고 생각한다. 그는 자신의 여생을 자연과 더불어 애인 대하듯 사랑하며 살다가 마지막엔 미련 없이 잘 썩어 진토 되고, 잘 불에 타 바람에 날리는 한 줌의 재가 되었으면 하는 희망을 노래했다.

작품 「가을 산길을 걸으며」 전문이다.

녹음 짙어 하늘조차 보이지 않던 산길
초목들에 단풍이 들기 시작하더니
하룻밤사이에 다 지고말아
낙엽이 수북이 쌓여있네.
문득, 새 양탄자가 깔린 길을 걷자니
새삼, 살아가는 일만큼 거룩한 것도,
아름다운 것도 달리 없다는 생각이 드네.

그래 하루해는 점점 짧아지고
아침저녁으로 일교차가 커지면서
가을비가 몇 차례 촉촉이 대지를 적시고 나면
찬바람이 불기 시작하고
산천의 초목들이 앞 다투어 목숨을 불태우듯
그 잎들에 울긋불긋 물들이기에 바쁘지만
끝내는 모조리 떨어뜨리고 만다.

겨우내 얼어 죽지 않고
새봄을 기다리는 저들의 고육지책이련만
사람의 눈에는

그것이 그리 아름다울 수가 없다.

따지고 보면,
생로병사라는 과정을 거치지 않는 게 없다지만
그렇게 살아가는 일만큼
진지한 것도 없고,
거룩한 것도 없으며,
아름다운 것도 없어 보이는 것이
내게도 가을은 가을인가 보다.

이 시에서 그는 가을 산길을 걸으며 한때 녹음이 짙어 하늘조차 보이지 않던 산길 초목들에 어느새 단풍이 들기 시작했고, 낙엽 진 길을 걷자니 새삼 살아가는 일만큼 거룩한 것도, 아름다운 것도 달리 없다고 했다. 늦가을에 접어들면 찬바람이 불기 시작하고 산천의 초목들이 앞 다투어 목숨을 불태우듯 그 잎들에 울긋불긋 물들이기에 바쁘지만 끝내는 모조리 떨어뜨리고 만다. '겨우내 얼어 죽지 않고 새봄을 기다리는 저들의 고육지책이려만…'

그는 자신의 인생 여정도 여름이 지나 가을로 접어들었음을 느끼지 않았을까. 환갑이 지난 우리네 인생살이도 바쁘게 달려가는 느낌이다. 결국, 낙엽처럼 땅으로 돌아갈 테지만 나무처럼 새봄을 기다릴 수가 없으니 그가 더 쓸쓸한 마음에 시 말미에 '가을은 가을인가 보다'라고 마무리를 한 것 같다.

작품 「화계사 뒷산을 오르며」 전문이다.

밤새 내리던 비는 그치고
돌연, 찬바람 불어오는데
이 가을 다 가기 전에
꼭 한번 다녀 가라시기에
모처럼 화계사 뒷산을 오르네.

산비탈에 우뚝 선 나무
제 옷가지들을 벗어 흩뿌릴 때마다
공중으로 높이 날아오르는
한 무리 새떼 되어 장관이고

이미 알몸으로 칼바람을 맞는 계곡에서는
보잘것없는 나무들이 저마다 붉디붉거나
보랏빛 작은 열매들을
한 섬 가득 내어 놓는 데
내 눈에는 그것들이 보석인양 꽃인 양
황홀하기 그지없네.

그래도 늦가을이라고
저들은 다 버릴 줄 아는데
그래도 겨울이 다가온다고
저들은 다 내어 놓을 줄 아는데
그대는 무엇을 움켜쥐고
무엇을 걱정하는가.

이 시에서, 그는 산비탈에 우뚝 선 나무로부터 흩날리는 낙엽들이 마치 공중에서 날아오르는 한 무리 새떼들로 형상화 했고, 알몸으로 칼바람을 맞는 계곡에서도 보잘것없는 나무들이 저마다 붉디붉거나 보랏빛 작은 열매들을 한 섬 가득 내어 놓는 게 보석 같고 꽃 같고 황홀하다고 했다.

자연에 대한 애정 어린 시선이 아니고는 그같이 자연의 아름다움을 일일이 다 발견할 수 없다고 본다. 이어 '늦가을에 자연은 다 버리고 겨울이 온다고 내놓을 줄도 아는데 그대는 무엇을 움켜쥐고 무엇을 걱정하는가.'라고 했다. 여기서 그대란 말은 곧 그 자신일 수도 있겠고, 아니면 다녀가시라는 스님일 수도 있고, 어쩌면 모든 인간들을 내포하고 있을지도 모른다. 인간의 끝없는 '욕심'에 대해 다시 한 번 생각하게 하는 작품이다.

작품 「북한산 진달래」 전문이다.

아직도 바람끝은 매서운데
새순 새잎 돋기도 전에 꽃을,
꽃을 먼저 피우는 사연 아시겠지요.

비바람 거칠고 추(위)더위 혹독할수록
토양 척박하고 바위틈 위태로울수록
더욱 붉게 꽃 피우는 사연 아시겠지요.

봄이여, 올 테면 오라, 주저치 말고.
이 능선 저 골짜기 곳곳에서 피토하듯

불태우며 꽃피우는 사연 아시겠지요.

'진달래꽃'이라 하면, 많은 사람들은 우선 김소월의 시「진달래꽃」을 연상하게 되겠지만 그의 짧은 시「북한산 진달래」는 조금 독특했다.

'아직도 바람끝은 매서운데 새순 새잎 돋기도 전에 꽃을 먼저 피우는 사연 아시겠지요. 비바람 거칠고 추위 더위 혹독할수록 토양 척박하고 바위틈 위태로울수록 더욱 붉게 꽃피우는 사연 아시겠지요. 봄이여, 올 테면 오라, 주저치 말고. 이 능선 저 골짜기 곳곳에서 피토하듯 불태우며 꽃피우는 사연 아시겠지요.'

보다시피, 세 번의 '아시겠지요?'라는, 마치 그가 알고 있는 어떤 사연을 독자들에게 묻는 것도 같고, 그 사연에 깃든 기쁨이든 슬픔이든 독자라면 한 번 헤아려 보라는 의미심장한 메시지 같기도 했다.

언젠가 진달래를 중국어로 뭐라고 할까? 궁금해서 인터넷으로 찾아 본적이 있었는데 진달래가 아닌 '두견화(杜鵑花: dù juān huā)'라고 발음했다. 촉나라 왕인 우두가 위나라에 패해 타향에서 억울하게 죽어 그 넋이 두견새가 되었고, 그 두견새가 울면서 토한 피가 두견화로 변했다는 전설이었다. 결국 고향을 잃은 슬픔이었다. 올해로 87세인 노모께서는 쩍하면 옛날 보릿고개 시절 배고픈 얘기를 하시며, 지금은 먹을 게 흔하지만 그때는 먹을 게 너무 없어서 진달래꽃이라도 따서 입에 질근질근 씹는 것으로 허기를 달랬다고 하셨다. 그 추억 때문인지 봄이 되면 어머니께서 잊지 않고 근처 야산에서 만발한 진달래꽃을 따서 술도 담그시고 전(煎)도 부치신다.

이처럼 진달래는 우리민족의 슬픔을 간직한 꽃이라고 본다. 배고픈 시절 눈물 같은 진달래꽃이다. 그런 진달래꽃이 꽃샘추위에도 아랑곳없이 성급하게 피는 이유는 다가오는 봄을 맨 먼저 아름답게 만들고 싶어서가 아닐까. 무엇보다 다른 꽃보다 일찍 꽃잎을 펼쳐야 벌들로부터 뽀뽀 세례를 많이 받을 수 있다는 걸 알기 때문이리라.

식물의 특성상 잎으로부터 영양분을 받지 못하면 꽃가루와 꽃이 적을 수밖에 없으니 많은 후손을 퍼뜨리려는 저만의 사정을 감안한 하나의 궁여지책인 셈이다. 자연의 섭리는 지극히 과학적이라고 본다. 그런 진달래꽃이 거친 바람과 혹독한 추위, 척박한 토양과 위태로운 바위틈일수록 더욱 붉게 피는 이유는 한마디로 겪은 만큼 고통을 감내하면서 저항력을 키운 결과이다.

인간세상사도 마찬가지로 고생을 한 사람일수록 행복의 맛을 더 잘 알 수 있지 않겠는가. 어찌 보면, 저항력이 강한 진달래꽃을 비평의식이 남다른 그가 민중의 저항정신을 비유하지 않았을까도 싶다.

그의 제12시집『몽산포밤바다』에 그의 또 다른 시「진달래꽃」을 봐도 알 수 있다.

1.

긴긴 겨울을 나고서야 너는 더욱 붉어라.

그늘진 산비탈 어디런들 서지 못하랴.

오로지 봄을 기다리는 저 간절함으로

우리 메마른 가슴에 먼저 피어나는 희망진달래여,

뒤돌아보면, 내 옷 소매를 잡아끄는 너의 미소

연분홍빛 환희의 눈물이어라.

2.

매서운 눈보라 몰아칠수록 너는 더욱 뜨거워라.

풍진세상 어디런들 함께 가지 못하랴.

한사코 봄을 기다리는 반도 땅의 숨결로

우리 마음 속 심심산천에

불길처럼 피어나는 사랑 진달래여,

뒤돌아보면, 내 발길 붙잡는 너의 눈물

기쁨의 수줍은 미소이어라.

-「진달래꽃」 전문

한 편의 서정시로 그는 진달래꽃에 대한 애틋한 마음을 담아 사랑의 노래를 불렀다. 삭막한 세상에 언제나 맨 먼저 반겨주는 붉은 진달래꽃. 꽃 봉우리 하나하나에 맺혀있는 슬픔과 기쁨과 환희를 그가 보았던 것이다. 진달래꽃이 4월에 피는 꽃인 만큼 나는 겪지 못했지만 대한민국 국민이라면 4.19혁명을 모르지 않을 것이므로 그때 겪은 민중들의 고초와 아픔을 그가 역사의 핏물 같은 꽃, 슬픔을 아는 진달래꽃으로 동일시한 것은 아닐까.

그리하여 이 능선 저 골짜기 곳곳에서 피토하듯 불태우는 진달래꽃처럼 국민 모두가 지난 과거를 잊지 말고 일어나서 사회의 모든 부조리와 썩어빠진 정치권 부도덕한 권력자들을 향해 성토하며, 이 세상을 보다 깨끗하고 보다 살기 좋은 진달래꽃처럼 아름다운 나라로 만들어 가자는, 그런 그의 마음이 표출된 건 아닐까 조심스레 생각해 본다.

뒤늦게 시인이 직접 쓴 「진달래꽃」 자작시에 대한 해설을 보게 되어 아래에 첨부한다.

그는 "유난히 길고 긴, 추운 겨울(시련 · 고통)속에서도 봄(소망 · 새 세상)을 간절하게 기다리는 우리들처럼 인고의 세월을 이겨내고, 비로소 화사하게 피어나 사람들의 눈길과 발길을 묶어두는 진달래꽃(한민족)의 생명력과 아름다움을 노래하고 싶었다."고 했다.

지은이의 생각과 독자의 느낌이 다를 수 있다고 생각한다.

작품 「민들레꽃」 전문이다.

아, 너를 다시 만났구나.
작년에 보고
재작년에도 보았던
그곳 그 자리 그 비좁은 돌틈에서
또 너를 볼 수 있다니
정녕, 놀라운 일이로다.
기적, 기적이로소이다.

네가, 네 자리를 지켜내지 못했더라면,
내가, 같은 길을 변함없이 걷지 못했더라면,
너와 내가, 어찌 이 순간 이 자리 이곳에서
또 다시 만날 수 있었으며,

서로를 반갑게 맞이할 수 있었겠는가.

허공, 허공중으로
높이, 높이 밀어 올려서
청정한 햇살을 받아 뿌리는
노란 한 송이 작은 꽃이
그야말로 내 눈에는
화엄의 바다인 양 장엄하고,
금강의 세계인 양 단단해 보이는구나,
눈부시구나.

이 시를 본 순간, 나는 몇 년 전에 살았던 아파트 베란다 외벽에 화사하게 핀 채송화 꽃을 떠올렸다. 아주 구석진 작은 틈새에 흙먼지가 모여 있었고, 바람이 안겨준 채송화 씨앗을 흙먼지가 품어 안고, 필요한 빗물을 흡수해 생명의 싹을 틔웠을 것이다.

그 아름다운 꽃을 펼칠 때까지도 그 존재를 모르다가 어느 날 아침 우연히 거실 창밖을 보다가 빨간 꽃으로 얼굴을 드러내는 한 떨기 채송화를 발견했던 것이다. 뜻밖의 장소에서 그리운 사람과 해후하게 된 것 같은 그런 반가움이어서 감격스러운 나머지 눈물이 다 났다.

어떻게 그 작은 틈에서 생명의 뿌리를 내리고 아름다운 꽃을 펼쳤을까. 생각하면 할수록 기특하고 사랑스러워서 매일같이 물을 주면서 나날이 커가는 꽃들과 대화를 나누기도 했었다.

아마, 모르긴 해도 그가 작년에도 보고 재작년에도 그곳 그 자리 그 비좁은 돌 틈에서 역경을 이겨내고 꿋꿋하게 자신의 뿌리를 지키며 샛노란 민들레꽃을 건강한 몸으로 다시 볼 수 있다는 사실에 정녕 놀라운 일이자 기적으로 생각했을 것이다. 오랜 세월 민들레가 야생화로서 관상가치는 없을지라도 봄나물로 많이 애용했지만 언제부턴가 약초로서의 가치가 인정되면서 옛날에 비해 민들레가 많이 귀해졌다.

'네가, 네 자리를 지켜내지 못했더라면, 내가, 같은 길을 변함없이 걷지 못했더라면, 너와 내가, 어찌 이 순간 이 자리 이곳에서 또 다시 만날 수 있었으며, 서로를 반갑게 맞이할 수 있었겠는가,'

여기에서, 나는 인간사이의 변치 않는 우정과 사랑을 다시 한 번 되새겨 보았다. 관심도 사랑이다. 열악한 환경에서도 굳건히 자리를 지키며 살아있는 민들레는 그 자체가 희망을 선사한다. 해마다 많은 민들레 홀씨가 사랑과 희망을 품고 바람에 날려 인간 세상에 널리널리 퍼지기를 바라는 마음이다.

작품「한라봉」전문이다.

한라봉 하나를 집어 든다.
유두 같은 꼭지를 비틀어
두꺼운 껍질을 야금야금 벗겨내기 시작한다.
비로소 내 손안에 쥐어지는 건
한 웅큼의 네 정결한 성체(聖體)!

습관처럼 너를 한입 베어 물고
만족스러운 듯 씹어 먹지만

그것은 네 알몸만이 아니다.
네 생명에 녹아 깃든
햇살과 바람과 수분과 흙이고
그 속으로 박힌 가시 같은
향기를 즐기는 일이다만

내 평생을 살며
내가 맺는 나의 열매들은
과연 누구의 손에 들리어 껍질이 벗겨지고
누구의 입안에서 씹히어 음미되는
성체의 한라봉이 될까?

이 시에서 그는 껍질 벗겨 매끈한 '한라봉'을 맛있게 먹으면서 더불어 한라봉에 깃든, 햇살과 바람과 수분과 흙의 향기를 음미했다. 그는 한라봉이 묘목으로 시작해 한라봉 나무로 자라 열매를 맺기까지 누군가가 들인 일련의 노력들과 긴 시간을 헤아리며 자신의 힘겨운 글쓰기와 그에 들인 시간과 노력들을 반추했으리라 본다.

글쓰기가 지난한 작업이라는 것을 아는 그로서는, 자신의 글이 맛있는 한라봉처럼 많은 독자들과 공감하기를 바라는 마음일 것이다. 글쓰기의 노고가 정당한 대접을 받는다는 것은 책을 많이 팔아 돈을 벌려는 상업성보다 많은 독자들의 진정성 있는 공감이 이루어지는가에 있지 않을까 싶다. 이 같은 그의 진지한 고민은 많은 문학인들이 공감할 것이다.

작품「출렁다리를 걸으며」 전문이다.

그리 멀리 있는 것도 아니건만
내가 네게로 갈 수 없고
네가 내게로 올수 없으니
우리 사이엔 섬과 섬을 잇는
출렁다리라도 하나놓았으면 좋겠네.

네 그리움이
지독한 홍주처럼 무르익고
내 외로움이
벼랑에 바짝 엎드린 늙은 소나무처럼 사무쳐서

내가 네게로 갈 때마다
내 가슴 두근 두근거리듯이
네가 내게로 올 때마다
그 마음 출렁, 출렁거렸으면 좋겠네.

이 시를 보면서 나는 많은 생각을 하게 되었다. '그리 멀리 있는 것도 아니건만 내가 네게로 갈 수 없고 네가 내게로 올 수 없으니 우리 사이엔 섬과 섬을 잇는 출렁다리라도 하나 놓았으면 좋겠네…' 이 시에서 그는 소통의 부재를 빗대어 말하고 있는 것 같다. 부부사이, 부모와 자식사이, 형제 자매사이, 더 나아가 친구, 동료, 이웃들까지도.

같은 하늘아래 속세에서 살아가다 보면 옥신각신 티격태격 서로

부딪칠 일이 한 두 가지뿐일까? 실로 많을 것이다. 어떤 사이라도 항상 내 사정만 우선이고, 항상 내 이유만 옳다고 생각하면 서로의 마음이 점점 더 멀어질 수밖에 없다. 지척이 천리라는 말도 있듯이 실제로 나는 작은 오해 하나로 틈이 생겨 단절된 인간관계들을 많이 봐 왔다.

서로가 이기주의에서 벗어나 한 번이라도 한 발 물러서서 상대편 입장을 헤아리고 반추하다 보면 멀어진 마음이 서서히 좁혀지고 종국에는 화해의 마음이 되지 않을까 싶다. 시가 알려주는 소통의 부재로 인해 내심 그리움에도 미운 감정을 앞세워 섬과 섬이 된 우리 인간 사이를 누구라도 먼저 '출렁다리'를 만들고 볼 일이다. 그리하여 그동안 쌓인 원망과 그리움을 풀고 화해가 주는 기쁨의 출렁다리를 서로 출렁거리면서 오갔으면 좋겠다.

작품「경전보다 더 깊은 매향」전문이다.

부처님, 제 말 들리시나요?
어느 귀여운 여인이 그러는데요,
무슨 놈의 '원각경'이니 '금강경'이니 하는
그만 것만 파지 말고
350년 된 매화나무 밑에 앉아 보면
그 향기가 부처님 말씀보다 훨씬 더 진하다고 하네요.
그런데 꽃은 금방 피었다가 금세 지는 것이기에
때를 맞추어 사방팔방으로 쏘다니다 보면
하나뿐인 몸이 너무 너무 바쁘다고 하네요.

부처님, 제 말 들으시나요?

매향이 경전보다 더 깊다고 하네요.

이 시에서 그는 귀여운 여인을 내세워 자신의 대변인노릇을 하게 한 것 같아 절로 웃음이 나왔다. 세상 사람들 모두 다 귀여운 여자를 좋아할 것이므로, 그 대상이 부처님이라 할지라도 다르지 않으니 당연히 귀여운 여인의 입에서 나온 말들에 모두 귀 기울여 줄 줄로 믿고, 그가 감히 무슨 놈의 '원각경'이니 '금강경'이니 하는 그딴 것만 파지 말고 350년 된 매화나무 밑에 앉아 보면 그 향기가 부처님 말씀보다 훨씬 더 진하다고 역설한다.

그런데 꽃은 금방 피었다가 금세 지는 것이기에 때를 맞춰 사방팔방으로 쏘다니다 보면 하나뿐인 몸이 너무 바쁘다고…. 그러니 350년 된 붙박이 매화나무 밑으로 와서 진하게 풍기는 그 향기를 맡으라는 말씀이다.

불교 관련 권위자들의 마음이 진실 여부를 떠나 그들이 떠받드는 불교 경전을 그가 감히 350년 된 매화나무 꽃향기만도 못하다고 비꼰 것 같다. 뿐만 아니라, 진정한 불교의 가르침이 뭔지 깨달음도 없이 주야장창 오로지 앵무새처럼 따라하는 작태에 대한 일갈(一喝)일 것이다.

이 시를 보면 평소 그가 가진 종교관과도 무관하지 않다. 그의 아포리즘에서,

*신은 말하지 않으나 인간이 말할 뿐이다. 신이 인간을 창조한 것이 아니라 인간이 신을 창조하였다는 뜻이다.

*무릇, 종교란 신이 거주하는 오래된 집이다. 그 집조차 인간에 의해서 부단히 보수 증축되어 가지만 결국 인간의 마음(영혼)이 머물고자하는 궁전일 뿐이다.

*인간은 단 한 차례도 신을 대면하지 못했으면서 마치 본 것처럼 그를 형상화한다.

*살기 힘들수록 신에 귀의하려는 경향이 짙다.

… (이하 생략)

이러한 깨달음을 얻기까지 그는 살아오면서 줄곧 품어왔던 신의 존재 유무와 인간관계 등 근원적인 문제를 풀어보기 위해 많은 시간을 할애했을 것이다.

"하나님은 살아계시다. 네가 글깨나 쓴다하니 예수님에 대해서도 좀 써 보거라…" 그가 가장 사랑한다는 어머니의 당부 또한 그가 할 수 있는 효심이라고 생각했을 것이 틀림없기에 그는 예수교 경전을 진지하게 분석하고 끈질기게 탐구한 끝에 보란 듯이 『경전분석을 통해 본 예수교의 실상과 허상』이란 책자를 펴냈다.

900페이지 정도 되는 두꺼운 책은, 우선 그 부피와 무게만도 압도적이다. 읽을 가치로서도 앞으로 그의 문학세계에 빛을 발하리라 본다.

그는 예수교뿐만 아니라 불교에 대한 관심도 남달라서 불교경전을 꾸준히 읽고 있는 걸로 알고 있다. 그는 한쪽에서는 '무아(無我)'를 주장하면서 다른 한쪽에서는 '참 나'를 직시하라는 것이 부처님 세계라고 했고, 특히 경전을 읽으면서 그는 개념 정리가 잘 안되어 있는 것도 상당하다는 걸 발견했고, 그 내용에 있어서도 모두 반드시 옳다고만 볼 수 없다고도 했다.

경전의 원본 탓인지 아니면 번역상의 문제인지 아무튼 애매모호한 부분이 상당히 많다고 했다. 언젠가는 불교에 대한 또 다른 묵직한 저서가 나오지 않을까 기대해 본다. 그의 시집 『여백의 진실』은 제목만큼이나 진솔했다. 『여백의 진실』 속 그의 산문시를 통해 그의 생각이나 사상이 잘 집약돼 있음을 알 수 있었다. 더불어 나는 그의 일련의 시를 통해 시세계를 조금이나마 알아가는 기쁨도 누렸다.

가끔, 그와 대화를 하다보면, 그가 문학에 대해 남다른 열정과 신명을 가지고 있고, 지성의 소유자라는 걸 느낀다. 특히, 문학에 대해 얘기할 때면 그런 그로부터 늘 지적 자극을 받기도 했었다. 그와 나눈 대화는 인생의 한 지침서처럼 가치 있다고 나는 생각하며 믿는다.

그의 시문학읽기 제1권에 해당하는 『바람, 사막, 꽃, 바다』 라는 책 말미에 들어있는 부록을 보면 보다 그의 내면을 상세히 알 수 있다.

그는 "혼자 있는 시간을 참 많이 가졌으며 어떤 의미에서 그것을 즐겼고 혼자 조용히 있기를 좋아했다"고 했다. 고등학교시절 그의 말대로 학교공부보다는 종교서와 철학서와 문학서적들을 읽기 시작했고, 책속에서 나름대로 즐거움을 찾았던 것 같다고 했다.

비정상적이리만큼 세속적인 욕심이 없었으며, 그러다보니 아버지가 열망하는 명문대학에 진학하지 못했고, 마지못해 지방대학의 농

과대학을 가게 되었지만 거기에서 동물학, 식물학, 육종학, 유전학 등 전공과목에서 배우게 되는 지식이 자연현상을 이해하는데 적지 않은 도움이 되었다고 밝히고 있다.

졸업학점과 무관하게 스스로 수강하면서 공부했던 서양미술사, 논리학, 인사행정 등이 그의 안목을 넓혀주는데 큰 도움이 되었다고도 고백하고 있다. 아울러, 학교도서관에서 빌려 탐독하는 시인들의 시집과 문예 이론가들의 이론서에서도 문학적 기초를 쌓아 가는데 상당히 큰 도움을 받았을 뿐만 아니라 시인들의 문장에서 삶의 태도나 방식을 감지하였고, 특히 현실 사회에서의 여러 빛깔의 고통에도 불구하고 세상사를 내려다보는 관조(觀照) 그리고 여유로움 그리고 자유분방함 등이 그를 편안하게 했던 것도 사실이라고 했다.

그리고 그가 대학을 졸업하자마자 가게 된 군에서 장교로 5년 동안 근무하면서 틈틈이 공부했던 심리학, 정신의학, 미학, 수사학, 논리학 등도, 문학정기간행물 대여섯 종을 정기구독하며 습작한 것도, 시인과 평론가로 데뷔하여 활동하는 데에 직간접으로 도움을 줬다고 했다.

이런 젊었던 시절의 경험이 오늘날에도 자연스레 비문학적인 책을 독서하는 것으로써 문학적 상상력을 키워온 건지도 모른다고 했다. 시적 관심이야 그동안에 약간의 변화가 있었지만 그가 무슨 글을 쓰든지 간에 글 한 가운데에는 늘 '그'가 있다고 했다.

다름 아닌 '그'에게는 어렸을 때부터 친구처럼 지내왔던 대자연의 소리와, 움직임과, 그것의 온갖 변화를 지켜보는 과정에서 몸에 익은 친자연성이, 그리고 그 자연 속에서 살아갈 수밖에 없는 그 자신의 존재와 생명이라는 두 명제가 늘 떠나지 않았다고 한다.

근자에 들어 부처님의 가르침에 다소 귀를 기울이며 그 의미를 다시 새기고 있고, 그 과정에서 명상을 통한 시들이 습작되고 있다고 했다.

인간의 문명생활도 넓은 의미의 자연의 순응이며, 인생이 무상하기에 더욱 아껴 살아야한다는, 다시 말해, 의미를 부여하면서 정진해야 한다고 했다. 따라서 그가 쓰는 모든 글은 넓게 보면, 자연을 베끼는 일에 지나지 않아 아무리 잘 쓴다고 해도 그것은 자연 그 자체만도 못하리라 여겼다.

그는 그 자연의 뜻을 해독하기 위해 좀 눈을 크게 뜨고 귀를 크게 열어 그 자신과의 대화를 즐기어 왔고, 바람이나 햇살과의 대화를 즐기는 중이라고 했다. 그것이 그의 삶이었고, 그의 문학의 바탕이라고 했다.

이런 사유와 삶의 배경에서 "내가 일평생 시를 짓는다 해도 그것은 살아있는 한 그루 나무만 못하다.(-이시환의 이포리즘 159)"라는 말을 했을 것이다.

그의 제12시집『몽산포밤바다』에 실린「대상(隊商)들의 부로 형성된 두 도시왕국 -시리아의 '팔미라'와 요르단의 페트라를 둘러보고」일부이다.

바다에는 해적(海賊)이 있고
산에는 산적(山賊)이 있듯이
사막에는 듣지도 보지도 못한
사적(沙賊)이란 게 있네.
너른 바닷길을 항해하는 이들의

재물을 갈취하고

깊은 산길을 걷는 이들의

생명까지도 노리는

그들이 바로 해적이고 산적이듯이

황량한 사막 가운데

쉬어갈 만한 곳에서

비싼 통관세를 물리어 부를 축적하는

무리들이 성장하여

자체적으로 군과 경찰병력을 지휘하고

궁전까지도 지어 스스로 왕이 되니

그들이 내 눈에는 사적(沙賊)으로 보이네.

……

두 눈을 크게 뜨고 보아라.

그 넓은 남미대륙을

스페인과 포르투갈 종자들이 다 차지하고,

그 광활한 북미대륙을

영국과 프랑스 종자들이 다 차지하고,

오세아니아 주를 또 누가 차지하였으며,

아프리카를 비롯하여

지구촌 대부분의 지역에서

노략질을 일삼던 이들이 누구였던가를.

개나 소나 있는 놈들이란

오만불손하기 짝이 없어
자신의 죽음조차도 치장하려 들듯이
그들은 부끄러운 역사를 반성하지 아니하고
죽어서조차 왕이 되고
신이 되고 싶어서
할 짓과 못할 짓을 구분 못한다면
미라가 되어 있는
땅속의 저들과 다를 게 무엇이랴.

나도 어느 듯 반백년 넘게 살다보니
지중해를 한 바퀴를 돌아다볼 기회가 생겼거늘
가서 보고 또 보아도
그들의 오늘보다는 어제가 더 커 보이고
소도(小盜)와 대도(大盜)의 칼날들이 부딪히며
모래위로 피를 뿌리고
무고한 백성들이
잡초처럼 짓밟히며 지르는
비명만이 내 귓가에 쟁쟁하네.

모래더미 속에 묻히고
풀숲에서 나뒹구는
돌기둥 하나하나와
주춧돌 하나하나에도
저들의 뼈아픈 역사가 숨죽이고

저들의 좌절과 희망이
곤두박질치고 있지를 않는가.

……

위에서 아래로 흐르는
물길조차 뒤바뀌고
바람 길조차 바뀌어 버리듯
인간 재화의 흐름도 바뀌면서
열렸던 길들이 닫히고
닫혀있던 길들이 새로이 열리면서
멸망하지 않은 옛 도적은 없어 보이네.

이제 그들의 영화(榮華)야
다 물에 잠기거나
수풀더미에 나뒹굴며 흙이 되고,
모래더미에 묻히고 묻혀서
한낱, 전설이 되고
화석이 되어갈 뿐이네.

그동안 산적(山賊) 해적(海賊) 소리는 많이 들어봤지만 사적(沙賊)이라는 단어는 그의 시에서 처음이다. 이 시에 아주 걸맞는 표현이다. 그의 비교적 긴 산문시를 통해 그의 정신세계에 깃든 예리한 '문제의식'을 엿볼 수 있었다. 이미, 여러 편의 시를 통해 느꼈지만 그는 인간의 삶의 모순(矛盾)을 정확히 꿰뚫어 보는 직관력과 뛰어난 판단력을 지니고 있었다.

작품「태산을 다녀와서」전문이다.

말로만 듣던 태산(泰山)에 올라보니
높고 높은 산은 간데없고
하늘과 땅을 경외(敬畏)했던 옛사람들의
간절한 속마음이 빛바랜 탑(塔)되어 서있구나.

뵙고 싶어도 뵐 수 없었던 산신(山神)마저 오늘은
점잖고 위험어린 사람의 모습으로 앉아 계시고,
하늘나라 옥황상제(玉皇上帝)까지 정장을 하고서
근엄하게 내려와 계시다마는

말로만 듣던 태산에 올라보니
깊고 깊은 산은 간 데 없고
장사진을 이룬 사람 사람들이 말[詞]과 말[辭]이
곳곳에서 피어오르는 향불 연기되어
허공중에 사라져 버리고 마는구나.

오는 길 가는 길 따라
곳곳에 서있는 화려한 비문(碑文)도,
크고 작은 암벽마다에 새겨놓은 호기(豪氣)도

비탈에 서있는 한그루 청정한 소나무 눈빛만 못하건만

뒤돌아보면 다 우리들의 부질없는 욕심 아닌가. 태산이 높다하나 하늘 아래 뫼이고, 5악이 영험하다하나 사람의 마음에서 비롯됨이다. 그의 아포리즘이다.

나는 태산을 다녀오지는 못했지만 그의 시를 통해 태산의 웅장함보다 그곳 비탈에 서있는 한 그루 청정한 소나무만도 못한 화려한 비문들과 사리사욕을 채우기 위해 간절히 소원을 비는 인간 군상들이 영상처럼 떠올랐다. 인간세상 누구랄 것 없이 부질없는 욕심들이 한낱 피어오르는 저 향불의 연기처럼 사라져 없어지는 그날을 기대해 본다.

인디아기행시집『눈물모순』에서「인디아 서시」를 봐도 마찬가지이다.

……

눈에 보이는 짧은 현세(現世)보다도
보이지 않은 길고 긴 내세(來世)를 위해
오늘을 사는 사람들이여,
궁궐에 사는 이들에겐 수심(愁心)이 배어 있어도
남의 처마 밑에서 늦잠 자는
노숙자들의 얼굴에는
미소가 떨어지지 않는 백성들이여,

그들과 어깨를 나란히 하며 걷는

길거리 소들과,

그들과 한 이불을 덮고 잠자는

야성 사라진 개들과,

뉴델리기차역 철로 주변을 살금살금 기는

살찐 쥐들과,

오가는 사람들의 눈치를 살피는

영민한 원숭이들이

한데 어울려 살아가는

동화(童話) 속 같은 나라를

어느 날 문득 내가 기웃거리네.

달걀조차,

나무뿌리조차 먹지 않는,

그곳 신(神)의 지비로운 아들딸들은

오늘도 강물에서

호숫가에서 목욕재계하고,

밤에는 별들의 숨소리에 귀 기울이며

신들의 심기를 헤아리느라

가부좌를 풀지 않네.

12월의 뜨거운 햇살과 가뭄 속에서도

밤에는 모기들이 극성을 부리지만

낮에는 핏덩이 같은 꽃들을

주렁주렁 매달아놓는

척박한 대지위의 한 그루 나무를
무심히 바라보면서
문득, 내가 태어나기전과 내 죽은 후를
오래오래 생각하는,
그리하여 명멸(明滅)하지 않는
존재의 근원을 향해 꿈을 꾸듯
노(櫓)를 저어 나아가는
강가 강의 백성들이여,

……

-「인디아 서시」 일부

그는 같은 하늘 아래 같은 인간으로 태어났으나 너무나 다른 삶을 살아가고 있는 인도(印度) 백성들이 신에 매어 있는 사고방식과 눈에 비치는 비참한 모습임에도 불구하고 얼굴에 미소가 떨어지지 않는 그들의 존재 의미, 곧 그 근원이 무엇일까에 깊이 통찰하고 있다.

작품 「인디아에 궁전과 성 그리고 사원」에서도 '문제의식'은 돋보인다.

여기도 궁전,
저기도 궁전!
이곳도 성(城),

저곳도 성!

이것도 사원,

저것도 사원!

이 드넓은 땅 가는 곳마다

곳곳에 널려 있는 게

궁전이고, 성이고, 사원이네.

요새 같은 성이 많다는 것은

약탈방화 살인을 일삼는

전쟁이 많았다는 뜻일 터이고,

화려한 궁전이 많다는 것은

백성들의 피를 빨아먹는

권력자가 많았다는 뜻일 터이고,

무력한 사원과 신전이 많다는 것은

고달픈 세상 의지가지없는

절망뿐이었음을 뜻하지 않겠는가.

나는 보고 또 보았네,

전설적인 성문을 빠져 나오며

황폐해진 벌판에 이는 먼지바람을.

나는 보고 또 보았네,

퇴색한 사원의 신전을 에돌아 나오며
신이라는 이름으로 감춰진
인간 무지와 허구를.

그는 「옛 인디아의 석공(石工)들에게 -아잔타 · 엘로라 · 우랑가바드 · 뭄바이 · 엘리펀트 아일랜드 등 기타 석굴사원을 돌아보고」란 작품에서도 정교한 석공들의 솜씨에 감탄을 하면서도 그 이면에 스며있는 슬픈 눈물을 먼저 헤아렸다.

인디아의 돌은 돌도 아니런가.
돌을 자르고, 깨고, 쪼고, 다듬고, 갈아서
모양을 내는 솜씨로 치면
그대와 견줄 자가없구나.
이 외진 골짜기 산 밑 거대한 돌 속으로
그려지고 세워지고 구축된 사원과 신전인
그대 '꿈의 궁전'을 들여다보노라면
그대는 정녕 돌이, 돌이 아닌
다른 세상을 살다갔네그려.

오로지 신을 향한 간절함인가.
먹고살기 위한 그대만의 손끝
피눈물이 흐르는 기교인가.
살아남기 위한 고육지책(苦肉之策)이었던가.

……

그런 나는 왜
그런 너를 생각하면
눈물이 나는 것일까?

네가 마무리 짓지 못하면
네 아들이 마무리 지었을 것이고
네 아들조차 마무리 짓지 못하면
그 아들의 아들이 마무리 지었을
수많은 석굴사원에 녹아든
행복과 절망이 부질없고
내 눈물조차
부질없음을 알고 있으련만

나는 왜,
너를 생각하면
눈물이,
눈물이 앞을 가리는 것일까?

시 내용에 몰입된 나머지 나는, 그가 보고 느낀 감정들이 내게 고스란히 전해져 오는 듯해서 잠깐이지만 슬픈 마음이 들어 울컥했다. 어쩌면, 혹자는 갱년기 증상이라고 치부할지도 모르겠다. 아무튼, 그는 화려한 궁전이나 높다란 성(城)을 단지 화려하거나 뛰어난 건축물로 보지 않고 백성의 고혈로 지어진 권력자의 욕망을 단적으로 드러내는 상징물로 봤다.

그의 통찰력과 비평의식은 아래의 「타지마할」이란 작품에서도 잘 드러나 있다.

타지마할(Taj Mahal)은 인도 역사상 16세기에서 17세기에 걸쳐 전성기를 누렸던 무굴제국의 제5대 왕인 샤자한(ShahJahan)의 두 번째 부인 아르주만드 바노 베검(Arjumand Bano Begum 1593.4 ~ 1631.6)의 주검을 안장한 석관을 모시고 있는 무슬림의 특별한 건축물을 일컫는데…' 그는 자상하게도 나 같은 독자들을 배려해서 '읽지 않아도 좋을 주석'이라는 부록까지 달아놓았다.

나는 세상에서 가장 아름다운
무덤에 와 있네.
아니, 세상에서 가장 많은 공을 들인
능(陵)에 와 있네.
아니, 나의 관념으로는
분명, 능도 아니고 무덤도 아니네.
분명, 죽은 자의 석관이 안치되어 있는
지상의 특별한 건축물이라네.

그것이 특별하다함은
그것의 아름다움이 각별하고
그것에 든 공이 많다는 것을 뜻함이요,

그것이 아름답다 함은
그 구조와 재질 등 건축학적 의미와
그 안팎에 녹아든 인간의 보편적인 심미안과
건축 배경이 된 주인공의 심경 등을 두고 말함이요,
그것에 많은 공이 들었다함은
동원된 장인(匠人)들의 정성과 기술과 기교가
크게 집약되어 있음을 말함이네.

멀리서 그런 너를 바라보노라면,
시시때때로 변하는 하늘과 땅과 어울리어
실로 신비한 빛깔의 안개를 피워 올리는
사원의 긴 침묵 같고
엎드려 기도하는 이의 간절함 같기도 한데,
크고 작은 양파모양의 지붕과
연꽃무늬 아치형의 문들과
바깥 네 귀퉁이의
망루(望樓) 같은 탑들이 어울리어
제법 위엄 있게 보이면서
경건함마저 자아내는 것 또한 사실이네.
그래서인지 얼핏 보면,
그것이 꼭 광활한 대지위에
홀로 우뚝 서있는 사원 같기도 하네만
하얀 빛깔의 대리석만으로 지어진 데다가
이미 그 속에서 꽃으로 변한

금은보석이 숨죽인 채 박혀있는

깨끗한 영묘(靈廟)임에는 틀림없어라.

가까이서 그런 너를 들여다보노라면,

그 흔한 나무 · 돌 · 종이 · 천 · 금속 · 흙 · 콘크리트 · 철근 · 벽돌 페인트 · 유리 · 타일 등으로 만들어지고 그려지고 조각되어야 할 일체의 것들 대신에 흰 대리석과 보석만을 쪼개고 갈고 다듬고 조각하고 떼어내고 끼워 넣음으로써 몇 가지 기본 문양을 만들고, 그것들을 다시 조합하고 배열하고, 그것들을 다시 쌓고 붙여 하늘과 통하는 은밀한 공간을 구축하고, 그 안으로는 두 기(基)의 대리석관을 섬세함과 정교함 위로 올려놓았는데, 꼭 한 땀 한 땀 정성으로 수놓은 것만 같다. 아니 이 대리석이 한낱 진흙덩이일지라도 이토록 모양을 내고 빛깔을 내기란 쉽지 않았을진대 병풍석으로 둘러친 그것을 보노라면 인간의 손끝에서 피어나는 지극한 정성과 기교가 뽑아내는 아름다움에 소름이 돋을 지경이네. 이것이 바로 한 때 한 시절 각별하게 서로 사랑했다던 이들의 석관 아닌 가석관(假石棺)이라네.

자그마치 스물 두 해 동안

이 만여 명의 노동자가 동원되어서야

마무리 되었다는

죽은 자의 궁전 아닌 궁전이여,

하늘에서 내려다보거나

땅에서 올려다보거나

멀리서 바라보노라면

낮에는 한 떨기 장미꽃 같고
밤에는 별 중에 별 같다는데,
그 모습 새벽에 다르고
해질 때에 다르고
보름 달빛 아래 다르고,
백주대낮에 다르고,
별들이 총총 빛날 때 다르다니
너를 자존심처럼 생각하는
인디언의 가슴마다 눈물 젖어있구나.

17세기 인디아의 한 권력자가
사랑하는 아내의 죽음을 슬퍼하고
그 주검을 안장하기 위해서
의욕적으로 건축 조성한 영묘이건만
당대 장인(匠人)들의
안목과 손길 닿지 않은 곳 없고
죽은 자를 보내는
사내의 꿈도 소망도 고스란히 새겨져 있건만
죽은 자는 말이 없고
후일 그 마저 곁에 묻히고 말았네.

세월은 말없이 강물처럼 흐르지만
사방에서 불어오는 풍문으로
그들의 사연을 전해들은 사람들은

궁전 같고 사원 같기도 한
이 영묘의 아름다움을 몸소 느껴보기 위해서
아니, 각별하게 아내 사랑한
한 사나이의 마음을 느껴보기 위해서
아니, 한 제왕의 마음을 사로잡은
페르시안의 피가 흐르는 여인의 사랑을
마음에서 마음으로 읽기 위해서
아니, 이들 두 사람의
사랑의 대서사시를 완독(玩讀)하기 위해서
미화 오 달러를 손에 들고
시도 때도 없이 출입문마다 장사진을 이루네.
세상의 사람들이 이렇게 저렇게 모여들어
두 사람이 한 팔씩 내어
온전한 하나의 하트 모양을 지어 보이며
곳곳에서 카메라 셔터를 눌러대기 바쁘네.

하, 세상이란 그렇고 그런 것!
권력과 부가 있었으니 망정이지
어떻게 세계의 장인들을 부르고
어떻게 세계의 보석과 준보석을 끌어 모아
죽은 자의 집을 궁궐처럼
멋들어지게 지을 수가 있겠는가.

… …

그의 통찰력과 비평의식은 작품「엘로라」에서도 예리하게 반영되었다.

엘로라, 엘로라,
우리에게 그대는 무엇이며,
우리에게 그대는 누구인가?
그 많고 많은 신(神)의 한 이름인가?
한 때 권세를 누렸던
왕 중의 왕이 거느린,
아름다운 애인(愛人)인가?
아니면, 그저 살기위해서,
오로지 살아남기 위해서
하나뿐인 생명을 바치고
하나뿐인 목숨을 바쳤던
풀잎 같은 백성들의
절망이라도,
희망이라도 된단 말인가?

세상 사람들은 그대를 두고
'암석조각 건축물의 정수'라 하지만
그리하여 '세계인류문화유산' 이라 하지만
나는 아직도 잘 모르겠네.
너의 의미를
너의 진실을.

얼핏 보면 그리 높지도 않은

동네 야산처럼만 보이는데

감춰진, 그 깊은 속은 단단한 돌이라.

백년을 하루같이 살며

대代를 잇고 잇기를 오백년이 넘도록

위로부터는 쪼아 내려오고

옆으로는 파고 들어가

그야말로 커다란 바윗덩이 속으로

더 큰 신(神)들과

더 생명력 넘치는 인간들이 함께 살아갈

전당(殿堂), 전당을 빚어 놓았네.

분명, 돌을 쪼고 새기기를

진흙처럼 여겼으니

그대 손과

그대 머리와

그대 가슴들은

도대체 어디에 와서

어디로 갔는가?

실로 놀랍도다.

놀랍도다.

그대 믿음에 놀랍고,

그대 정성에 놀랍고,

그대 순종에 놀랍고,
그대 손끝에서 피어나는
기교에 놀랍도다.
놀랍도다.

그러나 보아라.
두 눈을 뜨고 보아라.
영원할 것 같은 것도 영원하지 못하고
단단한 것조차 이미 단단한 것이 아니듯
믿었던 신조차 살아있는 원리가 아님을
한낱, 박쥐들이나 키우고 있는,
이 어두운 석굴 속에서
죽어 버린
신과 신들이 말해 주질 않는가.

하여, 나는 쓸쓸하구나,
장엄하고도 거룩한 신전이여.
하여, 모든 게 부질없구나,
단단하지만 진흙에 지나지 않는
돌의 꿈이여.
돌의 말씀이여.

그저 바람결에 흔들리다가
흔적도 없이 사라져가는,

저 푸른 풀잎이

나의 성(城)이요,

그저 부드러운 햇살에 미소 지으며

순간으로 영원을 사는, 저 돌에 핀 작은 꽃이

나의 궁전임을.

이처럼 그는 인디아 여행을 하면서 현지에서 보고 느낀 것들을 오감(五感)으로 담아와 긴 산문시로 풀어냈다. 그의 냉철한 시선들은 그동안 엄연히 존재하는 사실들을 망각한 채 안이하게 지내고 있는 나를 흔들고 일깨웠다. 때로는 은유와 상징, 때로는 이미지 등으로 그만의 특색 있는 인디아기행 시집을 묶어냈다.

시집의 후기에서 언급했듯이, 그는 "인디아 여행에서 받았던 낯선 문화적 충격이 생각보다 커서 한동안 그 잔상들로부터 자유롭지 못했다"고 했다. 하지만 "그것들을 통해서 감추어져 보이지 않는 이면에 깔린 인간심리나 삶의 양식이나 내면세계 등의 본질적 요소를 읽으려고 노력했다면 했다. 그리고 그것들은 분명 오늘의 모습이긴 하지만 그것의 어제와 그 뿌리를 읽으려고 노력했다"고 밝혔다.

그는 자신의 아포리즘에서 "내안의 불을 꺼야 바깥세상이 잘 보인다.", "알아야 비로소 아는 것이 없다는 사실을 깨닫는다." 라고 말했다.

무엇보다 그동안 명상을 한 덕분인지 그는 눈을 감고 있어도 보이는 그 무엇이 있다고 했다. 그 무엇이란 심안(心眼)에 비춰진 세계라고 했다.

그의 행보를 보면 실제로 도를 닦는 수행생활을 하는 듯 보였다. 규칙적인 등산과 꾸준한 글쓰기 그리고 동방문학 잡지를 이끌어 가는 그의 진지한 노력들… 특히, 시 문학에 대한 진지한 고민과 탐구정신은 문학적인 대화에서 늘 빠지지 않았다.

그럼에도 불구하고, 내가 아는 어떤 시인은 '그의 시가 아무것도 아니라'고 했다. 그럼 뭔가? 입을 열었으면 구체적으로 그 이유와 증거라도 제시해야 할 텐데 일방적으로 단정 짓고는 그걸로 끝이다. 내가 알기로, 그는 이 시인에 대한 일방적인 편견으로 그의 시작품을 진지하게 단 한 번도 읽어보지도 않은 사람이었다.

그리고 또 몇 몇은 그를 '3류 시인이라'고도 했다. 그렇게 말하는 그들은 일류인가? 되묻고 싶다. 어쭙잖게 특정지역의 작은 상 몇 개 받은 게 고작인 그들은 마치 위대한 시인이라도 된 듯 겸손이 무언지, 시문학의 본질이 무엇인지도 모른 채 으스대는 그 허세들을 보노라면 흡사 우물 안 개구리들의 합창소리를 방불케 했다.

평론가가 아니어도, 그 어느 누구라도 작품을 진지하게 읽어보고 난 연후에 그의 시에 대한 비평이나 쓴 소리는 얼마든지 할 수 있다고 본다. 단지, 무명(無名)이라서 그 같은 폄하 발언을 함부로 하고서 책임지지 않는 것은 아주 잘못된 일이라고 생각한다.

요즘, 국내에 내로라하는 상 받은 시 작품들을 기회가 되면 읽어본다. 물론, 다 그런 건 아니지만 현란한 글 솜씨로 독자를 우롱하듯 알맹이도 없는 시가 보란 듯이 상을 받은 작품들을 볼 때 한심하다는 생각이 앞서 우선 그것을 읽느라고 들인 내 시간이 아까울 정도다.

나는 체질적으로 예술을 빙자해 온갖 미사여구를 동원해 말장난하듯이 한 아리송한 시들을 지극히 싫어한다. 어쩌면, 내가 가지고 있지 못한 기교나 화려한 필치에 대한 거부반응일 수도 있겠다. 하지만 어쩌다 권위 있는 상을 받았다고 그 시인의 시작품 전체가 다 훌륭하다고 볼 수 없으며, 상을 못 받은 시인들 역시 그들의 시작품 전체가 다 부족하다고만 볼 수도 없다는 것이다.

그 사람의 시를 보지도 않고 그 명성을 먼저 헤아리는 그 자세가 나쁘다는 말이다.

나는 들꽃들이 더 아름답다고 생각한다. 들꽃들은 누가 봐주지 않아도 저마다 으스대지 않고 공존하며 자연에서 함께 피고지며 자신을 드러낸다. 무지개가 아름다운 것도 그 색깔의 다양성에 있는 것이 아닌가!

시 역시 마찬가지이다. 시인들이 각자 지니고 있는 여러 빛깔들이 모여 이 사회에 없어서는 안 될 시문학을 형성하는 아름다운 무지개인 것이리라!

아무튼, 그의 시를 통해서 시가 좋아지기 시작했고, 흥미를 가지게 된 것만은 분명한 사실이고 나의 개인사적 큰 변화이다. 어쩌면, 이시환 시인을 만나 얻은 가장 큰 수확이라면 수확이다. 굳이, 더 덧붙이자면 내가 이 독후감을 쓰게 된 직접적인 이유이기도 하다.

시집『우는 여자』에 실려 있는 작품「시인들의 자화상」전문이다.

> 내 주변에 있는, 시를 쓰는 사람들은,
> 옆에 앉아있는, 다른 시인들에 대하여 아는 바가 없다.
> 몇 년에 걸쳐 몇 차례씩 같은 장소에서
> 저녁식사를 함께하고 대화를 나누어 왔어도

여전히 아는 바가 없다.
상대방에 대해 막연히 그런 사람일 것이라고 짐작할 뿐
무엇 하나 정확히 아는 바가 없다.
특히, 상대방이 쓰는 시가 어떤 빛깔에 어떤 향기를 내는지,
어떤 모양새를 띠는지 알려하지를 않는다.
그러면서 자기와 자기 시에 대해서만큼은 알아주기를 기대한다.
아니, 그런 목적을 달성하기 위해서라면
집요하리만큼 잔머리를 굴리며 노력한다.
그래, 그들은 자기 시 외에는 남의 시를 읽지 않는다.
왜냐고 물으면 읽어보아도 뻔하다고 말들 하겠지만
그들은 늘 세상 사람들이 시를 읽지 않는다고 투덜댄다.

그의 산문시 「시인들의 자화상」으로 이 글을 마무리하면서 앞으로도 계속 좋은 작품들을 내놓아 진솔한 독자들과 소통하길 바란다.

-2016. 12. 31.

체험적 '여백(餘白)의 진실(眞實)'을 담은 파노라마

– 이시환 비평시인 시집『여백의 진실』: 작품「산·1」과「의상능선을 지나며」에 대한 비평컨설팅을 중심으로

채수명(한국문학정책연구소 소장, 문학컨설턴트)

1. 들어가는 말

문학(文學)은 단순한 미사여구(美辭麗句 : 잡글 모음, 언어포장술)가 아닌 작가의 사상(선비, 문학)과 시대정신을 담은 타켓포지셔닝 예술학(창조미)을 통한 메시지가 사회를 선도하는 정신세계이다.

이같은 문학의 사명적 본질성 중에서도 압축적 음율성이 강한 시는 문학의 근원이자 꽃답게 문학적 자유를 대변한다는 점에서 체험적 상상력이 메타퍼(은유)를 넘어 리얼리티한 메시지를 통해 정신을 움직이는 성스런 영역이기에 아무나 접근해서는 안 되며 문학적 자유 앞에 의무와 권한 및 책무를 지닌다.

그러나 여전히 글(글쟁이)이라는 천박성을 스스로 자임하는 상황하에서 황폐화된 한국문단의 주역(문인협회 감사, 한국평론가협회 상임이사)에서 실망과 환멸을 체험(불의와 타협하지 않고 정도)하고 정의롭고 아름다운 세상을 만들고자 묵묵히 내공을 쌓으면서 문학의 뉴 패러다임을 추구하기에 이시환 평론가 시인은 세간에 주목을 받을수록 빛나게 된다.

때문에, 그 누구보다 더 고독하고 외로운 영웅(평론가 + 시인 + 동방문학 발행인)답게 문학세상에서 멘토로서 탑을 쌓아가는 상황에서 최근 출간한 시집 『여백의 진실』(신세림출판사, 2016.6.30, 5부 95편, 138P, 10,000원) 중에서도 유난히 번뜩이는 두 편(「산 · 1」(P14), 「의상능선을 걸으며」(122~123pp))를 중점화시켰다.

때문에, 한국평론의 큰 병폐인 원시성(평자에 의해 무지한 독자를 위해 작품의 장황한 해설과 설명은 비평이 아님)에서 과감히 벗어나 약술 평론(평론형태만 갖춤)과 몇 옥타브 성숙할(문한국단의 북한산) 희구열거법을 통한 가치지향적인 문학컨설팅측면에서 논하고자 한다.

2. 본말(이슈 3편)

1) 「산 · 1」

한번쯤 말문을 열 법도 한데
좀처럼 입을 열지 않는구려. - 2013. 09. 26.

산을 찾는 이유는 스트레스 해소이자 육체적 건강이면서도 인고 속에서 나를 찾는 일종의 수행이다.

이를 대변하듯 침묵하는 과묵한 의인법으로 2행 단연이기에 간단명료하기에 함축된 시집의 여백미(餘白美)를 대변하기에 충분하다.

강(젖줄 : 어머니)과 함께 인류역사를 품은 산(푸른 이상 : 아버지)에는 수

많은 사연(춘하추동, 생로병사, 희로애락)과 감탄하여 유구무언(有口無言)하며 수행자(修行者)다운 면모가 보인다.

마지막 행('좀처럼'은 전무하다는 뜻이 아니기에 '전혀'와 다르며 열긴 여나 잘 열지 않는다는 의미)와 첫 행(한번쯤 말문을 열 법도 한데)와 모순성은 시 만이 갖는 특권으로서 생각의 문을 열게 하고 깊이를 준다.(않는구려(친근성) -> 않는구나(단정성))

입을 열지 않는 이유를 언급하지 않는 이유도 여운을 주나 시인이 아닌 일반 독자들을 위해 부연설명(뭐, 찌부둥 거린 이유가 있나보다(있겠지)......) 을 첨가하면 어떨까 함에도 불구하고 최대한 압축시켜 여운을 준 탁월성에 시리즈 연재를 고대한다.

2)「의상능선을 걸으며」

태풍급 강풍이라더니
이곳 북한산 의상능선 상에서도
초목들의 사투흔적이 역력하구나.

겉보기에는 멀쩡해도
벌레 먹어 속이 썩었던 나무들은
여지없이 부러져 있고,
고함을 지르며 내리치는
강풍의 순간 칼날을 피하지 못했던
우람한 소나무 한 그루는 뿌리 채 뽑혀
넘어져서 길을 막는구나.

그가 휩쓸고 지나간 마을골목 골목마다
사생결단 몸부림치다가
꺾이고, 부러지고, 잘려나간 잔가지들이
곳곳에 흩어져 있네.

마치 간밤의 격렬했던 전투에서
처참하게 죽은 민초들의 시신이 널브러져 있고,
부상자들의 신음소리가
곳곳에서 들려오는 듯하다.

인류의 역사가 그러하듯이
지난날의 격렬했던 전쟁은 끝이 나고
하룻밤 사이에 언제 그랬냐는 듯
평화로운 햇살을 주고받으며
어제의 세상을 성토하며 내일을 꿈꾸네.

능선마다 골짜기마다 봉우리로 향하는
초목들이 연녹색 물결에 파도를 치듯
더욱 선명하고 더욱 짙게 번지어가네. - 2016.05.05.

무엇보다 기승전결(起承轉結)로 전개돼 평론가로서의 시인임을 증명하듯 투시와 포착력에 전개 및 표현력이 강렬하다.

내용을 보면 싱그러운 5월의 어린이날에 설렘을 안고 찾았을 수도

권의 명산 북한산(北漢山)[1] 중에서도 의상(義相)능선[2]은 이미 태풍급 강풍이 할 키고 간 자리에 상처에 대한 실망감을 넘어 전쟁터 상흔에 비유했다.

직접적으로는 천재지변의 일종인 태풍급 강풍에 약한 대자연의 무기력감과 66년 전 민족의 최대비극의 상흔(6.25전쟁 때 치열했던 의상능선 : 전쟁터에서 병사들은 죽고 힘겹게 생존(개성장군?)해 전우를 위해 평화와 조국의 부흥을 위해 아픔 잊고 할 일)을 고발하고 있다.

한편, 역설적으로는 사회현상학(권력의 맛을 누리며 백성 피를 빨아먹는 정치인들의 작태, 점점 천민자본주의에 험난해진 치열한 적자생존에 인간미가 전무한 세상살이를 개탄, 외세(중국, 미국, 일본)에 무기력한 우리 현실)을 간접화법으로 풍자 고발하고 있다.

[사진 생략함]

-이미지 연상 위한 참고 : 출처 - 앞사진(인터넷 다음), 중간사진(고명진 기자(서산 뉴시스). 뒷사진(클립, 카페 한국요양보호협회)) 출처 : 인터넷 다음

분명, 그간 문학에 심취해 한 템포 쉬어가는 시공간에서 새로움을 찾고자 오랜만에 찾은 의상능선에 대한 기대감감의 실망감은 우리 사회의 부패한 권력층과 지도자층의 일면을 보여 한발 한발 억만 발을 디디면서 60인생을 살아온 주목받는 문학평론가이자 시인으로서 정의감에 비판적 분노는 곧 무거운 책임감에 비전을 찾는 지혜와 슬기로움을 찾아 문학에 이어졌을 것이다.

이를 위해 부제(- 강풍(메가톤급 바람)이 지나간 자리)를 달고 그 현상을 스마트폰에 담아 시 작품 아래에 보여주었더라면 더욱 호소력의 이

미지(주제의 이슈성과 회화성의 결합) 연상이 강할 것이며, 기존 시집과 전혀 차원이 다른 업그레이드 될 것이다.

구태여 아쉬운 부분을 찾자면 본론(강풍의 흔적)에만 치우쳐 문을 여는 과정(의상능선 접근성, 죽은 자(유언)와 산자 간(공포감, 생존의 위대성)의 갈림길, 결말(초록빛 물들어 성숙하는 모습을 강화)을 보완했으면 한다.

부분을 보자면 '잘려나간 잔가지들이/곳곳에 흩어져 있네' → '곳곳에 흩어진 피 묻은 시신들이/엄마 엄마 살려 달라 아우성거리다 죽어간다는 무전을 받고/때늦은 지원병의 무기력한 박탈감에 그만 땅바닥에 주저앉고 말았다.'로 했더라면 전후 전개성 등으로 보아 더욱 리얼리티 할 것이다. 마치 내가 그 주인공(병사)이 된 듯한…

나아가, 부러지고 잘려나간 소나무 가지의 아파한 모습에 유언과 그 아래에서는 거름이 되었을 조상과 대대로 이어지는 후손이 앙증맞게 고개 내민 모습과 역사성(1억 7천만전의 형성과정, 조국을 위해 전사한 영혼들의 신음을 넘어 소망 등)과 계곡엔 가재들이 긴 동절기에서 벗어나 봄을 향유에 대한 섬세함도 약간 추가했더라면 장대함과 섬세함 간의 조화를 이뤄 더욱 효과적(수도권의 휴식처, 각종 이야기 거리, 대역사서사시)일 것이다.(시리즈화)

그러함에도, 나무(부분)보다는 숲(전체)에서 뿜어내는 탁월한 이슈성과 고발성 및 표현을 통한 메시지성에 감탄하기에 추후 이시환 평론가시인을 만나 본 작품의 창작과정을 듣고(그 곳을 동행) 종합적이고 입체적이며 구체적인 비평을 논하고 싶을 정도의 욕구가 강렬한 수작 중 수작인 걸작임에 틀림없다.

이는 마치 모윤숙 시인의 「국군은 죽어서 말한다」(6.25 : 하남시 검단산 기슭)와 이양하 수필가의 「신록예찬」(신촌 연세대 캠퍼스 뒷산)이 함축을 넘어 몇 옥타브 상승곡선을 향하고 있어 시비(이시환, 「의상능선을 걸으며」)를 세우면 의상능선을 가는 과정(그 상흔을 두고두고 고발하고 생존법칙을 전달)은 물론 '여백의 진실'을 얻고 가리라 믿는다.

나아가, 의상능선을 찾는 산 메니아들과 동행하며 작품설명해설(이시환시인과 동행하는 의상능선 : 사진작가, 한국화가, 바이올린리스트 , 플롯연주가 등 예술문화전문가 세트화 - 서울시청 지원)의 이벤트와 노래말화로 문화컨텐츠화(만화, 연극 등)로 시의 본질성을 살려 성공모델화를 고대한다.

3) 「향로봉[3)]에 앉아서」

내게 허락된
내 몸 안의 기름이
점점 닳아가는구나.

때가 되면
나의 등잔도 바닥을 드러내고
심지까지 돋우어 가며 태우겠지만
불꽃은 점점 사그라져 갈 것이다.

원 하든 원하지 않든
마침내 불은 꺼지고
텅 빈 등잔만이 남아서
어둠의 바다 속으로
잠기어갈 것이다. - 2015.02.01.

3. 맺는 말

이상에서 이시환 평론가시인의 최근 출간 『여백의 진실』 중에서 특출한 두 편(「산 · 1」, 「의상능선을 걸으며」)에 대해 약술 비평 컨설팅하였다.

그 결과 「산 · 1」은 보편적인 지칭으로 신이 내린 감탄사의 연발이라면 「의상능선을 걸으며」는 점점 구체적이기에 마치 시인과 감상자가 동행한 듯한 현장감을 보여 숲(전자)도 보고 나무(후자)도 보는 듯 상호간 조화를 이르며 「향로봉에 앉아서」는 그 극치를 이룬다.

특히, 평론가로서의 이론견고(논리)성의 실천적 시인으로서 감성이 응축된 상황 하에서 체험에서 분출한 사상 감정이 리얼리티함을 넘어 삶에 지친 현대인들과 정치인들의 작태에 대한 풍자를 넘어 '여백의 진실'을 고한 수작으로서 손색이 없다.

다만, 욕심을 낸다면 북한산(北漢山 : 수도권 2,500민 경기인의 아비지)이 주는 『여백의 진실』과 표지에 북한산(북한산성(12성문)의 허무한 역사성(삼국(백제금동향로, 진흥왕순수비, 고구려 기상이 담긴 산)의 라이벌, 몽고8차침략, 병자호란, 일제항거, 동물들의 약육강식 치열한 생존경쟁 등) 등(북한인민의 자유와 생존을 위한 절규)과 연계시키고 사진이나 그림(한국화)을 첨가했더라면 더욱 구체성으로 호감 및 효과적 가치성이 몇 배 강화될 것이라 확신한다.

나아가, 작품 작품마다 창작배경과 일정 과정 등에 대한 설명(주석, 코스 지도까지 안내 첨가)을 첨가했더라면 감상독자들에게 더욱 이해도가 높을 것이라는(추후 해설가나 평론가의 임무) 관점을 고려해 추후 연재출간을 통해 '북한산 시인'으로 구축되어 후손들에게 아니 외국 산마니아에게도 구독 · 감상 등 끝없이 이어가는 길을 모색하기 바란다.

이처럼, 국내 문학비평이 무지한 독자들을 위한 작품해설이라는 원시성에서 과감히 벗어나 문학평론을 넘어 문학컨설팅을 시도함으로써 문화콘텐츠 화를 향한 기대효과로 한국평론에 뉴 패러다임을 제시했다는 기대효과에도 불구하고 미비점은 향후 연구과제로 삼는다.

끝으로, 시집출간을 축하하며 널리 읽혀 혼탁하고 욕구로 충만해 현대인들이 인간미가 사라지고 삭막해져가는 현대인들에게 자성과 여유로움은 물론 스트레스 해소와 에너지원이 되길 바라며, 『여백의 진실』 후타를 고대한다.

---

1) 북한산(1억7천만년 전에 형성 : 주봉 백운봉 정상에 서면 맞은편의 깍아 지른 듯 인수봉, 국망봉, 노적봉 등 높은 봉우리들이 발밑에 있고 시계가 넓은 날에는 서쪽 강화도, 영종도 등 서해상의 섬들도 볼 수 있다. 백운봉 서쪽으로 이어지는 주능선은 문수봉에서 비봉능선으로 이어지고 주능선 남쪽으로는 진달래능선, 칼바위능선, 대성능선 및 형제봉능선이, 북쪽으로는 숨은 벽능선, 원효봉능선, 의상능선 등이 뻗어 내린다. 거대 화강암(花崗巖)으로 주요 암봉 사이로 수십 개의 맑고 깨끗한 계곡이 형성되어 산과 물의 아름다운 조화) / 역사문화(삼국시대 이래 2,000년 역사를 지닌 북한산성(北漢山城), 도선사(道詵寺), 태고사(太古寺), 화계사(華溪寺), 문수사(文殊寺), 진관사(津寬寺) 등 100여개 사찰, 암자가 곳곳에 산재, 진흥왕순수비(신라 진흥왕(재위 540~576년)이 세운 순수척경비(巡狩拓境碑) 중 하나로 한강유역을 신라영토로 편입한 뒤 이 지역을 방문한 것을 기념하기 위해 세운 것(주요내용은 진흥왕이 지방을 방문하는 목적과 비를 세우게 된 이유 등이 기록, 대부분 진흥왕의 영토 확장을 찬양, 1972년에 국립중앙박물관으로 옮겨 보존하고 있으며 비봉에는 복사본)) / 북한산 명칭(백운봉(백운대 836m), 인수봉(810m), 국망봉(만경대 800m) 세 봉우리가 마치 뿔처럼 날카롭게 솟아있는 데서 유래, 고려시대부터 근대까지 1000여년 동안 삼각산이라 불려 졌으나 조선총독부가 북한산이란 명칭을 사용(1915), 북한산국립공원 지정(1983) 후 공식화 : 1916년 조선총독부 고적조사위원 이마니시 류(今西龍)가 한강이북의 서울지역을 가리키는 행정구역명

'북한산'을 잘못 이해한 데서 비롯, 병자호란(丙子胡亂) 때 김상헌(1570-1652)이 청나라로 끌려가면서 읊었던(가노라 삼각산아. 다시보자 한강수야. 고국산천을 떠나고자 하랴마는 시절이 하 수상하니 올동말동 하여라.) 그 삼각산이라는 이름은 대한민국 공식문서와 지도에서 사라짐, 강북구는 2003년 10월 백운봉 등 3개 봉우리가 있는 지역이 삼각산이란 이름으로 국가지정문화재 명승 10호로 지정을 계기로 서울시와 중앙정부에 명칭복원을 건의하고 '삼각산 제이름 찾기 범국민 추진위원회'를 구성하는 등 '삼각산 제이름 찾기 활동을 전개) / 북한산국립공원(세계적으로 드문 도심 속 자연공원, 수도권 이천만의 자연휴식처, 연평균 탐방객이 500만, 단위면적당 가장 많은 탐방객이 찾는 국립공원"으로 기네스북에 기록) - 출처 : 인터넷 다음 자료들 종합정리 수정 보완

2) 의상봉(義相峰, 501.5m : 신라시대 의상대사가 수도 했다는 전설이 전해져 붙여 짐), 용출봉(龍出峰, 571m: 용이 솟아 오르듯 뾰족하여 이름 붙임), 용혈봉(龍穴峰, 581m : 북한산성 축성 후 봉우리 이름을 붙일 때 용에 관한 이름 사용), 증취봉(甑炊峰, 593m : 증봉(甑峰 : 시루봉)에서 변해 시루가 불타는 봉우리(甑炊峰)란 뜻), 나월봉(蘿月峰, 588m : 생긴 봉우리가 달 모양을 닮았다 해서 붙여짐), 나한봉(羅漢峰, 715.5m: 문수사 천연동굴의 오백나한에서 유래, 보현봉과 문수봉에 연이어 불교용어에서 유래), 문수봉(文殊峰, 727m : 봉우리 아래에 위치한 문수사에서 유래(고려 예종 탄연(坦然)이 세움)), 보현봉(普賢峰, 722m) : 보현보살에서 나온 것으로 문수봉과 나란히 하고 있음) - 출처 : 심운, 명품 북한산 의상능선)

3) 족두리봉과 비봉사이에 있는 봉우리(535m)모양이 멀리서 보면 마치 향로(香爐)처럼 생긴 데서 유래했다.- 출처 : 인터넷 다음

[참고문헌]

1. 이시환, 여백의 진실, 신세림출판사, 2016.
2. 채수명, 시창작마케팅실무, 엠아이지, 2016.
3. 인터넷 다음

3

이시환 통일론에 투영된 사랑과 자비

심종숙(문학평론가)

새해 벽두에 민족의 통일을 생각해 본다는 것은 어떤 이유일까? 스스로에게 자문해 본다. 민족의 화해와 일치를 위한 기도를 매일 바치면서, 해방이 되고 북녘 땅에서는 사회주의 국가 건설이라는 기치 아래 경제적으로는 공산 체제로 바뀌면서 1946년 무상 몰수와 무상 분배에 따른 토지개혁이 일어났다. 이 과정에서 지주들과 불교, 기독교, 천주교가 소유한 토지들도 몰수되어 북녘에서 종교는 초토화 되었다. 그 과정에서 종교 지도자들이 암살당하거나 어디론가 끌려갔다. 당시에 기독교는 남한보다 북한이 교세가 더 세었고, 평양은 동방의 예루살렘이었으며, 전국의 교인 중 깨어난 사람이나 지식인들이 그 곳으로 몰려들었다. 사회주의 체제가 들어서면서 초토화된 북녘의 교회들을 기억하면서 바치는 '민족 화해와 일치를 위한 기도'는 서로 사랑하게 하며, 한 겨레이면서도 서로 비방한 잘못을 뉘우치고, 용서와 화해로 분단의 상처를 낫게 하여 서로 존중하고 사랑하여 평화 통일을 이루어 달라는 기구의 염원을 담고 있다.

필자와 같은 세대는 2차대전 이후 전 세계적으로 데모크라시 열풍이 강했던 68년대 생이고, 87년 민주화의 물결이 최고에 달했던 세대이며, 한국전쟁을 겪지 않았으며, 초등학교를 박정희 정권과 중고등학교를 신군부 정권 아래에서 보냈다. 교육 및 문화가 온통 냉전 이데올로기의 지배하에 북녘을 적시하면서 60·70년대의 반공 이데올로기 속에서 "나는 공산당이 싫어요!"라는 산골 소년의 외마디를 도덕 교과서와 반공 만화, 대중 매체를 통하여 보며 자란 세대이다. '이승복'이라는 그 소년의 이름을 모르는 아이들이 없었고, '공비'들에 의해 입이 찢어지고 살해당한 그 소년의 끔찍한 죽음은 어린 우리들에게 북녘에 대한 메가톤급 공포와 증오의 정서를 생산하는데 성공한 것이다. 공포와 증오라는 정서의 획일화와 공동체화… 어린 우리들은 공산당이 무엇인지도 민주주의가 무엇인지도 몰랐다. 그저 책, 만화, 영화, 대중매체와 선생님이 가르치는 대로 훈육될 뿐이었다. 어린 시절 냉전체제 하의 반공 이데올로기 교육을 통해 훈육된 60년대 생인 우리는 성에 눈을 뜨고 팝송에 몸을 흔들며 그 구절을 되뇌던 청소년기에는 교련 교육이라는 학생군사 훈련과 함께 각인되었다. 문화 교실이라고 하여 반공영화나 애국을 기치로 하는 민족주의 영화를 보게 한 것도 나라에 충성하자는 무도의 길을 학생들에게 주입시킨 것이다.

우리들은 도덕 교과서의 반공 이데올로기에 따른 문제를 시험에서 풀어야 했다. 지독한 사상교육이었다. 그리고 마징가 제트나 똘이 장군 등의 군부 문화의 아이콘들이 육영재단이 발행하는 「어깨동무」라는 어린이 만화 잡지를 친구들의 어깨 너머로 훔쳐보거나 학교에 비치된 것들을 보면서 자랐다. 이렇게 자란 우리들이 87년에 대학에 들어갔을 때 대통령 직선제를 두고 민주화 운동의 최고 정점에서 우리들도 그 거대한 흐름에 휩쓸려 들어갔다. 대학을 들어가고 87년, 88년 봄학기에는 수업을 할 수가 없었다. 최루가스가 터지고 그 파편들이 20살의 꽃다운 나이의 우리들의 팔이나 다리에 파고 들었다. 그 자리에는 붉은 피가 흐르곤 했다. 한 마디로 우리들은 어른들에 의하여 같은 민족을 적으로 생각하도록 훈육되었다. 어쩌면 얼굴도 모르는 북녘의 같은 나이 또래의 아이들에게 막연하거나 확실하게 적으로 생각하도록 만든 것이 이 얼굴 없는 냉정한 국가라는 기계의 작동에 우리들이 저항할 방법은 없이 그대로 훈육될 뿐이었다.

그러면서 잘 살기 운동인 새마을운동이라는 기치 아래 초가집이 슬레이트집이나 국민주택으로 바뀌어가고, 구불구불한 논과 밭들이 경지정리라는 이름으로 바둑판처럼 되어 그 가운데로 일직선으로 반듯하게 길이 난 사진을 보며 자랐다. 그렇게 조국의 근대화를 이끌어준 영도자와 한복을 우아하게 차려입고 머리를 틀어 올려 유난히 목이 길어 보이는 그의 부인이 목련 꽃 아래에서 다정히 서 있는 모습을 찍은 사진에는 그 어디에도 저임금에 시달리며 하루 10시간을 초과하는 근로시간으로 젊음이 이울어가는 우리의 언니 오빠들의 파리한 모습은 찾아 볼 수 없었다. 정의의 기운 센 마징가 제트와 주먹대장 똘이 장군이 합쳐진 작달막한 키의 사나이는 그 기세로 산과 경지들을 수용하여 중공업 중심의 산업으로 조국의 근대화를 달성하기 위하여 경부고속도로를 시원하게 뚫었고, 우리들은 그가 죽기 전에 그 도로를 관광버스를 타고 달리면서 안내양의 선전을 들으며 점심을 먹었다. 이 경부고속도로는 신작로와 달라서 버스 안에서 점심을 먹을 수 있을 정도로 편안하고 빠르게 달릴 수 있는 길이라며, 그것이 모두 대통령 각하의 영도력이라고 선전하는 안내양의 기운 찬 설명을 들었다. 초등학교 6학년 때 10 · 26 사태가 일어났던 날 학교에 가니 아이들이 울고 있었다. 교실이 분위기가 여느 때와 달랐다. 무슨 변괴가 일어난 것이었다. 대통령이 서거했다고 아이들은 제 부모가 죽은 냥 슬피 울었다. 이 슬픔의 공동체에서 밝게 웃거나 재잘대는 것은 금기였다. 며칠간의 장례기간 동안 슬픔과 우울의 정서가 밀려왔다. 나라와 민족을 위해 싸운 마징가 제트는 만화에서는 쓰러지는 법이 없었지만 그는 부하가 쏜 총에 맞아 쓰러졌다. 그 후에 나타난 짱가는 마징가 제트의 아류였다.

한반도 통일은 시대적 요청이다. 21세기의 전 지구적 환경에서 세계의 다양한 나라와 민족들이 각각의 다양성과 차이를 존중하며 상생해나가야 하는 시점에서 같은 민족인 북한과 대화와 소통을 통한 평화협정을 맺고, 이와 같은 평화 정착의 노력은 한반도 평화에 초석을 놓는 일이다. 남북한의 정권이 자신의 정치적 권력 유지를 위해 분단을 이용해 온 것은 철저히 비판 받아야 한다. 그런 의미에서 이시환 시인의 통일 관련 시들은 통일에 대한 시인 나름대로의 생각을 정리한 것이라고 본다.

통일, 통일, 통일을 외치는 것은
그만큼 간절하기 때문이지만

통일, 통일, 통일을 오늘도 외쳐야 하는 것은
그만큼 우리 안에 원치 않는 이들이 많기 때문이라네.

-「통일론 · 1」 전문

이 시는 전 2연으로 구성되어 있다. 여기에는 통일을 외치는 이들과 통일을 원치 않는 이들이 대립 구도를 이루고 있다. 이 시를 읽으면서 대한민국 사람이라면 누구나 통일을 원할 것이라고 생각하였던 필자의 어리석음에 얼굴이 붉어지는 것이다. 당연히 분단되었으니까 통일을 원하겠지 라고 생각하는 순간 오류에 빠지는 것이다. 이시환 시인이 지적한 대로 "우리의 소원은 통일"이라고 노래를 부르지만 남한의 정치적 권력은 통일이 아니라 자신들의 정치적 이권에 따라 통일을 유보해왔거나 분단을 이용해왔던 것이다. 그러면 통일을 원하는 쪽은 누구인가의 문제다. 일반 국민들이라는 생각이다. 통일을 두고 일반 국민은 모두 원하는데 정치적 권력자들은 원치 않았기 때문에 분단 70년이 되어도 통일은 되지 않고 있는 것이다. 전술한 군부정권은 통일을 원한 것이 아니라 오히려 북한을 '쳐부수어야 할' 적국이라고 훈육하였다. 그러므로 통일을 반복하여 외쳐야만 하는 통일을 원하는 이들은 분단 상황을 이용하는 사람들과 대립한다. 외치는 이들의 단결된 힘은 분단을 이용하는 자들의 탐욕을 꺾고 포기하게 만든다. 이 독식하는 권력의 탐욕은 외치는 많은 이들에 의해 전복이 될 때 통일은 가까이 온다.

이시환 시인은 통일이 멀리 있는 것도 어려운 것도 아니라고 한다. 그렇다면 반대로 통일을 더욱 멀게 하고 어렵게 만든 이들이 존재하였다는 것을 시인은 진단하고 있다. 같은 맥락에서 통일을 원치 않는 자들이 바로 통일을 멀게 하고 어렵게 만들었으며 이들은 바로 반공이데올로기를 주입시키고 훈육시킨 무리들이다. 이들은 통일을 지연시키고 어렵게 만든 장본인들이다. 마징가 제트와 그 아류인 짱가의 시대는 통일이 먼 시대였다. 어쩌면, 그 시대에는 한국전쟁의 도발 책임을 북한에 물으면서 피해망상증 환자처럼 '쳐내려온' 저들에 대해 증오와 적개심을 국민에게 심어주면서 전 국민의 정서를 피해망상으로 몰아갔다. 2000년대에도 여전히 남북문제나 한국전쟁을 소재로 한 영화에서 이 피해망상으로부터 벗어나지 못하고 누가 쳐내려왔는지에 매달려 전쟁의 책임 소재를 꼭 밝혀야 직성이 풀리는 대사들을 쏟아놓고 있다.

그러니 한국전쟁을 도발하여 '쳐내려온' 북한은 민족의 원수가 되어 용서 받을 수 없는 타자로 된다. 북한이라는 타자를 적국, 증오의 대상, 한국전쟁을 도발한 악덕한 나라로 만들어 놓고 통일을 하자는 것은 어불성설이었다. 말로만 통일을 이루어야 한다고 연두교시를 내린 마징가 제트 시대에는 한층 더 반공 이데올로기를 훈육하는 모순과 부조리를 양산하는 이중생활의 시대였다. 근엄한 영도자는 뒤에 안가를 수십 군데 마련해두고 환락에 빠져 있었다. 그의 충견들인 경찰과 군인들이 계엄령의 살벌한 그물을 쳐두고 안기부 밀실에는 고문이 자행되었다.

이런 시대에는 통일은 멀리 있었다. 매우 어려운 것이었다. 마치 북한은 지구상에서 사라져야할 나쁜 나라였다. 거기에 사는 사람들 모두 빨갱이들로 인간이 아니라 무슨 붉은 짐승이었다. 심지어, 그 당시에 북한의 권력자들을 늑대나 곰 등으로 그린 만화들이 있었던 것을 기억해보면 그들은 따뜻한 피가 흐르는 인간이 아니라 힘에 의해 집어 삼키고 뜯어 먹는 짐승과 같았다. 그런 붉은 짐승의 무리들이 살고 있다는 동토의 땅 북한은 혐오감만을 주는 나라였다. 이것이 통일을 원치 않는 이들이 만들어 놓은 북한상이다. 이 그릇된 북한상은 그 때의 어린이들이 어른이 되면서 그게 아니라는 것을 알게 되게까지 신체에 각인된 북한은 해괴한 나라였던 것이다. 정의의 마징가 제트에게 악한 나라인 북한은 응징되어야 할 나라였다. 통일을 외친다는 것은 어쩌면 우리 안에 신체화된 타자에 대한 그릇된 기억들을 몰아내는 것이다. 마치 한 덩어리의 어둠의 기억을 쓸어 내버리는 행위이다. 외치는 것은 기억 속에 신체화된 반공문화를 쳐부수는 것이다. 반복하여 외치지 않으면 이런 신체화된 기억은 사라지지 않는다. 역사적 기록, 문화의 층위에서 기억과 망각, 은폐, 전치나 꿈으로 재현되는 것으로부터 주체를 복원하기 위하여 외치는 행위는 계속 되어야 한다. 이 어두운 기억들을 비워내지 않으면 타자를 나와 동일시할 수 없게 된다. 타자를 사랑한다는 것은 증오와 혐오하는 감정으로부터 탈피하여야 한다. 편견과 주체의 독선으로부터 탈피하여야 한다.

그렇게 멀리 있는 것도
그렇게 어려운 것도 아니야.

통일은
버스를 타고 가는, 차창에 비친 낯선 사람들을 향해
가던 길 멈추고 가까이서, 멀리서 손을 흔드는
저 어린 아이들의 마음에서, 얼굴에서부터 오는 법.

통일은 무더운 여름날, 버스 안에서 웃옷을 다 벗고
손뼉을 치며 같은 노래를 함께 부르는
남과 북 노동자들의 가슴에서, 흥에서 오는 법.

그렇게 멀리 있는 것도

그렇게 어려운 것도 아니야.

-「통일론 · 2」 전문

통일은 순수한 어린아이의 마음으로 낯선 대상들에게도 인사를 하는 것처럼 그런 마음과 얼굴에서 온다고 하였다. 낯선 이들에게 먼저 환대(hospitality)의 인사를 하는 마음과 얼굴에서 통일이 온다는 말은 하늘나라가 어린이와 같은 마음이 되지 않으면 들어갈 수 없듯이 통일 또한 어린이의 무구한 마음이 아니면 이루어지지 않는다. 어린이와 같은 마음은 무욕한 마음이다. 욕심을 버린 마음이다. 정치적 권력을 움켜지려는 마음의 반대급부에 있는 마음이다. 통일은 남과 북의 노동자들의 가슴에 일어난 흥에서 온다고 하였다. 겨레의 정서를 담은 노래를 함께 부르며 흥에 겨워 어울렁 더울렁 하듯이 노래의 흥이 하나가 되게 하면서 마음의 벽과 실제의 휴전선이 허물어질 수 있다. 그러니 통일은 멀리 있는 것도 어려운 것도 아니라고 1연과 4연에서 반복하고 있다. 지난 시절은 통일이 멀리 있는 것도 어려운 것도 아닌데 어렵고 먼 것으로 만들었다. 이제 우리들은 통일을 가깝고 쉬운 일로 만들어야 한다. 가깝고 쉬운 일이 되기 위해서 무엇을 해야 하는가? 그것은 존재혁명을 이루는 것이다. 존재혁명은 모든 존재들에 대한 경외심과 경의에서 온다. 존재들에 대한 외경감은 바로 그 존재들을 지으신 분을 외경하는 마음이다. 그것은 곧 사랑의 마음이다. 이시환 시인은 「너와 나」라는 시에서 사랑과 자비의 마음을 노래하고 있다. 너와 내가 하나일 수 있는 것은 사랑과 자비가 흘러넘치기 때문이다.

네가 울면 나도 울고
네가 웃으면 나도 미소 짓는 것이
우리는 하나, 우리는 하나.

네가 아프면 나도 아프고
네가 나으면 나도 나아지는 것이
우리는 하나, 우리는 하나.

너와 내가 하나 되고
너와 내가 한 몸일 때
우리는 사랑, 우리는 자비.
-「너와 나」 전문

3연 구성의 이 시에는 각 연의 3행에는 '우리는 하나, 우리는 하나'가 1연과 2연에 와 있고 우리가 하나 됨은 제 3연 3행의 '우리는 사랑, 우리는 자비'로 변화되었을 때 하나일 수 있음을 말해주고 있다. 이 시는 반복의 기법이 어휘와 절, 행과 연에 걸쳐 다양하게 쓰여짐으로써 의미적으로 '하나'라는 의식을 더욱 강조한다.

제1연에서는 희로애락을 함께 나누는 우리는 하나이며, 2연은 병으로 대변되는 고난지경에서도 하나 되는 모습이다. 거기에는 '네가 ~하면' '나도 ~하고'라는 전제가 붙어있다. 여기에는 '나'는 오로지 '너'의 희로애락과 고난지경에 의해 영향이 미치는 '나'에 지나지 않기 때문에 '너'는 곧 '나'이며 '나'는 곧 '너'이므로 주체와 타자라는 도식이 사라진 관계이다. 그래서 제3연에서 '너와 내가 하나 되고/ 너와 내가 한 몸일 때' 사랑과 자비로 자라난 '우리'가 되어 있다. 이시환 시인이 제시하는 사랑과 자비만이 전 시대의 불행한 기억들을 쓸어내고 그 빈자리에 사랑과 자비로 가득 채워 너와 내가 하나이듯 남과 북이 하나될 수 있을 것이다. 사랑과 자비란 어디까지나 나의 관점이 중요한 것이 아니라 타자를 지향해야만 가능하다. 타자가 원하는 바를 쫓아가주는 나의 철저한 자기 혁신이 없고는 불가능하다. 존재혁명이란 나를 포기하는 혁명이다. 나의 목소리를 외쳐대는 것이 아니라 나의 눈과 귀, 코, 손 등이 너에게로 향해 있어야 한다. 너에게서 흘러나오는 메시지를 쉼 없이 듣기 위하여 나의 입을 닫는 것이다. 이시환의 시에 비추어 봤을 때 우리는 불행한 역사 속에서 북한을 어떻게 대했던가를 성찰하여야 한다. 그 성찰이 진정 뼈아픈 후회일 때 우리는 가슴을 치고 스스로, 박힌 말뚝에 밧줄이 묶인 소처럼 말뚝에 순응하여 온 지난 시간에 대해 아까운 것이다. 70년의 세월을 말뚝에 묶인 소처럼 미련하였음을 뒤늦게 알고 벌떡 일어나 말뚝을 뽑고 달려 나가보는 것이다.

1.

대동강 흘러 바다에 이르듯이

한강도 흘러 흘러 바다에 다다르네.

백두산 우러르며 살아온 남녘 사람들

한라산 우러르며 살아온 북녘 사람들

동해든 서해든 바다에 이르러 한 물이 되듯

남과 북 사람 사람 마음만 열면 하나 되네.

누가 남북화해를 미워하랴.

누가 동서화합을 싫어하랴.

서로 아픔을 감싸주고 서로의 희망일랑 함께 나누는

우리는 사랑으로 하나, 우리는 기쁨으로 하나.

2.

두만강 흘러 흘러 바다에 이르듯이

영산강 흘러 흘러 바다에 다다르네.

평양성 그리며 살아온 남녘 사람들

한양성 그리며 살아온 북녘 사람들

동해든 서해든 바다에 이르러 한 물이 되듯

남과 북 사람 사람 가슴만 열면 하나 되네.

누가 남북화해를 방해하랴.

누가 동서화합을 두려워하랴.

서로의 아픔일랑 감싸주고 서로의 희망이야 함께 나누는

우리는 그리움으로 하나, 우리는 만남으로 하나.

-「통일을 위하여(노랫말)」 전문

통일을 위한 이시환의 시는 그의 반복 기법이 두드러져 있다. 통일을 원치 않는 사람들이 있기에 시인은 통일을 반복하여 외쳐야 한다고 하였다. 그 반복적인 외침은 통일의 노래가 되어 강이 바다로 흘러 들어가듯이 흐른다. 통일은 노래가 한반도에 흘러넘치면 통일된다. 그가 제시하는 통일의 키워드는 정치적인 문제이기보다 정서적인 문제인 것 같다. 그가 시인이기에 시인으로서 그는 닫힌 마음의 정서를 열린 마음의 정서로 변화시키고자 한다. 시는 노래가 되어 북녘에 대한 부정적인 정서를 걷어낸다. 편견을 걷어낸다. 이 시와 60·70년대의 반공문화에서 흘러나오는 반공 노래가 다른 점은 사랑과 자비가 흐르게 한다는 점이다. 미움의 정서를 배양하였던 그 시대의 반공 이데올로기는 사랑과 자비의 정서가 아니다. 미움은 적대적인 정서이다. 이시환의 시는 이러한 남한 사람들의 신체에 박힌 북한에 대한 부정적인 정서를 사랑과 자비의 정서로 변화시켜준다. 1절과 2절의 끝부분에 고통을 서로 감싸주고 기쁨을 함께 나누는 우리는 사랑과 기쁨으로 하나이며 서로를 그리워하며 만남으로 하나 된다고 하였다. 사랑은 남을 나보다 낫게 여기며 남을 위하여 나를 내어놓는 행위이다. 그런데 이시환은 여기에서 남과 북의 사람들이 '마음을 열면'이라는 전제를 하고 있다. 그 의미는 남과 북의 사람들이 아직 서로 마음을 열지 않았다고 시인은 통찰하고 있다. 마음을 연다는 것은 무엇인가? 상대방을 받아들일 마음의 준비를 어떻게 하는가의 문제이다. '마음을 열면'이라는 말은 서로 마음을 닫았다는 것을 말한다. 남과 북의 사람들은 분단의 세월과 함께 정치적 격랑 속에서 지난 역사 속에서 마음을 닫아온 것이다. 그래서 시인은 남과 북에 사는 사람들의 마음의 빗장을 열었으면 하기에 통일을 외치고, 그 외침이 노래가 되어 강물처럼 흐르기를 바란다. 그의 염원을 담은 이 시는 참으로 북한이라는 타자를 이해하고 받아들이는 데에 남한 사람들이 어떤 태도를 취해야 하는가를 제시하고 있다고 하겠다. 남과 북의 사람들은 서로 대동강과 한강, 백두산과 한라산을 우러러 보거나 평양성과 한양성을 그리며 살아온 사람들이다. 서로 적시하도록 한 것은 정치적 권력체들이었다. 그들은 분단을 이용하여 자신들의 권력을 탐했던 자들이다. 다음으로 그의 시「북녘동포에게 부치는 봄의 노래」를 읽어보자.

얼어붙은 땅이라 해서
생명의 뜨거운 숨소리 들리지 않으랴.

오래된 어둠의 땅이라 해서
사람 사는 소리 들리지 않으랴.

제 아무리 눈과 귀를 틀어막고
입마다 재갈을 물려도

때가 되면 때가 되면
얼음장 밑으로 냇물이 흐르고

때가 되면 때가 되면
산천에 가지마다 꽃망울이 벌어지는데

얼어붙은 땅이라 해서
구석구석 피를 돌리는 훈풍조차 없으랴.

오래된 어둠의 땅이라 해서
희망의 빛, 새 생명의 기쁨조차 없으랴.
-「북녘동포에게 부치는 봄의 노래」 전문

북녘은 우리에게 익히 동토의 땅 어둠의 땅이라고 인식되어 왔다. 그 인식의 형성은 북한에 대한 무지와 무관심, 남한 나름의 해석, 반공 이데올로기에 의해 날조된 것들이었다. 그런 의미에서 시인 역시도 이 프레임에서 자유로울 수는 없다. 그러나 시인은 아무리 동토의 땅 어둠의 땅이라고 해도 생명의 봄이라는 계절은 오고 봄의 훈풍이 불어 그 땅에 피를 돌게 할 것이라고 생각한다. 그곳에 사는 사람들도 자연의 봄을 맞이하여 기쁨을 누리고 희망을 가지는 사람이 사는 곳일 거라고 시인은 프레임을 부수고 있다. 반공 이데올로기의 신화가 만든 북한상을 부수고, 그 자리에 자연과 사람이 어우러져 희망과 생명을 가꾸어 가는 곳일 거라고 생각한다. 전후 세대 시인인 그 역시 북한을 가본 적이 없다. 가본 적이 없기에 소문이 무성하다. 소문은 진실이 아니다. 무성한 소문과 풍문을 통해서 들은 북한은 부정적 이미지들로 가득하다. 그러한 이미지를 생산한 것은 반공 이데올로기의 학습 효과이다. 시인이 이 학습 효과로부터 탈피할 수 있는 것은 그의 시심이 자연과 인간이 하나로 어우러지며, 사람과 사람이 사랑과 자비의 관계로 맺어지는 세상이 오기를 바라기 때문이다. 사랑과 자비는 행동 철학이다. 종교적 도그마이면서도 사변적인 이데올로기가 아니라 존재양식의 바탕 위에서 행해지는 실천 철학인 것이다. 사랑은 타자 지향성에 있다. 주체 중심의 차별, 배제, 관용, 환대가 아니라 오로지 타자를 향하는 데에 그 지향점이 있을 뿐이다. 사랑과 자비는 소유 양식의 삶의 양태가 물러가고 존재혁명이 이루어질 때 실현되는 행위이다. 그러나 소유 양식이 극복되지 못한 현재에 이 존재혁명을 부르짖고 그렇게 살아가는 사람들이 내는 균열이 다가올 세상을 앞당긴다. 시인은 시를 쓰는 사람이기에 완고한 우리의 편견과 오만과 미움과 분열의 정서를 사랑과 자비의 강이 흐르는 정서로 변화시키는 데 이 시들이 역할을 하기를 바라면서 그는 외친다, 반복하여 부른다, 통일의 노래를.

서로 아픔을 감싸주고 서로의 희망일랑 함께 나누는
우리는 사랑으로 하나, 우리는 기쁨으로 하나.

서로의 아픔일랑 감싸주고 서로의 희망이야 함께 나누는
우리는 그리움으로 하나, 우리는 만남으로 하나.

이시환 시인의 산(山) : 여유미, 한적미, 담백한 시풍의 무위자연

-자기 정화와 자기 비우기의 절정에서

심종숙(문학평론가)

산(山)은 인간에게 태초로부터 경외심을 주었다. 인간은 고대에 산에서 나는 열매나 초근목피와 동물을 수렵하면서 연명하였다. 대다수 나라의 건국신화에서 보면 하늘에서 내려온 천신이 산에 강신하거나, 신화의 하위 양식인 설화와 민담 등에서도 산은 신비로운 신이나 신선, 반신반인, 산사나이가 사는 곳이었다. 그리고 불교적 전통과 문화가 뿌리 깊은 동양에서는 많은 이들이 속세를 등지고 산에 들어가 불도(佛道)를 닦았다. 이러한 요소는 동양만이 아니라 니체의 『짜라투스트라는 이렇게 말했다』에서도, 그 서두에서 짜라투스트라가 산을 내려와서 인간계로 내려가는 장면이 펼쳐진다. 그런 짜라투스트라를 붙잡는 숲의 성자도 산에서 수도하는 인물이다. 서양에서는 이른바 은수자들이 그들이다. 하느님을 만나기 위하여 그들은 속세를 버리고 산이나 광야, 사막과 동굴의 작은 오두막에서 은수생활을 하다가 점점 이들이 많아져서 수도하는 이들의 공동체인 수도원

제도가 생겼다. 산은 신선이나 신들이 사는 곳으로 고대인들을 생각하였다. 그러니 산신제라는 전통적인 제사를 통하여 산의 신에게 기원하는 제례가 생겨났다. 이러한 것이 고대인들의 산이었다면 현대인에게 산은 건강이나 휴식을 위한 힐링, 관광이나 레저를 위한 권태롭고 답답한 일상으로부터의 탈출처이다.

구약성서에서 태초의 에덴동산은 인류에게 이상향임과 동시에 인류 생명의 시작이었다. 또한 인류의 죄로 말미암아 상실한 낙원이기도 하였다. 이 파라다이스는 신약성서에서 예수 그리스도가 십자가상 희생제물이 됨으로써 인간과 하느님 사이에 갈라진 관계가 회복된다. 아브라함이 이삭을 번제물로 바치려던 모리아산은 그에게 어떤 산이었던가? 그의 믿음을 시험하는 여호아 하느님이 모리아산에서 이삭을 희생제물로 바치려던 순간 그의 믿음을 보고 멈추게 하였던 절체절명의 순간임과 동시에 신을 깊이 만난 곳이었다. 그에게 정든 자기의 고향 칼데아 지방 우르 - 기원전 2000년경 수메르의 중요한 도시로 문명이 꽃피던 곳 - 를 떠나 하란을 거쳐 가나안 복지라 불리는 오늘날의 팔레스티나로 머나먼 길을 떠나 정착하여 90세의 아내 사라의 몸에서 이삭을 얻은 그곳에서 맞는 최대 위기의 시간이었다. 모세에게 시나이산은 선민 이스라엘 민족이 하느님과 맺은 계약의 산이었다. 그곳에서 모세는 십계명을 받았다. 하느님과 동족 이스라엘인을 위해 일생을 바친 모세에게 느보산은 꿈에도 그리던 약속의 땅을 눈앞에 두고 생을 마감하여 묻힌 곳이었다. 파라오의 학정으로부터 이스라엘 백성을 구하기 위해 갈대바다를 건너 수르, 신, 파란, 친광야에 이르는 광야살이 40년을 지난 다음의 일이었다. 신약성서에서 예수 그리스도의 다볼산 변모는 다가올 수난을 예비하기 위해

구약의 선지자인 모세와 엘리야를 만난 곳이었고, 키드론 골짜기 맞은편에 위치한 올리브 산의 겟세마네는 아버지의 뜻에 헌신할 것을 약속한 곳이었으며, 골고다언덕 - 해골산이라 함 - 은 고난의 절정이며 지상에서의 마지막 순간이었다.

이시환 시인에게 산은 무엇인가? 산은 "돌 하나를 빼어 내어도/무너져 내리고//돌 하나를 더 쌓아 올려도/무너져 내리고 마는//균형, 그 위태로움이/선(善)이고 아름다움이라네."(「산 · 3」)라고 하여 완벽한 균형의 위태로움이 선과 미를 이루는 진선미의 상징이다.

그에게 일상성의 탈피처는 몇 가지 있다. 여행, 등산, 운동, 사무실 근처의 수면실 등이다. 이 중에 산은 그의 영혼의 집이며 독자들에게는 시집이 된다. 그러기에 그는 시집의 품으로 독자들을 유인한다. 그리고 이 산 시집이 독자들에게 편안히 머무를 곳이 되었으면 바란다. 산은 그에게 일상과의 거리를 두고 멀리서 세상살이를 바라보는 곳이다. 말 그대로 그는 산의 품에 깃들어 있는 동안 세상과의 거리 두기를 하게 된다. 산은 그에게 여성의 품이기도 하다. 대지에 우뚝 솟아 있는 산은 대지인 여인의 몸에서 솟아오른 것이다. 그렇기 때문에 산을 소재로 한 이 시집은 여성이며, 그의 영혼이 유유자적하는 곳이다. 산은 그가 주말이면 배낭을 메고 혼자 오르는 곳이다. 일주일에 적어도 한 번은 꼭 등산을 하는 그의 취미로 보아 산은 그에게 책을 읽고 글을 쓰는 것만큼이나 친한 곳이다. 그의 14번째 시집 『여백의 진실』에는 총 87편의 시편들로 구성되어 있다. 그 체재로는 [제1부] 산과 나 17, [제2부] 산에서의 명상 26, [제3부] 산에서 만난 불꽃같은 꽃들 7, [제4부] 산에서 바라본 인간세상 22, [제5

부] 산에서 한 부질없는 근심걱정 15로 구성되어 있으며, 이는 그간 산을 오르며 내리며 사유한 결과물이다. 그는 시집의 머리말에서 이 결과물에 대해 "내 눈에 비친 세상이고, 내 사유세계 속에서 지어진 크고 작은, 여러 가지 빛깔의 여러 모양새의 집들"이라고 하였다. 그러면서 그는 이 집들이 독자들에게 '살아있는 온기가 감도는 집'이며 '내 집'같이 편한 집이길 원한다.

그 집들마다 낯선 사람들이 들어가 살며 저마다 꿈을 꾸는, 비록, 웅장하고 화려하지는 않더라도 '살아있는', 온기가 감도는 집이었으면 좋겠다. 이왕이면, 모두에게 언제 어디서든 두 다리 쭉 펴고서 편히 쉴 수 있는 '내 집'이기를 원하지만, 겨우 한 순간 눈비나 가까스로 피할 수 있는 오두막이, 아니, 그조차 되어주지 못할까 심히 걱정스럽다. 그러나 어찌하랴. 집을 짓는 내 솜씨가 이 정도인 것을.

전체적으로 이 시집의 시풍은 탈속한 이가 지니는 소박함과 담백함과 여유의 미가 살아 움직인다. 이 시들을 읽으면서 한적미가 느껴지는 것은 바로 그러한 까닭이다. 시인에게 산은 "나의 경전"(이시환의 아포리즘aphorism 48)"이라고 하였듯이 산은 그에게 종교적 경전 역할을 한다. 그러니 산은 그의 신앙처인 것이다. 그러면서도 시 쓰기를 "내가 일평생 시(詩)를 짓는다 해도 그것은 살아있는 한 그루 나무만 못하다."(이시환의 아포리즘aphorism 159)라고 하여 시인이 창작한 시가 자연의 한 그루 나무만도 못하다는 겸손한 시심이 되기도 한다. 왜냐하면, 인간의 말이란 자연물 하나에도 못 미친다는 것이며, 인간이 만든 것은 자연을 모방하거나 그 이치를 옮겨다 놓은 것에 지나지 않으리라는 의식에서 일 것이다. 이렇게 인간을 보잘 것 없는 존재로 인식하는 시인의 입장은 이미 앞서 나온 시집에도 나타나 있고, 그것은 인간도 우주의 만물 중 하나일 뿐이라는 그의 인식에 기인한다. 어쩌면, 이 시집은 그동안 그의 칩거생활의 총정리이며 총결산이라는 느낌을 준다. 이 시집에 이르러 세속에 있으되 세속을 끊임없이 떠났던 그의 삶이 여유와 담백한 시정(詩情)을 이루었기 때문이다. 그에게 이제 관심사는 인간사가 아니다. 작품 「구천계곡에서」에서와 같이 자연과 동식물의 살이에 대해 관심이 더 깊다. 그러니 인간사에 마음이 떠났다 하겠다. 그리고 산에서 머무르는 동안의 소소한 일상의 에피소드를 시에 옮겼듯이 그 유유자적 노니는 생활에 그는 오랫동안 맛 들여왔던 것이다. 그 맛을 감미하고 여유롭게 누리기까지 그는 그만큼 많은 일상들을 뒤로 하였다. 어쩌면, 그에게 산은 자신만의 내밀한 시적 공간이며, 그 밀회에서 나눈 이야기며, 먹은 음식이며, 만지고 느끼고 탐미했던 것들이다. 이제 그만이 이 느낌을 갖지 않고 독자들에게도 나누어줌으로써 그는 자신의 정신의 생명이었던 사유의 빵을 나누어 주고자 한다.

그는 산을 오르되 정상만을 향하여 질주하듯이 가지 않았다. 그가 바라본 것은 꼭대기가 아니라 계곡과 푸른 초목과 꽃들이었다. 나는 새들의 모습이라든지 바위와 그 틈에 자라는 나무와 풀들이었다. 그는 설사 가장 느린뱅이가 되어 앞서 가는 이들로부터 한없이 뒤떨어지고 처질지라도 그 길을 걸었다. "소리 소문 없이 찾아와/꽃궁전을 다 헤집고 다니는/저 크고 작은,/낯선 새들을 훔쳐보며/내 잠시 봄 햇살에 걸터앉아 있노라니/산들바람 불어와/종잇장처럼 가볍게/내 가슴을 들었다 내려놓는구나.(「봄햇살에 걸터앉아」)"라고 그 속에서 일상으로부터의 한없는 자유와 유유자적함, 고요함과 평온함, 무위자연에 잠겼다. 그리고 산에 있는 자연물과 동식물, 소소한 일상이 들어왔다. "그새를 못 참고/여기서 툭, 저기서 툭, 툭,/도토리 떨어져 구르는 소리에/놀란 다람쥐 귀를 세우네."(「산에 들어」)라고 그것들과의 조우가 한 편 한 편의 시를 줍게 된 것이며, 그것은 산이 알뜰살뜰 관심을 가져준 시인에게 준 선물이다.

이시환의 산은 언제나 그 자리에 말없이 그를 기다린다. 산이 지니는 침묵의 표현은 산을 인간처럼 생각하는 시인의 마음이다.

> 한번쯤 말문을 열 법도 한데
>
> 좀처럼 입을 열지 않는구려.
>
> -「산 · 1」 전문

이 시에서 시인은 그의 주요 시법인 활유법을 써서 산을 의인화하여 표현하였다. 늘 말없는 산은 침묵하며 말문을 열지 않는다고 하였다. 그러나 무뚝뚝한 산이기에 시인은 산에게 관심을 두기 시작하였다. 산은 말하지 않는다. 다만 산은 그가 품고 있는 것에 관심을 가지는 인간에게 말을 걸어줄 뿐이다.

> 산은 늘 거기에 있었네.
>
> 돌 위에 돌이 올려져 있고,
>
> 돌틈 모서리에 소나무 뿌릴 내리고….
>
> 산은 늘 거기에 있었네.

한 방울 한 방울 물 스며들어 옹달샘 되고,

초목이 남긴 열매들 형형색색 보석이 되고….

산은 늘 거기에 있었네.

나뭇잎 한 장 나풀나풀 떨어져도,

쌓인 낙엽더미 바스락거려도

커다란 눈과 커다란 귀를 열고 닫는….

산은 늘 거기에 있었네.

새들이 떠나는 족족 흔들리는 빈 나뭇가지에도

따스한 햇살이 알몸으로 매어달리는….

산은 늘 거기에 있었네.

시절을 노래하는 속삭임으로

태풍을 불러들이는 침묵으로

산은 늘 거기에 있었네.

산은 늘 거기에 있었네.

산은, 늘, 거기에, 있었네.

-「산 · 2」 전문

산의 몸을 바탕으로 하여 나무와 꽃들과 열매들, 자연물인 돌들이 깃들어 있다. 그리고 나무에 앉는 새들이 있고, 그 나뭇가지에 태풍도 미풍도 지나가며, 겨울의 눈꽃과 맑은 날의 햇살이 매어 달려서

빛난다. 가을의 불타는 단풍을, 초봄의 연한 가지들과 잎들을 수많은 손처럼 단 수목들의 도열과 계곡마다 흘러넘치는 물소리의 청량함과 시원함은 산이 품은 생명성이다. 그러니 산은 때로는 좋은 시절을 노래하는 속삭임으로 또는 태풍 전야의 침묵으로 시적 화자에게 다가오지만 늘 거기에 있었다. 자연은 이렇듯 변함이 없다. 의연한 모습 속에서 시인은 산에게 믿음을 가진다. "산은 늘 거기에 있었네"라는 구절이 반복되어 나오는 마지막연의 프레이즈는 바로 변함없는 산에 대한 경이로움에 감탄하는 것이다. 인간은 겨우 100년 남짓 살고 사라지지만 자연물은 더 오래 살아간다. 그러나 그것도 다 지나면 물과 바람에 의해 씻기고 깎이어 언젠가 사라지고 만다. 모든 것은 다 지나가는 것이지만 그나마 그에게 산은 변함없는 것이고, 변함없이 그 자리에 있는 것이다.

나는 걷는다.
살아있기에 걷는다.
걸어서 갈 수 있는 데까지
어디든 가보련다.

걸으면서,
세상이 내게 하는 말을 엿듣고
내 몸이 내게 하는 말을 귀담아 들으며
세상을 향해 내가 하고 싶은 말을 중얼거려도 본다.

나는 오늘도 걷는다.

살아 숨 쉬고 있는 한 걷는다.

나의 걸음 멈추는 순간이 곧 죽음이고

죽어서는,

한 줄기 바람 되고,

불덩이가 되고,

물이 되고,

흙이 되어서,

끝내는 너의 품으로

돌아가련다.

돌아가련다.

-2015. 01. 14.

-「산행(山行) · 1」 전문

산은 그에게 언젠가 돌아가야 할 곳이다. 사람이 죽으면 산으로 가서 매장되었듯이 산으로 향하는 시인의 마음은 미래에 다가올 죽음까지도 생각하는 듯하다. 이 시에서 끝없이 걷는 행위가 살아있음이라면 걸음을 멈추는 순간은 죽음의 순간이다. 결국, 한 줄기 바람이 되고, 불덩이, 물, 흙이 되어 '너의 품'이라는 산으로 돌아가는 것이 인간 존재임을 알고 시인은 그 품으로 "돌아가련다"하고 노래하였다. 걸으면서 세상이 시인에게 하는 말을 듣고, 몸이 자신에게 하는 말을 듣는다는 것은 내적 고요 속에서 이루어질 수 있다. 그리고 내면 깊은 곳에서 흘러나오는 말로 세상을 향해 말하고 싶은 것이다. 작품 「족두리봉에서 바라본 까마귀 한 마리」는 박명 속의 정적과 전쟁통 같은 일상의 시끄러움 사이에서 여유와 자유를 만끽하는 한 마리 까마귀에 시인의 시선이 닿아있다. 까마귀가 시인에게 물어다 준 것은 '여유'와 '자유'이다.

해가 솟아오르기 전,

점점 밝아오는 동녘하늘의 여명과
이제 막 꿈틀거리기 시작하는 도심(都心)을 품은
어두운 대지 사이로 드리워진
적막(寂寞)이 얼음장처럼 투명하다.

나는 지금,
족두리봉 정상에
둥근 바윗돌처럼 홀로 앉아
동녘하늘을 바라보고 있는데

그 투명한 적막에 실금을 내며
능선과 능선 사이 계곡을 순시하듯
소리 없이 비행하는 까마귀 한 마리

전쟁통 같은 또 하루가 시작되기 전
칼바람을 거스르며 즐기는
네 여유가 시원스럽고
네 자유가 뜨겁구나.
-「족두리봉에서 바라본 까마귀 한 마리」

시인에게 산은 삶과 죽음의 자리이고, 자신과 타인 사이에서 중간에 위치한 곳이다. 세속으로부터의 거리두기는 바로 산의 이런 역할에 있다. 그렇다고 그가 불법(佛法)을 구하거나 은수자처럼 산에 일생을 머무르면서 수도(修道)하는 것이 아니라 세상과 산을 오가는 것일 뿐이다. 그 오가는 시간들 속에서, 최소한 거기에 머물러 있는 동안 그 시간들이 쌓여서 시인에게도 특별한 존재를 만나는 시간이 되고 말았다. 산과 나무, 나무의 하늘을 향한 직립은 하늘이나 절대자를 향한 마음이다.

> 사람, 사람이 붐빌수록
> 더 그리워지는 당신께서
> 이 깊은 산골까지 오신다하매
> 어두운 골목골목
> 등불 밝혀 놓았습니다.
>
> 세상사 시끄러울수록
> 더욱 간절해지는 당신께서
> 이 외진 오지까지 오신다하매
> 험한 산길 굽이굽이
> 등불 밝혀 놓았습니다.
> -2013. 05. 19.
> -「금낭화」 전문

산이라는 특별한 공간과 거기에 머무르는 시간은 시인에게 있어

종교 행위 아닌 종교 행위가 된다. 산을 통해 우주만물을 주재하신 분을 만나는 것이다. 이 시에서 '당신'은 부처나 기독이거나 절대자, 신일 수 있겠다. 그리고 산에 머무르면서 그는 자신을 성찰하거나 세상에 일갈(一喝)하기도 하고 어린 시절을 기억하거나 너와 나의 관계를 생각한다.

나는 가네.
나는 가네.
산, 산으로 가네.

실바람 되어
골골 따라 오르내리며
고개 넘고 능선을 넘어서
깊은 산, 깊은 곳으로 가네.

나는 드네.
나는 드네.
산, 산으로 드네.

흰 구름 되어
능선 따라 오르내리며
물길 건너 바윗길 건너서
높은 산, 높은 곳으로 드네.

돌 위에
돌이 올려져 있고,
죽어 누워있는 것들의
숨소리까지 들리는

산, 산으로 가네.
산으로 드네.
깊은 산, 깊은 그리움으로.
높은 산, 높은 아득함으로.

나는 가네.
나는 가네.
산, 산으로 가네.
-「산행(山行) · 2」

산이 시인에게 깊은 그리움으로, 높은 아득함으로 여겨지는 것은 바로 산이 지니는 절대성과 그 깊이에 기인한다. 그러니 "산으로 가네, 산으로 드네"라고 하였다. 고개 넘고 능선을 넘어 인적과 문명이 닿지 않은 무구한 그대로의, 태초의 그 웅장함이나 신비를 그대로 지닌 깊은 산으로 간다는 것이야말로 존재의 시원인 생명을 다시 회복하려는 욕망의 일단을 보여준다. 그리고 죽음이 깃들어 있고 미래의 나의 장지가 될 산으로 간다는 의미와 산이라고 표상되는 정신의 정점으로 도달하려는 시인의 마음이 혼재되어 있다. 그 마음을 작품 「아쉬움」에서 "오늘같이 하늘 높고 파란 날에는/목욕재계하고/인수봉 위에 앉아 있어야 하는데…"와 같이 노래하고 있다. 산은 그에게 헤어질 수 없는 연인일까? 아니면 그를 붙드는 뜨거운 심장일까? 작품 「동석산 정상에서」를 읽어보자.

무심코 지나가던 나를
네가 불러 세우지만 않았어도
내게는 아무 일이 없었을 것이다.

나는 간밤에
붉은 동백 피어나듯
홍주에 취했고,

나는 간밤에
백동백이 지듯이
소리 없이 울었으며,

이른 아침
홀로 목욕재계하고
너를 향해 내달렸다.

먹구름이 몰려오고
폭우가 쏟아지기 전 그 틈을 타
위태로운 줄 모르고 기어오른

낯선 네 품, 네 품속은

잠시도 머물 수 없는

미친 강풍이 휘몰아치고 있었다.

그러나 이미 나는

네 품안에 들었고,

네 뜨거운 심장의 고동소리 엿들었다.

오, 내 숨, 내 숨이 멎을 것만 같다.

누가 나를 흔들어,

흔들어 주오.

-「동석산 정상에서」 전문

진도의 동석산을 오른 경험을 바탕으로 쓰여진 이 시의 시적 화자는 연인이 되어 산의 품 속에 들었다. 그 이유는 동석산이 '나'를 불러 세웠기 때문이다. 산과의 관계 맺기는 나의 번민으로 홍주에 취해 운 뒤의 결행이다. 이른 아침 목욕재계를 하고 폭우가 오기 전 오른 산은 바로 '너'의 품이었다. '목욕재계'에서 알 수 있듯이 산을 오르는 것은 시인에게 영적 정화(淨化)이다. 시인은 말끔히 정화되어 깨끗한 제물이고자 한다. 그래서 살아오면서 몸과 마음에 붙은 티끌들을 털어내고자 시인은 산에 오르고, 산은 '나'를 정화시켜주는 너의 '품 속'이 된다.

나이를 먹으며 산다는 것은,

알게 모르게 이 몸에

알록달록 얼룩지게 하는 일이다마는

그 몸을 정갈하게 씻어서

저 눈부신 갯벌 위에 올려놓고 싶다.

나이를 먹으며 산다는 것은,

알게 모르게 이 마음에

덕지덕지 상처를 남기는 일이다마는

그 마음 말끔하게 아물게 해서

저 청정한 산봉우리 위에 올려놓고 싶다.

그동안 사느라고

얼룩지고 상처투성인 몸과 마음을

깨끗하게 씻고 닦아서

어느 청명한 날에

제단 위로 고스란히 올려놓고 싶다.

저 토실토실한 햇밤이나 대추마냥.

제단 위로 올려놓고 싶다.

-「제물」 전문

정화되길 원하는 긍정적 욕망에는 무엇이 있을까? 그것은 시인에게 점점 죽음이 다가오기 때문이다. 유한한 존재로서 알 수 없는 자신에게 주어진 시간을 돌이켜 생각해 볼 때 생기는 시상(詩想)이다. 작품「향로봉에 앉아서」는 그런 심정을 노래하였다.

내게 허락된
내 몸 안의 기름이
점점 닳아가는구나.

때가 되면
나의 등잔도 바닥을 드러내고
심지까지 돋우어 가며 태우겠지만
불꽃은 점점 사그라져 갈 것이다.

원하든 원하지 않든
마침내 불은 꺼지고
텅 빈 등잔만이 남아서
어둠의 바다 속으로
잠기어갈 것이다.
-「향로봉에 앉아서」 전문

몸 안의 기름과 정신의 등불은 불가분의 관계이다. 기름이 없이 등불은 빛을 밝힐 수가 없다. 시인은 이 시에서 자신의 삶의 불꽃을 피워낼 등잔의 기름이 점점 닳아가는 절박함에 있는 것일까? 그러나 그는 절박함을 가지기보다 그것을 내다보고 여유로운 마음으로 고요 속에서 자신을 정화코자 한다. 깨끗이 씻긴 후에 제물이 되고자 함으로 작품 「한라봉」에서는 중첩(redundancy)의 기법을 써서 '성체(聖體)'가 되고자 한다.

한라봉 하나를 집어든다.
유두 같은 꼭지를 비틀어
두꺼운 껍질을 야금야금 벗겨내기 시작한다.
비로소 내 손안에 쥐어지는 건
한 움큼의 네 정결한 성체(聖體)!

습관처럼 너를 한 입 베어 물고
만족스러운 듯 씹어 먹지만
그것은 네 알몸만이 아니다.
네 생명에 녹아 깃든
햇살과 바람과 수분과 흙이고
그 속으로 박힌 가시 같은
향기를 즐기는 일이다만

내 평생을 살며
내가 맺는 나의 열매들은
과연 누구의 손에 들리어 껍질이 벗겨지고
누구의 입안에서 씹히어 음미되는
성체의 한라봉이 될까?
-2016. 01. 31.
-「한라봉」 전문

가톨릭교에서 성체성사는 천상의 양식이며, 천사의 양식(파니스 엔

젤리쿠스 panis angelicus)으로서 예수 그리스도의 몸과 피는 한없는 사랑과 생명을 준다. 그리스도는 매일의 성체성사에서 생명의 빵으로 수없이 먹힌다. 이 시는 '한라봉'이라는 열매와 한라산의 봉우리를 뜻하는 중첩이 쓰였다. 정결한 성체를 염원하는 것은 산 수행에서 절정에 이르렀음을 말한다. 바로 한라산의 봉우리처럼 영적 가치로서의 산이 지니는 정신의 정점이다. 그것은 곧 티 없이 정결한 성체다. 한라봉 하나가 완전한 숙성으로 누군가에게 먹히는 성체이듯이, 시인은 "내 평생 살며/내가 맺은 나의 열매들"은 누구의 입 안에서 맛있게 먹히는 성체=빵=떡이 되어 음미될까라고 의문을 던진다. 한라봉 꼭지의 유두나 껍질이 벗겨진 알몸(=속살) 등으로 섹슈얼 이미저리를 구조(構造)하여 한층 더 농염한 분위기를 연출하면서도 '성체의 한라봉'이라고 하여 그 이미지로부터 탈피를 시도하였다. 결국, 한라봉이 여성이미지로 주조(鑄造)되어 여성의 희생적 삶이 한라봉이라는 열매로 되고 있고, 여성이 먹히는 빵으로 되고 있다고 하겠다. 시인은 늘 그의 어머니를 기억하는 시편들에서 어머니의 살을 먹고 나온 자신을 돌아보는 성찰(省察)을 하였다. 그 어머니의 삶처럼 자신도 누군가에게 빵이 되는 것이 값진 삶이며, 그럴 때 인간 존재의 불완전함과 유한성이 극복되고 인간 세상의 불협화음들이 조화지경으로 변화되는 순간이 오리라, 그것이 그에게는 자기의 죽음일 것이다. 자기부정은 곧 '너'와 '나'사이에 놓여 있는 '벽'과 '섬'을 극복하는 방법이며, 이러한 때는 너와 내가 하나가 되고 인간관계의 조화지경으로 변화하게 된다. 시인은 산에서 자신의 물리적 시간 속에서의 죽음을 바라보고 거기에 계박 되었다기보다 영적으로 자신의 죽음을 바라보았다. 곧 자기 포기야말로 그의 영적 작업의 정점이며, 여백의 진실, 즉 여유로움과 한적함, 내적 고요라는 영적 여백은 자기를 비우는 것이었고, 그것이 이시환 시인이 오른 산의 정상이었다.

끝으로 작품 「출렁다리를 걸으며」를 인용하며 글을 마치고자 한다.

그리 멀리 있는 것도 아니건만
내가 네게로 갈 수 없고
네가 내게로 올 수 없으니
우리 사이엔 섬과 섬을 잇는
출렁다리라도 하나 놓았으면 좋겠네.

네 그리움이
지독한 홍주처럼 무르익고
내 외로움이
벼랑에 바짝 엎드린 늙은 소나무처럼 사무쳐서

내가 네게로 갈 때마다
내 가슴 두근, 두근거리듯이
네가 내게로 올 때마다
그 마음 출렁, 출렁거렸으면 좋겠네.
-2016. 04. 17.

-「출렁다리를 걸으며」 전문

---

*위 글은 심종숙 문학박사로부터 2016년 06월 22일 이메일로 받은 원고임.

이시환의 시 「서 있는 나무」와 합사성의 원리

–존재혁명을 위하여

심종숙(문학평론가)

사상 최악의 국정농단으로 한국사회는 거대한 정치적 변혁기에 들었다. 이 사태를 계기로 새로운 사회건설을 위하여 약진해야 할 때다. 70 · 80년대의 패러다임이 소유양식의 경제 성장이었다면 이제는 존재양식의 혁명이 일어나야 한다.

존재양식의 혁명이란 무엇을 말하는가? 삶의 양태가 존재를 지향해야 한다. 여기에서 중요한 것은, 인간 본질에 대한 정확한 이해가 선행되어야 한다. 인간은 유한적인 존재로서 타인들과 함께 살아가는 존재이다. 개인이면서 전체의 일부인 인간으로 자리매김 되는 것은 인간이 혼자서는 살아갈 수 없는 존재이기 때문이다. 그러면서 인간은 죽음을 향하여 삶을 이끌어가는 무상한 존재, 현상의 일부일 뿐이다. 이러한 변하지 않는 본질에 순응하면서 인간은 오랜 역사를 지나오면서 혁명을 이루어왔고, 앞으로도 시대에 맞는 혁명을 꿈꿀 것이다.

존재양식의 혁명이란 인간답게 살아가기, 인간으로서 상호 존중받기일 것이다. 존재양식의 지향은 주체를 중심으로 하기보다 타자

지향성에 그 중점이 두어진다. 그런 의미에서 한스 에두아르트 헹스텐베르크(Hans-Eduard Hengstenberg)의 합사성(Sachlichkeit)이란 인간 개념으로서, 그는 인간 존재를 합사성(Sachlichkeit)의 기준으로 정초하여 합사성의 능력을 갖춘 인간으로 보았다. 이 의미는 인간 존재의 부정적 측면을 넘어서 긍정성을 부여하며 인간이 한 부분이 아니라 전체 대상과 관계하는 인간으로 보기 때문이다. 그가 말하는 합사성이란 "한 대상의 이익을 일체 고려하지 않고 오로지 그 대상 자체를 향하는 태도"이다. 여기에서 '대상 자체를 향하는 태도'란 관조적 직관으로 이어지거나, 실천적 행동 측면, 정의(情意)적 가치 평가 측면에서 이루어질 수 있는 태도를 말한다. 그리고 구체적으로 존재자에 대해 "그가 대접받고자 하는 대로 대해주는 자, 그것을 스스로 나타내주는 그대로 보는 자, 그것에 대해 그의 실재에 알맞은 방식으로 행동하는 자, 그것에 대해 그것 자신의 존재 기획에 상응한 방식으로 가치 평가하는 자, 그러면서도 일체 자기 자신의 욕망과 의도를 개입시키지 않는 자는 합사적"이다.

이는 현상학적 인간관이며, 인격적 사랑의 '나와 너의 관계'에서 분명하게 나타나며, 이 때 너는 '어떤 가치 있는 목표상대로 실현되어야 할 존재 기획이며, 사랑은 이러한 존재 기획과의 공조이다. 이 때 사랑은 이타주의를 초월하는 것으로 합사성과 가깝다. 이와 반대되는 것은 반합사성이라고 부른다. 이타주의는 다른 이가 일차적으로 그 자신으로서 보이지 않고 나에 의해 보이고 규정될 뿐이므로 인격적인 태도가 아니다. 즉 다른 이는 내가 도움을 주어야 할 하나의 대상으로만 보일 뿐이다. 그러므로 사랑은 다른 이를 돕고자 하는 마음을 넘어서며, 상대방의 목표상과 호흡을 같이 하는 공조이며, 상대방이 그의 본질을 실현하는 기쁨이며, 최고의 합사성은 인격을 대상으로 실현되는 것이다. 더 나아가 지속적인, 지속성을 파악하는 존재로서의 인간, 의미 있는, 그리고 의미의 물음을 던져야 할 존재로서의 인간, 신체적 존재로서의 인간, 그리고 공동체를 형성하는, 공동체에 구속되어 있는 존재로서의 인간, 무(無)와 무한성에 개방되어 있는 존재로서의 인간들이 등장한다.

공동체(Gemeinchaft) 내에서 이웃들과 공유점이 있다는 것은 한 인간의 인격적, 개체적 불가반복성(일회성, 독자성)과 더불어 인간의 본성에 속한다. 이는 마틴 하이데거의 '세계-내-존재'라는 것과는 다르다. 세계-내-존재는 독아론(獨我論)과 흡사하며 독특한 부동적 성격을 가지고 있으나 합사성의 개념은 인간의, 인간이 아닌 것에 대한 관계로부터 시작하여 필연적으로 인간의 그 자신에 대한 태도, 곧 자유, 의미, 공동체에 이르는 지속적 근거이며 통일적 원리가 된다. 그러므로 이 합사성은 비대상적(ungegenständlich) 인식을 위해 대상적(gegenständlich) 인식을 무시하는 현대의 유행 사조에 대한 안티이기도 하다. 그러므로 전체적 인간, 대상, 세계, 전체로부터 출발해야 하며 그 이유는 인간은 필연적으로 대상 전체와 관계하기 때문이다.

사랑은 합사성의 최고의 실현이며, 모든 덕은 합사성의 개념 아래에 포섭된다. 인간이 사랑으로 부름 받은 존재이며, 그는 '사랑하느냐' '사랑하지 않느냐'의 선택권을 가진 것이 아니라 '사랑할 것이냐' '사랑을 그르칠 것이냐'의 선택권을 가질 따름이라는 본질을 지니고 있는 존재이다. 비합사적인 감정 내지 심정은 증오 · 질투 · 복수심 · 남의 불행을 기뻐하는 마음 · 원한 등이다. 적극적 감정도 비합사적일 수 있는 것은, 선동에 의해 오도된 군중들이 그들의 지도자에게 환호를 보낼 때이다. 오도된 군중들은 지도자의 아첨이나 자기네들의 책임을 면제해주기 때문에 환호하는 감정을 지녔다.

'대상 자체를 향하는 태도'는 한 시인이 사회와 시대를 바라보는 데에 있어 지녀야 할 태도일 것이며, 관조적으로 이어지거나 실천적 행동 측면, 정의(情意)적 가치 평가 측면에서 이루어질 수 있는 태도이다. 합사적인 태도와 공리적인 태도는 둘 다 자연적이고 '현실 적합적'이어서 반자연적이고 반의미적이며, 목적 노예화적인(zweckversklavend) 비합사성과 대립하기 때문이다. 공리적인 것과 비합사적인 것은 둘 다 대상 자체의 목적 의미에 관심이 없다는 하나의 공통점을 가짐으로써 존재자 자체에 대한 진정한 관심을 나타내는 합사적인 태도와 대립한다. 공리성은 합사적인 것과 비합사적인 것, 선한 것과 악한 것에 모두 개방되어 있으며, 공리적인 것은 그 자체로는 균형을 가지고 있으나 실천적으로는 이 편과 저 편에 속하지 않을 수 없고, 어느 한 편에 봉사하지 않을 수 없는 한계를 가지고 있다. 그러므로 공리성은 인간의 역사에서 선악 간의 논쟁점이며, 투쟁의 장으로서 역할을 하였으며, 반공이데올로기가 국시가 되었던 60, 70년대의 한국사회, 정치적인 범위에서 공리성은 반공영화들의 많은 작품들이 공리성이라는 이름 아래 반공이데올로기에 편승하여 권력의 시녀노릇을 하여 어느 한 편에 봉사하는 한계점을 드러내었었다.

이시환의 시가 대상 자체를 향하는 태도인 합사성에 기인한 관조적 직관으로부터 출발하고 있음을 알 수 있는 것은 그의 시 「서 있는 나무」에서이다.

> 서 있는 나무는 서있어야 한다. 앉고 싶을 때 앉고, 눕고 싶을 때 눕지도 앉지도 못하는 서 있는 나무는 내내 서 있어야 한다. 늪 속에 질펵한 어둠 덕지덕지 달라붙어 지울 수 없는 만신창이가 될지라도, 눈을 가리고 귀를 막고 입을 봉할지라도, 젖은 살 속으로 매서운 바람 스며들어 마디마디 뼈가 시려 올지라도 서 있는 나무는 시종 서있어야 한다. 모두가 깔깔거리며 몰려다닐지라도, 모두가 오며가며 얼굴에 침을 뱉을지라도 서있는 나무는 그렇게 서 있어야 한다. 도끼자루에 톱날에 이 몸 비록 쓰러지고 무너질지라도 서있는 나무는 죽어서도 서 있어야 한다. 그렇다 해서 세상일이 뒤바뀌는 건 아니지만 서있는 나무는 홀로 서있어야 한다. 서있는 나무는 죽고 죽어서도 그렇게 서 있어야 한다.
>
> - 시 작품 「서 있는 나무」 전문

이 시에서 관조적 직관의 뿌리는 자연물에서 출발하여 존재와 존재의 관계들, 공동체의 매듭에까지 뻗어나가고 있다. 나무는 서 있는 존재이다. 나무는 누워서 자거나 다른 곳으로 이동을 할 수 없다. 다리가 아프다고 앉을 수도 없다. 시인이 바라본 그대로 서 있어야 하는 것이 나무의 본질이다. 그런데 이 '서 있음'이 무리로부터 고독함, 멸시, 부당한 침해, 심지어 죽음을 강요받더라도 인내로써 지속되어야 하는 본질이다. 나무는 그 자신에 대항해서도 무리에 대항해서도 서 있어야 한다. 그리고 나무의 존재 자체가 도끼와 톱날에 쓰러져 무로 변할지라도 서 있어야 한다. 이 때 나무는 불의에 저항하는 나무가 되어있다. 여기에서는 나무는 한 그루의 자연물로서의 나무에 그치지 않고 저항하는 나무가 되어 있다. '서 있어야 한다'라는 당위의 표현이 반복되면서 점층적인 의미변화를 가져오고 있다. 나무가 도끼에 찍혀 죽어서라도 서 있어야 하는 것은 세상이 바뀌기를 원하기 때문이다. 물론, 나무는 그렇게 도끼에 찍혀 죽는다 해서 세상일이 뒤바뀔 거라고 생각하지는 않지만 홀로 서 있는 자세를 견지한다. 서 있는 나무가 죽어서도 그렇게 서 있어야 하는 것은 바로 나무의 본질이기 때문이며, 이 때 나무는 혁명가, 선구자, 영웅, 지도자를 상징한다고 하겠다. 이 나무는 또한 고통 받는 민중이기도 하다. 눈과 귀와 입이 봉해진 민중이며, 어둠이 덕지덕지 달라붙어 삶이 만신창이가 되어 인간으로서 마땅히 누려야 할 행복을 박탈당한 가난한 이들이다. 다수의 횡포에 서럽거나 왕따, 멸시, 천대, 경멸을 당하는 가시관을 쓴 예수와 같은 이들이다. 또 온통 존재가 멸하는 죽임을 당하는 죄 없는 '어린 양'과 같은 선한 민중들이다. 이와 같이 나무에 겹쳐지는 이들은 바로 이런 사람들이다.

이 시가 참으로 묘한 것은 혁명가, 선구자, 영웅, 정의의 지도자가 나무이듯 이들이 껴안아야 할 민중들이 또한 나무라는 점이다. 그러니 이 시의 나무는 이 둘이 상즉(相卽) 상입(相入)하는 관계이고, 둘도 아니고 하나도 아닌 관계로 맺어져 있다는 점이다. 이 둘이 서로에게 지향성을 갖는다는 것은 바로 합사성의 원리에 기초하고 있기 때문이다. 나무가 서 있듯이 이들이 결코 쓰러지지 않고 서 있기를 바라는 시인의 마음은 결연하다. 반복되는 '서 있어야 한다'라는 구절을 통해 의로운 이들이 결코 불의한 세상에 대항하여 꺾이지 말기를 바라는 시인의 간절한 마음이 한 그루의 홀로 선 나무로 의연히 서 있는 기상이 느껴지는 작품이다.

그러므로 「서 있는 나무」는 대상에 대한 합사성의 원리가 내재하며, 합사성은 바로 사랑에 기초하고 있음을 알 수 있다. 사랑은 바로 존재양식으로 삶을 바꾸어줄 수 있는 힘이다. 이 시가 지닌 힘은 바로 생명력에 있다. 지친 것에 활력을 주고, 아픈 것들을 쓰다듬고 보듬어 주는 힘, 묶인 것을 자유롭게 하는 힘, 슬픔을 기쁨으로 바꾸는 힘, 등을 돌린 것을 마주보게 화해시키는 힘이다. 눈과 귀와 입을 봉하는 힘, 죽음으로 내모는 힘은 소유양식의 인간의 삶이 만들어낸 불의(不義)한 힘이다. 우리는 어떤 힘을 키우고 가져야 할 것인가? 자명하다. 저 황량한 광야에 한 그루 나무가 지닌 생명력이다.

*위 글은 심종숙 문학박사로부터 2017년 01월 25일 이메일로 받은 원고임.

1. 가까운 문사들과 주고받았던 28통의 편지

① 金　哲 → 이시환

② 이시환 → 金　哲

③ 金　哲 → 이시환

④ 이시환 → 金　哲

⑤ 이시환 → 김재황

⑥ 이시환 → 이신현

⑦ 이시환 → 김재황

⑧ 이시환 → 젊은 문학도 여러분('니카nykca' 회원)에게

⑨ 이시환 → 심병수

⑩ 심병수 → 이시환

⑪ 륙효화 → 이시환

⑫ 이시환 → 세상 사람들에게 -륙효화의 이메일을 받고

⑬ 이시환 → 심종숙

⑭ 이시환 → 심종숙

⑮ 이시환 → 심종숙

⑯ 이시환 → 심종숙

⑰ 심종숙 → 이시환

⑱ 이시환 → 심종숙

⑲ 심종숙 → 이시환

⑳ 이시환 → 김은자

㉑ 이시환 → 서승석

㉒ 이시환 → 재한동포문인협회의 회원 여러분에게(창간호 축사)

㉓ 이시환 → 헬렌 최

㉔ 김두성 → 이시환

㉕ 이시환 → 김 노

㉖ 이시환 → 채수명

㉗ 이시환 → cjsgus(닉네임)

㉘ 이시환 → 심종숙

1

가까운 문사들과 주고받았던 편지

① 金 哲 → 이시환

尊敬하는 이시환 先生님 貴下

安寧하십니까?

中國 北京에 있는 金哲입니다.

바로 어제 '東方文學' 62호를 받아보았습니다. 뜻밖의 기쁨이었습니다. 저의 졸작까지 번듯하게 실어주셔 고맙기 짝이 없었고요. '동방문학'은 처음 접촉하는데 읽어보니 글들이 참 좋았습니다. 特히 몇 수의 詩들은 훌륭했고요.

이것도 하나의 인연이겠지요. 저의 아들이 소설가인데 어떻게 연결이 되어 나도 모르는데 시 몇 수를 보냈고, 책을 또 가지고 왔습니다. 참 기쁩니다. 책을 통해 또 선생님을 알게 된 것도 기쁘고요. 그리고 中國 동포시인의 작품을 중히 여기시고 실어주신데 대해 심심한 謝意를 표하는 바입니다.

기회가 되시면 北京에 한 번 놀러 오십시오. 저는 李明博 대통령의 자문위원이어서 지난날엔 자주 나갔습니다만 근간에는 덜 나가는 편입니다. 중국의 독한 술 한 잔 나눕시다.

선생님의 글도 읽어 보았습니다. 앞으로 기회가 되면 만나 봅시다. 서로의 만남이란 소중한 것이 아니겠습니까. 앞으로 저와 연락하실 일이 있으시면 아래에 찍혀있는 주소나 전화로 연락주시면 됩니다. 저의 명함 한 장 동봉합니다.

내내 健勝을 빌며 家內에 萬福이 깃드시길 두 손 모아 비나이다.

中國作家協會

金哲 拜上. 北京에서

*위 서신은 김철(중국 북경 거주) 사백께서 당신의 시 작품이 실린 격월간 '동방문학'을 댁에서 받아보시고 이시환 발행인 겸 편집인에게 처음으로 보낸 것임.

② 이시환 → 金 哲

김철 사백님 전 상서

김철 사백님, 안녕하십니까? 시와 문학평론활동을 하고 있는 이시환입니다.

동방문학 통권 제62호를 잘 받으셨다하시니 다행입니다. 여러모로 부족한 점이 많았으리라 생각합니다. 나름대로는 잘 만들어보려 노력했지만 열악한 조건 속에서 하다 보니 한계가 있는 듯합니다. 이제 막 63호가 나왔습니다.

그리고 친히 써 보내신 편지도 잘 받아 보았습니다. 정감이 넘쳐나는 서신을 읽으면서 잠시 사백님의 마음을 헤아려 보았습니다.

저는, 중국 동포 문인들의 작품세계를 이해하려 나름대로 노력해 온 것은 사실입니다. 큰 틀에서 보면, 우리 한글로써 창작활동을 하는 사람들은 대한민국을 비롯하여 북한 중국 캐나다 미국 등을 포함하여 거의 전 세계에 걸쳐 있긴 있습니다만 전체적으로 보면 어림잡아 일만 명이나 될까요? 문장의 묘미를 알고 평생 글을 전문으로 쓰는 사람으로 국한하여 문인이라 할 때 말입니다.

이들이 결국 지구상에 70억 인류를 상대로 창작 활동을 한다고 볼 수 있는데 너무 적은 수이지요. 그래서 저는 어디에 살든지 간에 한글로써 창작활동을 하는 사람들 가운데 노벨문학상 수상자도 나오고, 세상 사람들을 감동시키는 문장가가 나오는 날이 있으리라 믿고, 내심 기대해 오고 있습니다. 이런 시각에서 한글로써 창작활동을 하는 문사들을, 국적에 상관없이 아끼고 사랑합니다.

그동안 사백님에 대해서 얘기 들은 바 없지 않지만 제가 만드는 동방문학 특집에 시 작품 몇 편을 직접 소개할 수 있게 되어 한량없이 기뻤었습니다. 서로의 문학세계를 이해하고 공감하려는 차원에서 시도되었던 것이지요. 특히, 우리 한국시단의 오만스러움에 일침을 가하고도 싶었습니다.

답례로, 저의 개인적인 졸저『예수교의 실상과 허상』이란 책 한 권을 보내드립니다. 비록, 종교적인 이야기입니다만 가장 최근에 나온 것이기에 부끄러움을 무릅쓰고 보내드립니다. 지도 편달해 주시기 바랍니다.

그리고 혹, 서울에 나오시면 연락 주십시오. 저 역시 즐거운 마음으로 나가 영접하겠습니다.

무엇보다 건강하시고, 댁내 두루 평안하시기를 기원하면서 이만 줄이렵니다.

감사합니다.

2012년 07월 26일

이 시 환 올림

(서울특별시 중구 충무로 5가 19-9 부성빌딩 702호. 전화 010-9916-1975)

③ 金 哲 → 이시환

尊敬하는 이시환 사백님 귀하

安寧하십니까?

보내주신 貴重한 선물 고맙게 받았습니다. 선물을 펼쳐보니 사백님의 대단한 성과와 재질에 놀라지 않을 수 없습니다. 정력도 대단하시구요. 시도 참 좋았습니다. 그래서 제 혼자 두고 보기가 아까워서 中國의 國家級詩文學誌 -詩刊에 추천했습니다.

이 잡지는 대단한 잡지인데 그 속에 外國 번역문학 페이지가 좀 있어서 가끔 외국시인들의 시가 실립니다. 나는 그 잡지의 편집위원이고 주필을 아는 처지인데 모르겠습니다. 실어주겠는지? 길고 짜른(짧은) 건 재봐야 하지 않겠습니까? 기대해 봅시다.

그리고 저의 拙作 몇 수 보내오니 적당히 처리해 주십시오. 몹시 서투른 글입니다만.

언제 한번 기회를 만들어 북경에 놀러 오십시오. 중국의 쓴 빼갈 한잔 나누게요.

제가 李明博 대통령의 자문위원을 맡고 있으니 韓國에 나갈 기회가 있으니 가면 꼭 찾아뵈옵겠습니다.

내내 健勝을 빌면서

中國 北京 金哲 拜上

2012.08.20. 北京에서

*별첨 : 시「고행무정」외 5수

*이시환은 김철 님의 서신과 시 작품을 받고서 '동방문학'에 소개하였으되 작품에 대한 촌평 「애틋한 눈빛 시정詩情」을 직접 집필하여 함께 소개하였으며, 발간된 책을 특급우편으로 우송해 드렸었습니다.

애틋한 눈빛 시정詩情
-김철 시인의 신작을 읽고

지난 2012년 08월 29일 오전, 중국 조선족 동포 원로시인인 김철 님께서 누런 원고지에 직접 써 보내신 신작(新作) 여섯 편을 충무로 사무실에서 국제우편으로 받았다. 따뜻한 정감이 넘쳐나는 편지와 함께 큰 봉투에 담겨 있었는데 작품을 음미해보는 차원에서 소리 내어 천천히 읽으며 직접 입력하고 나니 '애틋함'이 손끝에 묻어나는 것만 같았다. 말 그대로 '애가 타는 듯이 깊고 절실한 마음'이 전이(轉移)되어 왔다는 뜻인데, 그 애틋함이란 과연 어디에서 오는 것일까?

그저, 소인의 눈에 비치기에는, 앞만 보고 줄달음쳐 온 길이 아득하여, 잠시 높은 언덕에 올라서서 그 길을 뒤돌아보다가, 다시 가야 할 짧은 앞길을 내다보는 정황에서 토로(吐露)해 놓을 수밖에 없는 노(老) 시인의 솔직 담백한 마음과 정한(情恨)에서 비롯된 것이 아니가 싶다. 바로 그 마음과 그 정한이, 스펀지에 배어있는 푸른 잉크 같은 물기처럼 시 문장 속으로 스며들어서 몸에 밴 가락을 타고 흘러나오고 있으니 말이다. 그 촉촉한 물기는, 젊음이 아니라 늙음이고, 다가옴이 아니라 사라짐이며, 넘쳐남이 아니라 부족함이고, 미래가 아니라 과거이며, 도시가 아니라 고향산천 시골이며, 얻음이 아니라 상실에서 오는 '아쉬움'이요 '덧없음'인 것이다.

한 때는 피가 팥죽처럼 부글부글 끓다시피 의욕과 꿈을 갖고 살았다지만 어느새 다 늙어버린 사실을 인정할 수밖에 없는 상황이 되고 만다, 이 세상 어느 누구나 다. 그러나 여전히 부정하고 싶고, 애써 의욕을 내어도 보지만 어쩔 도리 없이 젊은 날의 꿈과 화려했던 과거를 떠올리거나, 각별했던 사건이나 사연들을 추억(追憶)·반추(反芻)하는 경향이 짙어가는 것이 인지상정(人之常情)임에는 틀림없다. 그래, '사람이 나이를 먹으면 추억을 먹고 산다'고 했던가. 역시, 노 시인도 안타깝게 돌아가신 어머니를 떠올리며 그리워하고(작품 「사모곡」), 태어나 동년(童年)의 꿈을 펼쳤던 고향에서의 아기자기한 체험들을 노래하고(작품 「고향무정」), 외길처럼 억척스럽게 살아온 삶이 곧 '사랑'이었노라고 새삼 그 의미를 부여해 보기도 한다(작품 「나의 집은」). 뿐만 아니라, '숙명의 느낌표 하나'로 빗대어지고 있는 '허수아비'라는 객관적 상관물을 통해서 이방인의 나라에서 열심히 살았던 자신의 존재 의미를 암시해 놓기도 한다(작품 「허수아비」).

보다 분명한 것은, 지금이 바로 노 시인에게는 '가을'이라는 사실이고, 그것도 '낙조'가 드리워진, 조금은 아쉽고 서글픈(?) 때라는 사실이다. 그럼에도 불구하고, '까아만 침묵'(작품 「경로표」)으로써 피를 끓이듯 꿈도 꾸어 보지만 역시 인생이란 지나가는 '바람'이요, '소나기'(작품「나의 집은」)라는 사실을 자각(自覺)한다. 하지만 살아 숨을 쉬는 한 멈추지 못하고 흥얼거리는 노랫가락이 시인으로서의 업(業)이요, 숙명(宿命)이라는 사실을 환시시켜 준다. 작품「고향무정」을 보라.

옹기종기 둘러앉았던 '화롯불 위에 고깃점'도, '놋대접에 벌컥벌컥 마시던 막걸리'도, 땔감이라고 솔잎을 긁어모아 한 짐 짊어진 채 산기슭을 내려올 때에 가슴 두근거리게 했던 '갑사댕기머리 소녀'도, 오줌싸개가 되어 이웃집에 소금 얻으러 갔다가 봉변당했던 웃지 못할 일들이 흑백영화의 영상처럼 펼쳐진다. 되새기면 되새길수록 간절해지는 것이 고향이고, 어머니이고, 질박한 순정이지만 앞질러 가는 세월이 야속하고, 더는 되돌아갈 수 없는 곳이기에 그들이 무정할 따름이다.

이제, 세상이 바뀌고 사람이 바뀌어서 전혀 다르게 살아가는 요즈음의 젊은이들이야 이 '애틋함'을 쉬이 동감해 주기가 어렵겠지만 눈물로써 사신, 시인의 어머니가 곧 우리 민족의 어머니요, 시인의 고향 산천이 곧 우리 민족의 고향 산천이라는 사실을 부정할 수 없기에 절로 나는 흥(興)을 가라앉히지 못하고서 사족(蛇足)을 그려 넣는 실수를 범하고 만다. 이렇게.

그래, 베이징에 가면 노 시인을 만나 독한 술을 한잔 해야겠다.「고향무정」을 부르며….

-2012. 08. 30.

④ 이시환 → 金 哲

김철 사백님께

사백님, 안녕하십니까?

뜻밖에도 지난 3월 30일 토요일 동방문학 정기모임 자리에서 정인갑 선생님이 참석하시어 사백님의 안부를 명료하게 전해 주시었으며, 귀하고도 귀한 산삼(山蔘)과 사백님의 시선집『나, 진짜 바보이고 싶다』를 전해 주시었습니다. 우선, 이상 없이 선물인 시선집과 산삼을 전해 받았으며, 사백님께서 아주 건강하시다는 안부를 전해 들었으며, 또한 동방문학의 발전을 기원하신다는 전언(傳言)을 분명하게 여러 사람이 모인 자리에서 공개적으로 들었습니다.

되돌아보면, 제가 사백님께 해드린 것도 없는데 이런 과분한 선물을 받는 것 자체가 빚이 되지 않을까 걱정입니다.

무엇보다, 사백님께서 건강하시다는 소식에 기쁨으로 축하, 감사드리고, 창작생활 50년을 기념하여 발행하신 시선집을 천천히 일독하며 공부하겠으며, 저의 최소한의 답례로써 최근에 펴낸 시집 한 권과『명상법(瞑想法)』이란 책을 우송해 드리겠습니다. 물론, 평생 시를 쓰시고 경험이 많으신 사백님께서는 눈을 감으시고도 훤히 내다보이는 내용들이라 사료됩니다. 따라서 그저 철없는 아이의 재롱 정도로 여겨주셨으면 합니다.

사백님의 정신세계라 할까, 작품세계에 대해서는 차츰 심도있게 인지해 가도록 노력하겠습니다.

부디, 강건하시게 사시는 날까지 좋은 작품 활동으로써 후배문인들에게 귀감이 되어 주시기를 기원 드리며, 찾아뵈어 상면하는 날도 있으리라 스스로 기대해 보겠습니다.

이 화창한 봄날, 좋은 소식을 주시어 감사하고 감사할 따름입니다.

2013년 04월 03일

이 시 환 올림

⑤ 이시환 → 김재황

김재황 사백님께

김재황 사백님, 감사합니다.

여러 모로 부족한 저의 작품을 심독心讀하시고, 특별히 마음을 내어 써주신 평문評文을 단숨에 읽었지만, 읽고 또 읽으며, 저는 그만 눈시울을 적십니다. 실로, 많이 위로 받고, 새로운 힘이 밀물져 옴을 내내 느끼었기 때문입니다. 시 작품 속에 녹아든 제 마음 속 풍경을 손금 보듯 샅샅이 다 읽고 계셨기에 더욱 그런 듯싶습니다.

이제 감추어진 저는 없으며, 그런 저로서는 여한도 없습니다.

저와 함께 사는 집사람도, 제가 정신이 팔려, 좀 더 정확히 말하자면, 가수면 상태로 살다시피 하며 쓰는 평론이나 기행문이나 그 어떤 종교적 에세이 등을 포함한 산문散文보다도 시를 쓸 때가 가장 저답다는 우스갯소리를 여러 차례 했었는데, 근자에, 그러니까 십 이삼 년 동안은 제가 아주 많은 욕심을 내었던 것 같습니다. 물론, 그 시기에 여행기『시간의 수레를 타고』와『산책』, 그리고 종교적 에세이집『신은 말하지 않으나 인간이 말할 뿐이다』등이 집필되었습니다만 때론 두툼한 한 권의 책도 몇 줄 안 되는 시 한 편만도 못할 때가 있다는 사실을 실감하며, 시심詩心을 더욱 맑고 깨끗하게 다듬어 갈까 합니다.

깊은 유가사상儒家思想의 정수가 이미 체득된 사백님의 필봉筆鋒을 만남으로써 더욱 돋보이게 된 제 작품들을 다시 읽으며, 잠시 걸어온 길을 뒤돌아보았으며, 제 인생의 오후 시간을 더욱 알차게 보내도록[향유하도록] 노력해야겠다고 다짐도 해봅니다. 이런 각성의 기회와 새로운 힘을 불어넣어주신 데에 대해 마음으로부터 감사를 드리며, 초야에 묻히어 모든 장르를 초월하여, 왕성한 창작과 연구 저술 활동을 하고 계시는 사백님께 삼가 경의를 표하는 바입니다.

2011. 08. 29.

이 시 환 올림

*위 서신은 김재황 사백께서 이시환의 선시禪詩를 읽으시고, 「눈을 감고 있어도 가을산은 뜨겁다」라는 제목의 평문을 집필해 주시어 이에 감동하여 써 보냈던 것입니다.

⑥ 이시환 → 이신현

이신현 작가님께

소설을 창작하시고, 교회에서 담임목사로서 활동하시고, 대학에서는 구약舊約을 가르치는 교수로서 늘 바쁘게 사시는 이신현 작가님, 감사합니다.

처음으로, 저의 시 몇 편을 읽고 소회를 밝혀 달라는 개인적인 청탁을 불쑥 해놓고도 내심 정신적 부담만을 안겨 드리지나 않았을까 걱정했었습니다. 그런데 오늘 뜻밖에 이메일로 원고를 받고 보니 여러 가지 면에서 놀라지 않을 수 없었습니다. 당장 전화를 걸고 싶은 생각도 들었습니다만 두 번 원고를 읽으면서 제 감정을 자제했으며, 급기야는 참아내지 못하고 이 편지를 씁니다.

우선, 솔직하게 밝히신 견해에 대해서 감사드리고, 저는 써 주신 그대로를 받아들인다는 전제 하에서 원고를 읽고 난 저의 소회 곧 그 놀라움을 밝히지 않을 수 없습니다.

첫째, 눈에 보이는 시 문장 속 의미와 눈에 보이지 않는 행간의 숨은 의미까지 낱낱이 밝혀 보고 계심에 놀라웠습니다. 제 시문장이 비교적 쉽기는 합니다만 시를 보는 작가님의 눈을 과소평가하지 않았나 싶은 생각에 잠시 나 스스로의 오만함을 반성해 봅니다.

둘째, 시 문장을 짓는 시인의 생리라고나 할까, 문장이 나오는 심리적 기저基底를 충분히 이해하고 계시는 능력으로 저의 내면적인 사유공간의 밑바닥이 상당부분 들추어진 기분이 듭니다. 소위, 감추어진 것들이 드러났다고나 할까요. 하지만 그 기분은 불쾌한 것이 아니라 시원함 같은 것이었습니다.

셋째, 아직 말로 설명하기에는 조금 이릅니다만, 그리고 말로 설명하는 것보다는 작품으로, 아니면 삶으로 얘기하고 증명해 보여야 하는 것이지만, 언젠가는 반드시 공론화가 되리라 믿습니다. 그것은 제가 믿는 존재의 근원으로서 신神과도 같은 그 무엇입니다. 나는 그것을 모래사막에 온갖 궁전을 짓는 '바람의 피' 와 '설봉雪峰의 눈부신 외로움'이라는 말로써 표현했습니다만 역시 역부족인 듯싶습니다.

넷째, 시문장 속에 갇힌 의미에 대해서 낱낱이 밝혀 놓은 것을 보노라니 제가 현실 공간 속에서 운신할 수 있는 폭이 더 좁아졌다고나 할까요, 나의 자유로운 몸짓에 상당한 위축과 제약이 있을 것 같다는, 다시 말해, 앞으로 글쓰기가 무척 힘들어질 것 같다는 생각이 듭니다. 그러나 이것은 불평도 불만도 아닙니다. 오로지 제가 능력이 미치지 못하여, 혹은 제가 불완전하여, 혹은 스스로 짓는 시 문장으로써 담아내는 이상세계와 현실 사이에 거리를 좁히지 못하고 방황하지 않을까 하는 두려움이기도 합니다. 물론, 극복해 가야 하리라 믿습니다.

아무튼, 변변치 않은 제 작품들을 읽으시고, 바쁜 가운데 틈을 내시어 장문長文의 평을 해주신 작가님께 감사드리고, 다음에 만날 때에는 시에 대한, 보다 깊은 대화가 쉽게, 그리고 자연스럽게 이루어질 수 있으리라 믿습니다. 이 번 평문이 그 대화의 장애물을 일소해 주는 것 같아 대단히 기쁘며, 척박한 문학의 텃밭에 모처럼만에 생기를 불어넣어 준 것 같다는 생각입니다. 솔직히 말해, 청작활동을 하면서도 늘 문학에 굶주린 사람처럼 살아야 했었는데 많은 위로와 격려를 받았으며, 저 이상으로 고민하고 치열하게 사시는 문학인들이 적지 않다는 사실도 깨닫게 되었습니다.

살면서 제가 받을 수 있는 큰 선물 가운데 하나로 여기면서 거듭 감사드립니다.

2011년 9월 09일

이 시 환 드림

*위 서신은 이신현 교수(목사, 소설가)께서 이시환의 선시禪詩를 읽으시고, 「설봉雪峰을 향한 구도의 노래들」이라는 제목의 평문을 집필해 주시어 이에 감동하여 써 보냈던 것입니다.

⑦ 이시환 → 김재황

김재황 사백님께

사백님, 감사합니다.

우선, 천연기념물로 지정된 각종 나무들이 있는 곳으로 직접 탐방하시어 사진을 찍고, 시조를 지어서, 동방문학에 연재해 주심에 독자들과 더불어 감사를 드립니다. 특히, 지구의 자연환경을 지키기 위해서 지대한 관심을 갖고 생명력 넘치는 문장을 지으시는 사백님의 노력에 삼가 경의를 표하지 않을 수 없습니다.

지난 3월 30일, 동방문학 정기모임 자리에 가져오신 '녹색문학' 창간호와 '상황문학' 제10집, 그리고 '시조사랑' 창간호 등 3종의 책을 모두 잘 받았습니다. 이에 고마움을 느끼며 시간을 내어 일독해 보는 즐거움을 꼭 누리겠습니다.

그리고 저의 변변치 않은 『명상법』이란 소책자를 단숨에 읽으시고, 즉석에서 독후감까지 집필하시어 동방문학 카페에 올려 주신 것을 보고 또 한 번 놀라움을 경험하지 않을 수 없었습니다. 물론, 사람이 태어나 60년 이상을 살다가 보면 자연스럽게 터득된 삶의 본질이나 지혜만으로도 충분히 이해할 수 있는, 상식적 수준에 머무는 이야기들이라고 스스로 생각합니다. 하물며, 평생을 문장과 더불어 살며, 많은 생각을 해 오신 사백님의 눈에서야 아이들의 재롱 정도로 비추어질 수 있음을 너무나 잘 압니다.

저는 지금도 명상과 선禪의 문제, 무아경無我境의 입문 과정과 실상, 몸과 마음의 상관성 등에 대해서도 명상하고 있습니다만 다 초벌구이에 지나지 않지요. 이들에 대한 단견短見을 네이버 블로그에 짧은 문장으로 올려놓았더니만 어느 대학생이 '인간과 선'에 대한 과목을 수강한다면서 '이 글을 인용해도 괜찮으냐?'는 질문을 해와 마음껏 갖다가 써보고, 그 결과를 통해서 나도 한 수 배우자고 했었지요.

아무튼, 아무런 이론서도 읽어보지 못한 채 경험만으로 명상법을 집필했으니 적지 아니한 흠도 있으리라 판단됩니다. 그럼에도 불구하고, 지적보다 호평好評을 많이 해 주신 사백님의 채찍 아닌 채찍에 숨겨진 의미를 되새겨 볼 것입니다.

거듭, 사백님의 넘치는 정에 감사하다는 말씀을 드리고 싶으며, 부디 건강하신 가운데 좋은 글로써 세상 사람들과 호흡을 오래오래 함께 하시리라 기원 드리겠습니다.

녹시 김재황 사백님, 감사합니다.

2013. 04. 01

이 시 환 올림

*위 서신은 김재황 사백께서 이시환의 『명상법』을 읽으시고, 하룻밤에 독후감을 집필해 주시어 이에 감동하여 써 보냈던 것입니다.

⑧ 이시환 → 젊은 문학도 여러분('니카nykca' 회원)에게

젊은 문학도 여러분에게

저는 서울에서 시(詩)와 문학평론(文學評論) 활동을 하고 있는 이시환입니다. 지난 8월 27일, 제 사무실에서 유순호 작가를 처음 만나 적지 아니한 대화를 나누었는데, 그 과정에서 '니카nykca'를 중심으로 창작(創作)의 정열을 불태우고 있다는 젊은 문학도 여러분에 대해서 조금 알게 되었고, 또한 선배문인으로서 한 마디 조언해달라는 부탁을 받았는데 주제넘게 그를 뿌리치지 못하고서 둔탁한 펜을 들었습니다.

솔직히 말해, 저는 지금껏 살아오면서 게으름을 피우지는 않았습니다만 그래도 문학적으로 많이 부족한 사람일 뿐입니다. 따라서 여러분들에게 드리는 특별한 조언이라기보다는 지금 제가 생각하고 있는 창작활동 관련 몇 가지 진실을 털어 놓음으로써 대신하고자 합니다. 그리들 아시고 널리 이해해 주시기 바랍니다.

첫째, 문학이란, 그것이 어떻게 정의되든지 간에, 인간을 위해 존재하는 것이지, 인간이 문학을 위해 존재하는 것이 아니라는 엄연한 사실입니다. 저는 창작활동을 하면서 사람을 이해하고 사람을 얻고 싶지 결코 헤치거나 잃고 싶지는 않습니다. 그래서 그동안 창작 활동을 해온 과정에서 혹 내 주변 사람들을 불편하게 하지는 않았는지

되돌아보곤 합니다. 물론, 문학적 주의 · 주장이 달라서 비평이나 논쟁을 하기도 했습니다만 그렇다고 사람을 비판하거나 공격하여 싸우지는 않습니다. 문학은 사람을 이해하고, 사람을 사랑하는 한 방식이라고 여기기 때문입니다.

둘째, 현재 지구촌의 인구가 약 70억 명으로 추산되는데, 이 가운데 세계에서 가장 우수한 문자인 '한글'로써 생활하는 사람은 지구촌을 통 털어서 1억 명이 채 되지 않습니다. 그런데 그 1억 명도 안 되는 사람들 가운데 '한글'로써 창작활동을 하는 사람은 얼마나 될까요? 평생 동안 창작활동을 지속적으로 하되 문장의 묘미를 알고 자신의 그것에 대해서 책임을 지는 사람을 전문 문학인(文學人)이라 한다면 그 수는 어림잡아 1만 명 정도밖에 되지 않을 것입니다. 그 1만 명의 한글 문학인이 70억 세계인을 상대로 창작활동을 하는 셈이지요. 여러분들이 앞으로 노력하여 바로 그 1만 명 속에 포함되어 선의의 경쟁을 펼치시기 바랍니다.

아직까지는 한글 문학인 가운데 노벨문학상 수상자가 나오지는 않았습니다만 - 그렇다고 훌륭한 문학인과 작품이 없는 것은 결코 아니지만 - 언젠가는 반드시 나와야 한다고 생각합니다. 그 수상자가 한국에서 나오든, 북한에서 나오든, 중국 조선족 동포사회에서 나오든, 해외 교포사회에서 나오든, 상관없이 말입니다. 그곳 낯선 미국 땅에서 활동하는 여러분들이 먼저 세계인을 감동시킬 수 있는 작품을 많이 창작하시어 그 중심에 우뚝 서기를 기대해 보는 바입니다.

비록, 여러모로 불비(不備)한 조건에 놓여 있지만, 제가 격월간 '동방문학'을 발행해 오고, 세계 어디에서 활동하든 '한글 문학인'을 각별히 아끼며 관심을 갖는 것도 다 문학을 사랑하고 동포를 사랑하기 때문입니다. 다시 말해, 문장으로써 세상 사람들과 더불어 느끼고 더불어 생각하는 것이 그 무엇보다 큰 즐거움이기 때문입니다.

셋째, 여러분들은 실로 어려운 시기에 직면해 있다 해도 크게 틀리지 않습니다. 왜냐하면, 태어난 고향을 떠나서 가족들과 오랫동안 떨어져 살아야 하며, 상대적으로 열악한 조건 속에서 경제활동을 해내야 하며, 또한 선진문물을 배우고 적응하면서도 자신의 정체성을 잃지 않고 세계사의 흐름 속에 자연스레 편입되어야 하기 때문입니다.

그러나 힘들고 어려운 시기야말로 여러분들에게는 도전이고 위기극복의 기회라는 사실을 유념해 두십시오. 세계 문명사를 돌아보아도 도전에 적극적으로 응전하고 위기를 극복한 국민이나 민족만이 화려한 문명의 꽃을 피웠습니다. 여러분들은 백의민족(白衣民族)의 잠재력을 발휘하시어 그 위기를 능히 극복함으로써 21세기 새로운 문명의 꽃을 피울 수 있는, 좋은 기회로 삼으시기를 바랍니다.

넷째, 문학은, 나부터 살고 싶고 내 이웃과 더불어서 함께 살고 싶은, 문장(文章)으로써 짓는 집입니다. 그 집에 대해서 꿈을 꾸는 것은 여유가 넘쳐나는 화려한 광장(廣場)이나 빌라에서가 아니라 어둡고 누추하기 짝이 없는 '골방'에서 이루어진다는 사실입니다. 가장 외롭고, 가장 힘들고, 가장 절박한 상황에서 문장이 힘을 얻고 단단해 지며, 그것으로써 세상에 없는 집을 짓는 행위가 바로 문학의 창작활동인 것입니다.

여러분, 여러분의 집이자 만인(萬人)의 집을 직접 지어 보십시오. 수많은 세계인이 여러분이 지은 집안에 기거(寄居)하면서, 웃고, 떠들고, 논쟁하며, 때로는 두 다리 쭉 펴고 쉴 수 있게 될 것입니다. 그렇게만 되면, 그 집에 머물러 있었거나 현재 머물러 있는 많은 사람들이 그 집을 지어 제공한 당신에게 감사와 존경심을 표할 것입니다.

여러분, 힘내십시오. 지금 살아있음을 만끽해 보십시오. 세상은 참으로 너른 것 같기도 하지만 참 좁기도 합니다. 마음껏 도전해 보시기 바랍니다.

제가 늘 하는 말이 있습니다만, "세상은 살아있는 자의 것이고, 아름다움은 향유하는 자의 것"임에 틀림없습니다.

2012년 08월 28일 아침

이 시 환 씀

*위 서신은 미국 뉴욕에서 활동하는 유순호 작가의 청탁을 받고 유 작가가 직접 운영하는 '니카' 회원들을 위하여 공개적으로 써 보냈던 것입니다.

⑨ 이시환 → 심병수

심병수 작가님께

심병수 작가님, 안녕하신지요?

지난 8월 27일 저희 사무실을 방문하시어 제게 주신 장편『그녀 마음의 모래밭』과『흐르는 강물처럼』을 받아놓고도 이런저런 일들로 읽지를 못하고 있다가 이제서야『그녀 마음의 모래밭』을 먼저 일독했습니다.

솔직히 말씀드리자면, 저는 평소에 시와 문학평론을 쓰고, 동방문학을 편집하는 일에 에너지가 분산되다보니 저의 독서량이 많이 떨어져 있습니다. 그래도 근자에는 동방문학에 소개되는 작품들을 빼고도, 이동희 작가의 장편『노근리 아리랑』을 읽고 대담(對談)을 했으며, 카자흐스탄의 작가 빅토르 김-리(82세, 고려인1세)의 장편『충청도를 등지고 떠난 사나이의 운명』을 읽고 평론 한 편을 썼으며, 작년에 받은 문선희 작가의 장편『사랑이 깨우기 전에 흔들지 마라』를 읽었으며, 동방문학 12월호부터 분재될, 미국에서 활동하는 정종진의 중편「이벌리 슨뷩」를 먼저 일독(一讀)했습니다.

소설작품들을 읽다보면 문득, 세상 살아가는 사람들의 '구구절절한', 혹은 '시시콜콜한' 이야기라는 사실을 체감하게 됩니다. 그래서 저는 평소에 소설을 잘 읽는 편이 아니지만 이번에 읽게 된 작품들은 다 한결같이 제 마음을 오랫동안 아프게 하면서 새삼 인간의 본질문제에 대해서 생각게 하는 기회를 주었던 것 같습니다. 이런 의미에서 틈을 내어 잘 읽었다는 생각이 들기도 합니다.

오늘 아침, 자가 운전하여 출근하면서 문득 혼잣말로 중얼거리기를, '그래, 저 길거리를 오고가는 사람들도 따지고 보면 다 한 권씩의 소설책이나 다름없지.' 했습니다. 돌이켜 보면, 이 세상에 나와 살다 가는 모든 사람들은 저마다 한 권의 소설을 쓸 만큼 이런저런 사연을 가지고 있다는 이야기이지요. 그 사연의 많고 적음과 곡절이 다를 뿐 소설처럼 이야기로 풀어쓰면 누구나가 작품이 될 수 있겠다는 생각이 문득 들었습니다.

심병수 작가님, 이번에 읽은 작가님의 장편『그녀 마음의 모래밭』, 아주 감동적으로 읽었습니다. 그리고 또 다른 장편『흐르는 강물처럼』도 마저 읽고 있습니다. 이야기 전개도 좋고, 등장인물들의 내면과 행동에 대한 묘사도 잘 되어 그곳 중국 내 조선족 사람들의 삶을 현장에 서서 지켜보는 듯 생생하게 전해져 옵니다. 우리 한국 사람들이 먼저 겪었던 일이지만 점차 자본주의 물신(物神)이 들어가는 사람들 가슴속에서 저마다 소용돌이치는 과정을 거치면서 인간 중심 사상[愛民]이 희석되고 해체되어 가겠지요. 그것이 어느 정도 진행되다보면 '이것이 아니다' 싶어 과거를 회상하고 동경하게 되지요. 곧, 인간을 무엇보다 중요하게 생각하고, 인정이 넘치는 사회를 새삼스레 꿈꾸며 살게 되겠지요.

그러나 그곳은 우리보다 덜한 것 같아서, 아직도 사랑이 넘치고 희망이 많이 남아 있는 것 같습니다. 그것은 작중인물들이 말해주고 작가가 말해주는 듯합니다. 그래서인지 작가님의 두 장편은 고전적인 작품을 읽는 기분이 들게 했습니다.

아무쪼록, 건강하신 가운데 세상 사람들과 더불어 호흡하는 작품을 많이 창작하시기를 기원해 마지않습니다. 그리고 작가님의 장편 『흐르는 강물처럼』도 마저 읽고 나서 더 깊은 대화가 있기를 기대해 봅니다.

2010년 10월 16일

이 시 환

⑩ 심병수 → 이시환

이시환 편집장 선생님

안녕하십니까? 이태 만에 문안을 드립니다.

2010년 8월 말에 이 선생님을 만난 자리에서 탈북자를 주제로 한 소설을 쓴 것이 있는데 불편한 여건 때문에 발표가 힘들다고 여쭌 적이 있습니다.

제 나이에 작품발표 시기가 성숙되기를 기다린다는 것은 무리라고 생각되어 금년에 들어서서 이 작품을 완성시켰습니다. 그리고 요즘 한국에 가 계시는 정세봉 회장님께 연락을 지었더니 '동방문학'으로 보내보는 것이 좋겠다고 해서 이렇게 편지를 씁니다.

먼저, 상황을 간추려 말씀 드리겠습니다. 2009년도에 저의 두 소설을 출판하면서, 탈북에 관한 글은 중국에서 출간할 수 없다는 것을 알았습니다. 북한을 비방하는 어떤 글이든지 간에 공개 출판되면 북한에서 중국 정부에 항의를 제기하기에 (중국)정부에서 층층이 조사를 하여 비판을 한다고 합니다. 그러니 출판 부문에서 신경이 쓰인다고 합니다. 확실히 중국의 조선족 문학지나 신문의 문예지에 탈북에 대한 글은 한 편도 보지를 못했습니다. 그러니 저는 세상 돌아가는 것도 모르고 그 전에『상흔(傷痕)』을 쓴 것이지요.

금년에 들어와서 주정부 출판국에 있는 문인에게 타진해보니 매 마찬가지였습니다. 한 가지 더 알게 된 것은 중국의 안전부문에서 한국으로 건너가는 이메일도 뒤질 때가 있다는 것이었습니다. 중국 사람이 한국에 나가 살면서 한국에서 출간한다면 문제없을 거라고 합니다. 왜서 편지와 CD를 보내는지 짐작이 가겠지요.

저는 이렇게도 생각해 보았습니다. 혹시나 충돌을 피면하기 위해여 필명을 쓰고 프로필을 쓰지 않으면 하고요. 연변작가협회에 등록된 저의 필명은 심정(沈靜)입니다. 젊었을 때 작품에 쓰던 이름이지요. 그래서 '상흔'에 필명을 쓴다면 심정심(沈靜心)이라고 할까고도 생각해 봅니다. 그러나 이 짓은 눈 감고 아웅하는 격이지요. 문장이 발표되면 누구나 보기 마련인데 국가적인 차원에서 마음먹고 저자를 찾자면 식은 죽 먹기가 아니겠어요. 구더기 무서워 장 못 담글까요.

다음, 소설『상흔』에 대하여 말씀드리겠습니다.

지난 세기 90년대에 중・후반기, 교회에서 가장 많이 논의되는 이야기는 탈북자들에 대한 것들이었습니다. 수많은 탈북자들이 교회를 드나들었기 때문입니다. 지금 한국에 간 절대 다수의 탈북자들이 중국 조선족 교회를 거쳐 갔다고 해도 무리가 아닐 것입니다.

하루는 제 아내가 입원한 어떤 탈북여성의 병수발을 하러 간다고 했습니다. 영양실조로 배가 남산만하고 몸뚱이는 말라서 정작개비 같다고 했습니다. 누군가 사경에 처한 이 여자가 남의 집에서 앓고 있으니 교회에서 그녀의 생명을 구해 주었으면 한다는 것이었습니다. 교회는 두말 할 것 없이 사람을 파견하여 그녀를 데려다 입원을 시켰습니다. 음식을 먹지도 못하는 상태였습니다. 치료가 늦어졌다고 주치의는 말했습니다. 교회에서는 최고급 약을 써서라도 살려야 하겠다고 했습니다. 교인들은 정성을 다하였고, 우리는 너무 비싸서 쓸 수 없는 한 대에 400원짜리 수입제 주사를 놓기 시작하였습니다. 그러나 애달프게도 약은 그녀를 살리지 못하였고 (그녀는) 한 주일 만에 죽고 말았습니다.

그녀는 생전에 정신상태가 조금 호전 되었을 때 자신이 신분을 말했습니다. 28살 난 처녀로서 중국에 들어오자마자 인신매매꾼들에게 걸려 여러 번 팔려 다녔고, 갖은 수모와 고생을 했다는 것이었습니다. 병들고 나니 누구도 돌봐주지 않았다고, 그저 죽음만 기다렸을 뿐이라고 하였습니다.

교회는 공안국 외사처를 거쳐 어려운 장례까지 치러 주었습니다.

제가 교회에 다니던 2001년에 교회에 '이경미'라는 30초반의 부부 탈북자가 왔습니다. 교회에서 개양식장에 소개를 해줘서 일하게 했습니다. 남들보다 행운이었습니다. 월급도 괜찮게 받아 너무도 좋아 했습니다.

그들이 중국 올 때 한국 친척네 주소와 아버지의 인민군인 사진을 가지고 왔습니다.

이경미의 아버지 이정길은 5형제 중 넷째라고 하였고, 형제들은 모두 한국에 살고 있으며, 고향은 전남 함평이라고 하였습니다. 이정길만이 북한에 산다고 했습니다. 갈라진 원인을 그저 6.25 때문이라고만 하였는데 자식들은 실내용을 모른다고 했습니다. 그들은 한국에 연락하여 친척을 찾아 달라고 했습니다. 중국에 와서 한국 친척을 찾아서 만나 본 사람들이 여럿이 있다는 소문을 들었다는 것이었습니다.

저는 교회를 대표하여 편지연락을 하여 서울에 사는 이정길의 동생 다섯째 이정태와 연계를 달아 주었습니다. 얼마 후 편지가 오고 돈을 부쳐왔습니다.

두어 달 후 저가 출장을 갔다 오니 이 두 사람은 사라졌습니다. 소문에 한국 삼촌이 중국에 들어와서 서로 만났으며, 도움을 받았다고 했습니다. 그들이 다른 고장으로 떠난 원인은 모르지만 북한을 드나들며 도굴한 문물을 한국 사람들한테 장사도 했다고 했습니다.

아마, 3~4년이 지난 후인가 싶습니다. 하루 저녁 교회 경비실에서 낯선 두 사람을 만났습니다. 어디서 본 사람 같은데 생각이 떠오르지 않았습니다.

"당신 혹시 북한 사람 아니오? 보던 사람 같은데…."

"예? 아-니요. 저 한국 사람이에요. 사람 잘못 봤어요."

그 사람은 한국말을 하였고 안주머니에서 한국여권을 꺼내어 보였습니다. 한국여권은 분명해 보였습니다.

나는 머리를 기웃거렸습니다. 분명히 알 만한 사람인데 꼭 집어낼 수가 없었습니다. 그는 총망히 가버렸습니다.

이튿날 교회 화식원으로 있는 김 집사를 만나 그 일을 물었더니 바로 이경미의 남편이 맞다고 했습니다.

그는 한국행을 하였고 한국국민이 되었다는 것입니다. 이번에 들어와서 한국행을 할 탈북자들을 모집한다고 했습니다. 김 집사에게 두어 달 이상 교회 밥을 얻어먹었으니 고맙다고 인사를 하고 돈도 얼마간 주고 갔다고 했습니다.

딸을 데리러 가다가 중국 변경에서 아편장사로 의심을 받고 붙잡혀 북송되어 교화소에서 일 년을 살았고 나오던 길로 다시 탈북한 사람도 있었습니다. 하여튼, 저는 근 2, 30명의 탈북자들을 교회에서 접대하였기에 그들의 실상을 (비교적) 많이 안다고 할 수 있겠습니다.

그 외에도 수많은 탈북자들과 여권으로 방문차에 온 북한 사람들의 이야기가 있습니다.

『상흔』은 이런 이야기들을 토대로 창작되었습니다.

90년 초 중반에 북한은 확실히 자연재해의 타격을 받았으며, 식량난이 직접적인 원인이지 정권을 반대하는 것으로 시작된 것은 아니라고 생각합니다. 그렇게 공제가 삼엄한 국가 체제 속에서 국가에 충성한 국민이 되어버린 사람들이 탈북을 시작하였다는 것을 정치적 의의(의미)를 부여하는 것보다 그 고난이 얼마나 심각한 상황인가를 말해 주고 있다고 봅니다.

이렇게 처음은 아사(餓死)하지 않으려는 단순 탈북이었던 것이 중국에서 살아가기 힘들게 되자 그 성격이 전환되었습니다. 그 후단계의 탈북은 국가 정권에 대한 불만과 반항으로 전환되었으며, 중국 땅에 와서 한국행이나 미국행을 목적으로 한 탈북으로 되었습니다. 경제 여건으로 인한 불법 월경(越境)이 아니라 자국이 완전히 싫어서 탈출한 것입니다.

나는 본서에서 북한 정권에 대한 정면적인 비판을 시도하지 않았지만 탈북 자체가 그것을 설명하게 되지요. 하지만 저는 생존을 위한 인간들의 생사의 사선(死線)에서 발생된 탈북을, 그 시대적인 무대에서 표현하려고 한 것입니다.

탈북은 한국역사에 기록될 또 한 차례의 아픈 '상흔'인 것만은 사실입니다.

소설은 자연적으로 주인공의 아버지의 형제들을 찾게 되니까 6.25전쟁을 언급하게 됩니다. 6.25는 인류적인 입각점에서 본다면, 오직 인간회멸의 참혹한 역사일 뿐이지 이념이 다른 쌍방이 서로 주장하는 소위 정의의 전쟁은 아니라는 점이겠습니다. 물론, 사람들은 자기가 속하는 나라의 정치적 속성 때문에 상대편과의 정 반대되는 입장을 가지고 있기 마련입니다. 그러나 6.25는 다시는 있어서는 안 될 처절한 피의 역사가 민족의 심장 속에 '상흔'으로 각인된 것으로서 반인간적인 행위라고 봅니다.

그래서 이 두 차례의 상흔을 들여다보고자 한 것입니다.

인간이 어려움과 죽음에 직면했을 때, 자연발생적으로 절망과 원한이 분출되어 나오며, 생존을 위하여 생명도 버리는 극악의 분투가 산생됩니다.

이런 것들은 인간 감정의 진정한 발로이며 인성이 아니겠습니까. 어떤 정치적인 안목으로 이런 감정에 개입하여 자신들에게 유리한 판단을 하여 왈가왈부한다는 것은 인간들의 진솔한 본연적 감정에 대한 왜곡이라고 봅니다.

그런 것은 오직 기독교적 입장에서 말하게 되는 것이겠지요. 그래서 주인공들을 교회를 무대로 활동하게 하였습니다. 소설에서 등장한 모든 인간이라는 저울에 올려놓으려고 하였습니다.

이런 메시지를 독자들에게 전달하고자 하는 바람이었습니다.

원고는 중국에서는 불가능하기에 이 다음 한국에서 출간을 고려하여 한국 맞춤법에 준하였으며, 신국판 규격의 용지로 편집을 했습니다. 단행본 출간은 경제적 여건으로 지금은 고려할 수 없습니다. 다만 글이 된다면 '동방문학'에 연재를 생각해 주시면 합니다.

말이 너무 지루하게 된 것 같습니다.

수고를 끼치게 되었습니다. 감사합니다.

결과는 정 회장님을 통해서 알려 주었으면 합니다.

건필을 기원하면서

심 병 수 올림

2012. 6. 8

*위 서신과 함께 심 작가님의 장편「상흔」이라는 원고를 받아서 단행본 책자로 발행하려고 현행 한글맞춤법에 의거 교정을 보아 편집했었는데, 제작에 들어가기 전 갑자기 작가께서 중단을 요청해 와 출판계약내용이 완전히 파기되었습니다. 그 이유인 즉 신변상의 문제가 염려되었기 때문입니다. 몹시 아쉽게 되어 버렸지요.

⑪ 륙효화 → 이시환

존경하는 이시환 선생님께

저 륙효화예요. 그러잖아도 선생님께 편지하려고 했습니다.

며칠 전에 중국에 계신 저의 어머니가 전화 와서 한국에서부터 책이 왔는데, 책을 심사하는 부서라고 자칭 소개하시는 분이 '이 책이 혹시 종교와 관련된 그런 잡지 아닌가?'고 묻더래요. 그래 우리 어머니는 '딸이 미국에 있는데, 딸이 쓴 글이 한국 잡지에서 발표되어 그 잡지를 부쳐주는 거라'고 했다고 그럽니다. 그랬더니 그분 말씀이, '책 내용을 심사하겠다'고 하시더니, 며칠 뒤에 다시 전화가 와서, '당신의 딸이 쓴 글이 문제가 있어 중국에 들여올 수가 없으므로, 몰수하거나 혹은 되돌려 보내야 한다'고 그러더래요. 그러면서 '연길에 와서 사인하라'고 해서 어머니와 아버지가 가서 사인하고 돌아왔는데, '가능하게 책이 되돌아갈 거라'고 알려주더군요.

근데 좀 더 심각한 문제는, 그 뒤로 3일 지난 뒤에 안전부문에서 왔다면서, 두 분이 와서 책장에 있는 저의 책들과 제가 평소 보던 책과, 집에 두고 온 컴퓨터까지 모조리 가져가버렸대요. 심사를 마치고는 별일이 없으면 돌려준다고 그러더래요….

너무 황당해서 더 이상 설명하지 못하겠네요. 제 글에 그렇게 문제가 있는 것도 아닐텐데…. 저의 집 식구들 요즘 모두 겁에 질려 지내고 있습니다. 그러나 전 겁나지 않고 무섭지도 않아요. 이때까지 제 소신껏 살아왔고, 언제나 보는 세계에서 제가 받는 생각을 그대로 이야기해 왔고, 또 글도 써오고 그럽니다.

이번에 유 작가님의 소개로 동방문학 잡지사와 이시환 선생님을 알게 되어 얼마나 기쁜지 모르겠네요. 앞으로도 계속 좋은 글을 쓰도록 노력할 것이며, 가능하면 새해에는 동방문학상에도 도전할거예요.

오늘 드리는 부탁이 있어요. 만약 중국에 부쳤던 잡지가 되돌아오면, 잡지들은 그대로 선생님께 보관해두시고, 중국까지 갔다가 돌아온 포장 박스(혹은 중국 주소와 우표를 붙였던 봉투 등)를 그대로 다시 잘 싸서 저의 미국 주소로 다시 부쳐주시기를 부탁드립니다.

그러데 그 안에 선생님 친필로 편지 한 통 써서 넣어주세요. 편지 내용은, '나름대로 좋은 글을 발표하였고 잡지를 중국에 부쳐 보냈는데 중국 관계부문의 심사에 걸려 전달이 되지 못하고 그냥 되돌아온 점을 유감스럽게 생각한다'는 식으로, 언제인가 여유가 되실 때 한국에 오셔서 잡지사에 직접 방문해주기 바란다는… 내용으로 써주시고, 선생님 사인 꼭 해주세요. 그렇게 해주시면 정말 고맙고, 이 수고로움을 잊지 않겠어요. (여기에 드는 우편료는 다음 글 발표 때나, 또는 다른 새로운 잡지 받게 될 때에 함께 다 송금하여 드리겠어요.)

선생님 꼭 부탁합니다. 저의 미국 우편물 주소는 아래와 같아요.

XIAOHUA LU

143-40 ROOSEVELT AVE APT 3E

FLUSHING NY USA

11354-6107.

전화번호 : 646 413 5235

언젠가 서울에 꼭 구경 갈 거고 선생님 잡지사도 꼭 찾아뵙고 싶어요.

⑫ 이시환 → 세상 사람들에게

세인들에게 -룩효화 씨의 이메일을 받고

오늘은 '우울한' 이메일 한 통을 받았다. 미국 뉴욕에서 살고 있는 중국 조선족 동포인 젊은 '육효화'라는 여성의 이메일이었다. 그녀는 동방문학 통권 제64호(2012년 10월호)에 자신의 글 「내 안의 천사, 내 안의 야수」라는 제목의 수필 한 편을 발표했었다.

그런 그녀의 요청으로, 중국 길림성 왕청현(汪清縣)에 살고 있는 그녀의 부모님 앞으로 동방문학 10권을 포장하여 우체국 국제특송(EMS)으로 지난 2012년 9월 24일 광화문 우체국에서 보냈었다. 그런데 2012년 10월 17일, 우체국으로부터 해당 우편물이 반송된다고 미리 발송자인 내게 문자로 알려주었고, 10월 18일에는 그 물품이 나의 사무실로 되돌아왔다.

그리하여 나는 그녀에게 반송 사실을 이메일로 알렸으며, 이틀 후인 10월 19일에는 그녀로부터 문제의 이메일을 받았다. 그 이메일의 핵심 내용인 즉 이러하다.

며칠 전에 중국에 계신 어머니로부터 걸려온 전화를 받았었는데, 어머니의 말씀인 즉, "한국에서 책이 왔는데, 그 책을 심사하는 부서라고 스스로 소개하는 분이 말하기를 '이 책(동방문학)이 혹시 종교와 관련된 그런 잡지 아닌가?'라고 물어왔다"는 것이다.

그래서 어머니는 "딸이 미국에 있는데, 그 딸이 쓴 글이 한국 잡지에서 발표되어 그 잡지를 부쳐주는 것이라"고 대답했다 한다.

그러자, 그분이 "책 내용을 심사하겠다"고 말을 남기었는데, 그로부터 며칠 뒤에 다시 전화로 말하기를, "당신 딸이 쓴 글에 문제가 있어 중국에 들여올 수가 없으므로 몰수하거나 혹은 되돌려 보내야 한다"고 말했다는 것이다. 그러면서, "연길에 와서 사인하라" 해서 부모님이 함께 연길로 가 서류에 사인하고 돌아왔다는데, 문제는 그로부터 3일이 지난 뒤에 '안전부문'에서 왔다며 두 사람이 책장에 있는 그녀의 책들과 컴퓨터까지 모조리 다 가져가버렸다는 것이다. 심사를 마치고 별일이 없으면 되돌려준다고 으름장을 놓으면서 말이다.

이것이 어느 시대, 어느 나라에서 벌어지고 있는 일인가? 서기 2012년 10월 중국 연길 땅에서 진행되고 있는 일이다. 시대를 거꾸로 사는, 무지한 권력의 시녀들이라는 생각이 들면서 말문이 막히어 버리고 만다. 실로, 유감스런 일이 아닐 수 없다. 저들에게 무슨 인권(人權)을 얘기하며, 무슨 문학(文學)을 논하겠는가. 얼마 전, 굶어죽지 못해 국경선을 넘어 중국 땅으로 밀입국한 북한 사람들의 구구절절한 사연을 소설로 써 이곳 서울에서 발행하려다가 뒷일이 걱정되어 끝내 포기하고 말았던, 어느 노(老) 작가의 뒷모습이 아른거린다.

세상 사람들이 알고 있는 진실과 실재하는 그것은 얼마든지 다를 수 있다는 인간사회의 진리를 다시금 곱씹으면서, 새삼, 나름대로 믿고 있는 진실을 외치다가 누명을 쓴 채 고생고생한 사람들의 안부를 묻고 싶다.

올해 노벨문학상을 중국에서 받았다지요?

2012년 10월 19일

이 시 환

*이 글은 미국 뉴욕에서 활동하는 '륙효화'라는 중국 조선족 문학 지망생이 내게 보낸 이메일 내용을 읽고서 너무나 충격적으로 받아들여져 반사적으로 써서 블로그에 게시했던 것이다. 모두 읽어들 보시라고.

⑬ 이시환 → 심종숙

심종숙 시인님께

저의 변변치 않은 시작품에 대해서 평론해 주심에 감사합니다.

공교롭게도, 오늘 새벽에는 잠에서 깨어 갑자기 이메일을 확인하고 싶어져 그냥 누워있는 채 스마트 폰으로써 메일함을 열어보았었는데, 심 교수의 글이 첨부파일로 들어와 있었습니다. 그래서 그것을 지금 당장 열어볼까 출근하여 아침에 볼까를 잠시 망설이다가 끝내는 열어 보았었습니다. 물론, 안경을 찾아 쓰고서 깨알 같은 글씨를 어렵게 읽어 냈는데 그 심정을 이렇게 말하면 결례가 되지 않을지 모르겠습니다.

'제게 입혀진 옷들이 하나 둘 다 벗겨져 알몸이 드러나는 것' 같다는 생각이 들었습니다. 그것은 분명 '부끄러움'이기도 하지만 큰 '기쁨'이기도 합니다. 제 입장에서는 자랑하고픈 자신의 알몸을 보이는 셈이고, 평자의 입장에서는 속속들이 상대방을 들여다보는 셈이기 때문입니다. 간단히 말해, 제 작품 속에 녹아들어있거나 구축되어 있는 저 자신의 내면 풍경과 생각의 뿌리가 넝쿨 채 뽑혀져 나오는 고구마 같았습니다. 아무튼, 감사하고 감사할 따름입니다.

순간적으로 생각하기를, 심 교수는 시인으로서, 그리고 일문학을 전공한 학자로서 학생들을 가르치고 계신데, 차제에 문학평론가로 데뷔하여 활동하심이 어떨까 싶었습니다. 이 문제를 특별히 반대할 의사가 없으시다면 제가 원로 평론가님과 상의해 보겠지만 우선 심 교수의 약력과 인물사진 등을 정리하여 보내주셨으면 합니다. 저의 작품에 대한 평론인지라 제가 나서서 욕심 부리기에는 면구스러운 면이 없지 않기에 조심스레 정황을 설명해 볼까 합니다.

가까운 시일 내에 시 문학과 관련 대화를 나눌 수 있는 기회를 갖도록 하겠습니다.

거듭, 변변치 않은 작품들에 대해서 심독하시고, 평문까지 집필해 주신 데에 대해서 마음으로부터 감사를 드립니다. "감사합니다."

2013. 02. 21.

이 시 환 드림

*위 서신은 심종숙 시인께서 집필해 주신 「'텅 빈 것'과 '없음'을 노래하기」란 글을 읽고 곧바로 보낸 것입니다.

⑭ 이시환 → 심종숙

심종숙 시인 귀하

저 이시환은 젊은 날로부터 지금까지 쉬지 않고 노력해 왔지만, 시인으로서 그리고 문학평론가로서 실패한 사람입니다. 앞으로 세상에 둘도 없는 수작을 내놓지 못한다면 말입니다. 지금까지 스스로 펴낸 올망졸망한 작품집들을 열거하면 아래와 같으며, 현재 제가 가지고 있지 못하는 책으로 시집인 『숯』을 빼고는 모두 한 권씩 찾아 상자에 넣어 드립니다. 제 책을 필요로 하는, 읽고 싶어하는 단 한 사람의 독자를 위해서 말입니다.

시는 지금껏 600여 편을 창작한 사람으로서 70살에 시전집 발행을 염두에 두고 파일을 보관 관리하고 있으며, 또한 시작(詩作)만큼은 현재 진행형이기 때문에 일말의 희망을 갖고는 삽니다.

평론은 좋은 시를 쓰기 위한 방편으로 공부하는 과정에서 데뷔한 것이고, 습작한 것이기에 저는 그리 중요하게 여기지는 않습니다.

그리고 문학 활동을 해오면서 예수교 경전인 성경과 이슬람교 경전인 코란과 상당수 불경들을 읽으면서 젊은 날부터 고민해 온 '인간과 신의 문제'를 나름대로 궁구한 책이 『경전분석을 통해서 본 예수교의 실상과 허상』이라고 생각합니다. 이 책 속에 저의 가치관이 녹아 들어있는 셈입니다. 비록, 문학으로 시작했지만 내 생에 종교적 경전을 읽고 나름대로 신과 인간의 문제를 파헤쳐볼 수 있었던 점에 대해서는 개인적으로 퍽 다행스런 일이라 생각합니다.

평생을 외톨이처럼 혼자 있는 시간을 많이 누린 탓으로 명상을 오래했으며, 그 과정에서 명상법이란 소책자를 집필하긴 했지만 언젠가는 개정증보판을 내려합니다. 이는 제 생활을 반영한 것이며, 불로소득 같은 것입니다.

저는 이제 남의 책을 읽는 일조차 고행이라는 사실을 잘 압니다. 변변치 않는 책들을 한꺼번에 드리자니 임의 고통을 요구하는 것 같습니다. 마음이 일어날 때에 산책하듯 보시고 마음이 원치 않을 때엔 구석에 묶어 놓으시기 바랍니다.

2013. 11.

이 시 환 드림

⑮ 이시환 → 심종숙

심종숙 시인/문학평론가님께

아주 오랜만에, 어제 전화를 주시고 저의 사무실을 방문해 주시어 매우 기뻤습니다.

근황을 듣고서야 그동안 적지 않은 변화가 있었던 것을 알 수 있었습니다만, 어려운 가운데 살고 있는 셋집을 바꾸시고, 대학에서의 강의시간을 대폭 줄이시고, 성당에서의 종교 활동을 많이 해 오신 것 같다는 판단이 들더군요.

저야 그저 집과 사무실과 체육관으로 다람쥐 쳇바퀴 돌듯이 살고 있습니다만, 매주 국립공원 북한산에 산행하는 일이 추가되었습니다. 몸과 마음의 건강을 위해서 투자하는 시간이 조금 늘어난 셈이지요. 요즈음에는 해오던 동방문학도 팽개치고 중국여행기 속편을 쓰느라고 시간 가는 줄 모르고 있으며, 간간이 친구들과 어울려 대화도 나누고 소주도 마신답니다.

어제 말씀하셨던 원고를 오늘 아침 메일로 받고 보니 감개무량하기 그지없습니다. 1992년에 발행된, 저의 보잘 것 없는 작은 첫 시집 『안암동日記』를 읽으시고 그 안에 들어있는 산문시 27편 속을 관류(貫流)하는 의식(意識)의 큰 줄기 한 가닥을 뽑아내는 작업을 하셨는데 시를 쓴 본인으로서는 정말 영광이고 감사할 따름이지요. 요즈음처럼 먹고 살기 바쁜 시절에 누가 난해하기까지 한 시를 읽어주며, 그 행간에 숨은 의미를 분석적으로 찾아 읽겠습니까마는 심 시인님의 세상을 읽는 지성과 시세계를 완상하는 안목을 만남으로써 제 못난 시들이 다시 살아나는 것 같습니다. 물론, 제게는 7, 80년대의 과거 나를 다시금 끄집어내 이리저리 살펴보는 시간이자 동시에 내 의식의, 내 정신의, 내 삶의 의미를 되새겨보는 기회가 되는 것 같습니다. 내 과거로의 여행을 할 수 있도록 자극을 주신 셈이고, 그 길을 열어 보여주신 심 시인님께 깊은 감사를 드리지 않을 수 없습니다. 거듭, 감사드리면서 마음으로 진 빚을 갚을 수 있도록 언제 시간을 한 번 내어 충무로 쪽으로 바람 쐰다 여기시고 나옵시오. 여의치 않으시다면, 제가 겸사겸사 자리를 만들어 몇 분의 문사를 함께 초대하겠습니다. 그 때에 만나 뵙고 시 행간 속 의미들에 대해서 대화를 나누지요.

아무쪼록, 건강하시고, 하시고자 하는 일들이 순조롭게 풀리시기를 기원 드립니다.

2015. 07. 29.

이 시 환 드림

⑯ 이시환 → 심종숙

심종숙 시인 겸 문학평론가님께

입추(立秋)가 지났다 하나 연일 폭염이 기승을 부리고 있는 것 같습니다.

부디 건강하시고 심신을 위태롭게 하지 마시기 바랍니다.

저의 보잘 것 없는 시집을 읽고서 편 편의 시 속을 관류하고 있는 시세계의 근간이 되는 줄기를 이끌어내시는 임의 평문을 앉아서 받아보기가 면구스럽기 짝이 없습니다.

첫 번째 원고인 「이시환의 제1시집 『안암동日記』 -이미지를 통한 위무의 시학」에 이어 두 번째 원고인 「슬픔을 기쁨으로 전이시키는 미학 -이시환의 '타령조'시 -제 2시집 『白雲臺에 올라서서』에 부쳐」와 세 번째 원고인 「바람의 밀어 -'너와 나' -이시환의 제3시집 『바람序說』에 부쳐」를 잘 받아 읽었습니다. 아니, 읽다마다요. 읽고 또 읽으며 많이 반성하면서 자신이 얼마나 시인으로서 부족한 사람인가를 절감하고 있습니다.

이번 제3시집에 대한 평문 속에 등장하는 임의 '하느님의 법신현현인 우주만물과 모든 힘의 근원인 바람'이라는 문구를 대하는 순간, 제가 심 평론가님을 그동안 과소평가해 오지는 않았나 하는 생각이

들었답니다.

내 한 번도 직접적으로 이런 말을 한 적이 없었던 것 같은데 너무도 명쾌하게 잘 지적하셨습니다. 평문의 옳고 그름을 떠나서, 그리고 저의 마음에 들고 아니 들고를 떠나서 이 말 한마디로 나의 시세계가 다 들통 난 것 같은 기분을 느끼었습니다. 솔직히 말해서, 저는 '바람'이라는 것을 모든 생명력의 근원으로까지 여기며, 상상을 해오던 적이 있었습니다. 그리고 '하느님'이란 존재를 우리가 볼 수는 없지만 만물을 창조하시고 주재하시는 신(神)이라 여기며, 그 신의 현현(顯現)이기도 한 만물을 통해서 거꾸로 신의 존재와 의미를 생각했던 적이 있었습니다. 그 신을 하느님이 아니라 그 무엇으로 불러도 상관없습니다만 어쨌든 그러한 사실이 들통 난 셈이지요.

'법신(法身)'이라는 용어는 불교 대승경전속에서 너무도 많이 사용되는 용어인데 심 평론가께서 이런 용어를 자연스럽게 사용하시는 것을 보고서 자못 놀랍기도 했답니다.

저는 요즈음, 무협지 같은, 대방광불화엄경을 읽고 있습니다. 일반 책자로 치면 2000페이지가 넘는 분량인데 그동안 여러 경전을 읽고 분석적인 글을 쓴 경험의 누적 탓인지 마치 산위에서 저 밑을 내려다보는 여유로움으로, 느긋하게 읽고 있습니다. 지나간 세월을 되돌아보면 활동하기 불편한 한 여름철에 오히려 많은 일을 하는 것 같습니다.

아무튼, 초라하기 짝이 없는 저의 시집들을 읽으시고 글을 쓰시느라고 스트레스 받는 일만은 없기를 바랍니다. 그리고 있는 그대로, 눈에 보인 그대로, 느끼는 그대로를 쓰시되 비판할 일이 있으면 비판해 주시고, 채찍을 들어주시기 바랍니다. 이것이 시를 쓰는 사람이 섭취하는 영양소가 되리라 믿습니다.

거듭 감사드리며, 다시 연락하겠습니다.

2015. 08. 17.

이 시 환 드림

⑰ 심종숙 → 이시환

장문의 '답글'을 받고 몇 자 적습니다.

늘 말씀 드렸지만 저는 제가 할 수 있는 이야기만 할 뿐입니다. 그리고 문학이 종교 영성을 가질 때에 문학은 더욱 빛날 것이라는 게 제 판단입니다. 원래 문학이 종교적인 제사에서 나왔기 때문입니다.

진화론, 유물론들이 인간을 기독교와 유심론으로부터 철저하게 떼어내었고, 근대인의 불안이 바로 거기에서부터 시작되었습니다.

서양인들이 그들의 기독교를 버리고 불교에 귀의하는 자가 많은 것은, 그들이 생명력을 얻고 선하게 살기 위해 불교(佛敎)라는 새로운 방법론을 선택한 것이라고 봅니다. 결국, 사람이 이 세상을 살아가는 데는 지식도 부나 명예나 직위가 다 해줄 수 없다는 의미지요. 영원한 생명에 대한 사모는 결코 사라지지 않을 화두일 것입니다.

지금 선생님의 시집『애인여래』를 읽고 있는데 제가 어릴 때부터 종교에 입신하였고, 그 가르침과 문화 안에서 살아오다 보니 일단 관심사가 그쪽이 될 수밖에 없으며, 제가 또 대화할 수 있는 부분인 것 같습니다. 제도적 종교가 지니는 문제점도 있지만 그것은 개선해야 할 것이지 초가집을 다 태우고 부정해야 할 것은 아니라고 생각합니다. 문학은 오히려 종교가 지니는 신비성과 더 친화적이라고 생각하지만요.

세상에는 많은 이론들이 있지만 그 이론들이 완전하지 않고 그렇다고 그것을 완전 부정해 버릴 수도 없지만 늘 진리의 가르침에 준거를 두고 인간에게 이롭지 않는 주의 주장들과 싸워나갈 수 있는 길은 말씀의 진리로 무장하는 길밖에는 달리 방법이 없음은 제 스스로 무지하고 보잘 것 없는 한 인간일 뿐이기에 더욱 의탁하는 것인지도 모르겠습니다. 그동안 세속의 지식이나 학문의 과학적 진리에 대한 깊은 회의와 그 관계들에서 생긴 문제들이 저를 고뇌하게 하는 것도 다 영원한 진리에 대한 깨달음이 부족하고 그 깨달음으로 거듭나고 삶의 방향을 바꾸는 진정한 회개를 하지 못한 어리석음 때문임을 알고, 거기에서 엑서더스[exodus]하여 '진리가 너희를 자유케 하리'

란 그 말씀 하나를 붙잡고 가고 싶습니다. 그 길에 함께 할 수 있는 이들이라면 언제나 대화하고 함께 가고 싶습니다.

모쪼록, 좋은 글을 많이 써 주십시오. 사람을 기쁘게 하는 것도 '보시'라 생각됩니다.
이만.

2015. 8. 19.
심 종 숙 올림.

⑱ 이시환 → 심종숙

심종숙 시인/문학평론가님께

보내주신 글, 사무실 컴퓨터 앞에서 파일을 열어 일독했습니다. 일독 후 한동안 멍하니 앉아 있다가 다시금 정신을 차리고 읽었습니다.

저의 변변치 않은 작은 시집 『追伸추신』에 대해서 '부재의 시학'이라 하여 죽음의 문제를 비교적 상술(詳述)하신 글을 읽고서 새삼 평자(評者)의 노고를 생각하게 되었습니다.

우선, '추신'이란 시집의 제목에서 암시되었듯이, 임께서 판단하신 대로 다 맞습니다. 편지의 본문 내용도 중요하지만 빠뜨려 끝에 부기해두는 내용도 중요하니 꼭 읽어달라는 뜻에서 그 형식을 차용했던 것이니까요.

그래요. '죽음'에 대한 저의 생각이 일단락 잘 정리되었다고 생각합니다. 펼쳐 보이신 시 문장속의 의미들은 조금도 틀리지 않습니다. 인간의 죽음 문제에 대해 주머니 속의 동전처럼 만지작거리며 늘 생각하던 때가 있었습니다. 그런 과정을 거쳐서 나름대로 죽음의 의미를 정리해 둘 수 있었기에 지금 더욱 열심히 살고 있지만 임의 평문을 읽고 나니 저 대신에 그것들을 조목조목 설명해 주시는 것 같아, 아니, 낱낱이 흩어져 있는 구슬들을 꿰어서 비로소 목에 걸 수 있는 '목걸이'나 필요시 묵상하며 굴릴 수 있는 유용한 '염주'를 만들어 주셨다는 생각이 듭니다. 게다가, 저의 기억 속에서 이미 사라졌지만 언젠가 있었던 '바라시' 동인 모임의 자리를 문장 속에서 환기시켜 주워 저로 하여금 옛일을 다시 생각해 보게 했습니다.

흩어져 굴러다니는 구슬들을 주어 가늘지만 질긴 줄에 꿰어 넣는 작업도 만만찮은 일인데 구슬들을 빚어놓고도 방치한 시인 이상으로 고생이 많으셨으리라 생각합니다. 어쩌면, 시문장 속으로 침잠해 들어갈 수 있는 여건이 갖추어진, '특별한' 임을 만남으로써 비로소 물속 깊이 가라앉아 있던 시들이 끌어올려져 세상의 빛을 보게 되는 것 같다고 저는 생각합니다.

이에 거듭 감사드리며, 시를 쓰는 사람 가운데 한 사람으로서 드물게 누리는 큰 행운이며 축복이라 여기겠습니다. 감사합니다.

2015. 08. 26.

이 시 환 드림

⑲ 심종숙 → 이시환

글 잘 읽었습니다

글 잘 읽었습니다.

부족한 글을 늘 과찬해주셔서 감사합니다.

이 한 마디만 할게요.

저는 선생님의 1, 2, 3집도 만만치 않았지만 이 시집에 와서 이시환 시인님이

정말 시인으로서 멋진 시업을 이루어냈다고 봅니다.

저에게도 이런 행운을 주셔서 감사합니다.

안녕히 계십시오. 내일 뵐게요.

2015. 08. 26.

심 종 숙 올림.

⑳ 이시환 → 김은자

김은자 평자님께

김은자 교수님, 안녕하세요?

어제 그러니까, 04월 13일 일요일 밤에 안방에 누워 보내주신 메일을 스마트폰으로 확인하였었습니다. 그 순간, 내일 월요일에 출근하자마자 사무실에서 보내주신 글을 편안하게 다시금 정독하고 답변을 드려야겠다고 마음먹었는데 하룻밤이 왜 이리 길었던지 자다가 몇 번을 깨어나 생각하곤 했었습니다.

나 역시 남의 문학작품들을 읽고 수없이 평문을 써왔었는데, 그때마다 얼마나 정신적인 스트레스를 받았던가를 생각하면 조금은 미안스럽기도 하고, 부족한 시를 써 내보인 저 자신이 시인으로서 부끄럽게 여겨지기도 했습니다. 손 안에 든 자그만 폰으로 첨부파일을 열어 읽기에는 눈이 조금 피로했지만 끝까지 읽어내면서 이런저런 생각이 들었던 게 사실입니다. 그 생각들의 핵심인 즉 평자(評者)님께서도 '변변치 않은 글을 읽고 무언가 평문을 쓰려니 적지 아니한 마음고생을 했으리라'는 점입니다. 그것도 길지 아니한 시일 내에 시작품 51편을 읽고, 기타 간접적인 자료들을 확인 검토하고, 나름의 논리적인 맥락에서 신중하게 해석해 주신 평문을 보자니 시를 쓴 제 입장도 입장이지만 평자의 입장이 자꾸 떠올려지는 것이었습니다. 그것은 아마도 제가 오랜 동안 평론을 써왔기 때문이 아닐까 싶기도 합니다만…. 어쨌든, 그랬습니다.

사실, 평자님에 대해서는 제가 아는 것이 아무것도 없는데, 어젯밤 일방적으로 생각한 바를 굳이 피력하자면 이렇습니다. '변변치 않은 작품들을 읽고 나름의 평문을 쓰려니 얼마나 마음고생을 했을까', '그나마 다행인 것은 순발력을 발휘하시어 짧은 시간에 자료들을 일독하시고 많은 생각 끝에 논점(論點)을 이끌어낼 수 있는 지력(知力)을 가지고 있구나'하는 점 등입니다. 시를 쓴 시인 입장에서 한 가지 아쉬운 점이 있다면, 그것은 분명 욕심이지만, 남들이야 어떻게 시를 해석하고 읽든 상관없이 '나만의 눈'으로 읽어주기를 은근히 바랐었는데, 아마도 이성적인 판단의 균형감을 잃지 않음으로써 글에 대한 객관적 신뢰도를 확보하려는 차원에서 굳이 남의 눈을 확인했을 터이고, 그 과정에서 영향을 받게 된 것 같다는 생각입니다.

아무튼, 제 변변치 않은 시작품들을 분석대상으로 하여 평문을 집필해 주신 평자님께 마음으로부터 깊은 감사를 드리며, 저 개인적으로는 영광중에 영광임에 틀림없음을 분명히 말씀드리고 싶습니다. 누군가가 제 글을 읽고 이러쿵저러쿵 얘기해 줄 때에 가장 큰 즐거움을 누릴 수 있었던 사실을 잘 알고 있기 때문입니다.

보내주신 글은 절차에 따라 이곳 원로 평론가님께 보내드려 평문으로서의 최소한의 객관성과 의미를 부여받을 수 있는지와 평론가로서의 발전 가능성이라는 두 가지 측면에서 동방문학 평론 부문 신인상 심사를 부탁할까 합니다. 그 결과에 대해서는 알 수 없지만 심사를 맡으시는 분들의 의견에 따라 결정될 것이며, 동시에 그 결과가 확인되는 대로 통보해 드릴 것입니다.

개인적으로, 평자님께 거듭 감사드리며, 늦었지만 저의 변변치 않은 책이라도 보내드릴 수 있도록 주소와 전화번호 등을 알려주시면 고맙겠습니다. 그럼, 다시 연락드리기로 하고 오늘은 이만 줄이렵니다.

임의 건필과 문운이 있기를 기원 드리면서.

2013년 04월 15일

이 시 환 드림

*위 서신은 김은자 님께서 집필해 주신 「自然化된 人과 人化된 自然」이란 글을 읽고 곧바로 보낸 것입니다.

㉑ 이시환 → 서승석

서승석 문학평론가님께

4월 16일 오후 3시 40분경, 이메일이 들어와 있고, '카카오톡'에 메시지가 남겨져 있음을 체육관에서 확인하였습니다. 제 산문시 51편에 대한 평론을 집필하여 그 원고를 보내셨다니 아주 기쁜 마음으로 단숨에 사무실로 달려와 이메일부터 확인하였습니다.

얼마 안 되는 분량이지만 평론가님의 '지식체계'와, 시 작품을 해독하는 '분석력'과, 감상의 재미를 만끽할 줄 아는 '안목'까지 재확인하게 되는 기회가 되어 저 스스로 놀라고 있습니다. 아니, '서승석'이라는 시인에 대하여, 남자 같은 여자에 대하여, 멋을 부릴 줄 알고 가꿀 줄 아는, 미운, 아름다운 여인에 대하여 다시금 생각하게 되었습니다. 당장이라도 전화를 걸어서 뵙자고 말하고 싶었는데, 이 서신부터 써 보내고, 모레 만남이 약속되었기에 하고픈 말을 그 때에 가서 모두 하리라 생각하면서, 이 들뜬 감정을 억누르고 있습니다. 단적으로 말해서, 제가 '서승석'이라는 시인 겸 문학평론가에 대하여 막연히 생각해 왔던 편견 아닌 편견의 내용이 너무나 부족한 것이기에 '이제 그 편견을 바꾸어야 한다'는 생각이 일순간 저를 점령했다는 사실입니다. 다 저의 무지 탓으로 여기며, 차제에 제 주변에 계시는 훌륭한 문사들의 작품세계나 개별적인 능력에 대해서도 관심을 갖고, 있는 그대로를 깨끗하게 인식할 수 있도록 스스로 노력하고자 합니다.

여하튼, 저는 그동안 550편 정도의 시를 창작했지만 저의 시문장 속에 갇힌, 혹은 녹아든 생각이나 의식(意識)이나 사상(思想) 등의 그 뿌리나 줄기에 대해서는 제대로 보여주지 못했었습니다. 게다가, 시문장으로서의 미학적 맵시[아름다움]나 구조적인 특징이나 정서적 경향 등에 대해서도 분명하게 보여줄 수 있는 기회조차 갖지를 못했었습니다. 물론, 여기에는 여러 가지 이유가 있습니다만 그 무엇보다도 시인으로서의 저 자신의 무능력 탓이라 여겨집니다. 그러나 뒤늦게나마, 서승석 문학평론가님을 비롯하여 몇 몇 존경하는 문사들의 펜 끝에서, 무성했던 줄기에 딸려 나오는 황토밭의 고구마들처럼, 시원스럽게 뽑혀져 나오는, 제가 가꾸어온 시밭[詩田]의 그것들을 보는 것 같아서 저로서는 기쁘기 한량없습니다.

이제, 그 고구마들을 깨끗이 씻어 삶아서 시원한 동치미 국물과 함께 맛보고 싶은 것도 사실입니다. 제가 쓰는 시 한 편 한 편이 그 삶은 고구마라도 된다면 저는 그로써 만족합니다. 앞으로 좋은 작품을 쓸 수 있도록 무딘 제게 적절히 자극도 주시고, 필요하다면 과감히 채찍도 들어 주시길 바랍니다. 기꺼이 종아리를 내밀 작정입니다.

여기서 다하지 못하는 얘기는 목요일 만남의 자리에서 하겠습니다. 거듭, 미진한 작품들을 정독하시고 그것들에 새로운 기운을 불어 넣어주신 평론가님께 마음으로부터 감사를 드리는 바입니다. "실로, 감사합니다." 목요일 만남의 자리에 서 박사께서 각별히 좋아하는 적포도주 한 병을 가지고 나가겠습니다. "감사합니다!"

2013. 04. 16.

이 시 환 드림

추신:

①근자에 펴낸 제 시집 『몽산포 밤바다』가 더 필요하시다니 기꺼이 드리겠습니다. 그리고 전에 드리지 못했던 제 『명상법』도 아울러 드리겠습니다.

②목요일 만남의 자리에 이유식 원로문학평론가님, 강상기 시인님 외 몇 분이 오실 예정입니다.

*위 서신은 서승석 박사가 집필해 주신 「존재의 초월을 위한 바람의 변주곡」이란 글을 읽고 곧바로 보낸 것입니다.

㉒ 이시환 → 재한동포문인협회의 회원 여러분에게(창간호 축사)

재한동포문인협회의 회원 문집 발간을 축하하며

우리 한국에서 활동하는 중국 국적을 가진 동포문인들이 주축이 되어 재한동포문인협회(회장:이동렬)를 지난해에 창립하고, 그 첫 사업으로 회원 문집을 발간하게 됨을 동포문학활동에 관심을 갖고 있는 문학인의 한 사람으로서 축하해 마지않습니다. 사실, 말이란 곧 흩어지고 사라져버리기 쉽지만 글이란 비교적 오래 남아서 읽는 이로 하여금 적극적으로 생각하게 하고 느끼게 함으로써 사람들을 불러 모으고, 그들로 하여금 또 다른 담론(談論)을 확대재생산하게 합니다. 그래서 글이 중요함에는 말할 나위가 없지요. 글의 문장이 얼마나 중요한지는, 고대 유대인의 '마을' 종교가 세계인의 '지구촌' 종교가 되었다는 엄연한 사실에서도 확인할 수 있습니다. 곧, '성경'이라 불리는 경전이 문장으로 기록되었고, 그것들이 끊임없이 담론을 생산해내며, 업그레이드되어 왔기 때문입니다.

재한동포문인협회 회원 여러분, 여러분들은 경제적으로는 '정착을 꿈꾸는 유목민'이라 할 수 있고, 정치적으로는 '변방으로 내몰린 국외자(局外者)'라 빗대어 말할 수도 있는데, 그것은 일종의 시련이자 고난이고 도전을 요구하는 삶의 조건이라 말할 수 있습니다. 흔히, 척박한 자연환경에 사는 사람들에게 자연에 대한 경외감이 크듯이 극복해 내는 시련과 고난이 크면 클수록 그 주체는 더욱 강인해지는 인류 문명사의 이치를 염두에 두시고, 비록 불비한 여건이지만 여러분의 힘으로 여러분의 문집 발간사업이 지속되기를 기대해 봅니다. 왜냐하면, 고향을 떠나 흩어져 살고 있는 '유목민'의 쉼터가 되어 줄 것이고, '국외자'의 희망과 뜻을 일구는 텃밭이 되어 줄 것이기 때문입니다. 가뜩이나, 우리말과 글이 멀어지고, 전통문화가 퇴색 단절되어 가는 현실적 위기상황 하에서 한글생활자들의 정서를 대변하고, 그들의 외로움을 덜어주는 벗이 되고, 또한 큰 뜻을 펼치며 함께 꿈을 꾸는 사유(思惟)의 광장이 됨으로써 정신문화의 구심점이 능히 될 수도 있기 때문입니다.

문장(文章)을 가까이 하며 사는 지성인 여러분, 인류의 근대사는 유럽이 썼고, 현대사는 미국이 쓰고 있다 해도 크게 틀리지 않는다는 사실을 유념하시고, 큰 틀에서 인류 문명사의 흐름을 직시하면서 여러분의 위상을 스스로 재점검해 나가야 할 줄로 믿습니다. 바로 그런 기능을 다해 주려고 노력할 때에 문집이 우리들의 놀이터가 될 수 있으며, 앞으로 더 큰 사업을 일구어나가는 데에 견인차 구실을 톡톡히 할 수 있으리라 믿습니다. 거듭, 재한동포문인협회의 첫 회원 문집 발간을 축하하면서 아울러 협회의 발전도 기원해 마지않습니다.

2013년 03월

이 시 환

*위 서신은 이동렬 재한동포문인협회 회장의 청탁을 받고 동 협회 회원들의 문집 창간호 축사로 보낸 것입니다.

㉓ 이시환 → 헬렌 최

헬렌 최 작가님께

안녕하세요?

그곳 토론토에도 봄이 온다니 다행입니다. 아니, 기쁜 소식이라고 말해야 옳겠지요. 왜냐하면, 지구촌 곳곳에서 이상기후 때문에 여러 가지 문제들이 속출하고 있는데 아직은 그래도 지구가 인간을 포함한 모든 생명들을 부양하고 있으니 말입니다.

이곳 서울은 봄비가 잦군요. 오늘도 비가 아주 촉촉이 내리고 있습니다. 봄만 되면 사람들의 부주의로 그놈의 산불이 적지 아니한 인명과 재산피해를 내곤 했었는데 잦은 봄비가 다행이라 여겨집니다. 더욱이 지구촌 곳곳에서는 물 부족으로 생계조차 위협받고 있으니 말입니다. 제가 세계여행을 다녀보아도 고대문명이 발달했던 곳들은 다 물이 충분히 공급되는 지역이었지요. 그러나 어떠한 이유에서든 그 물이 끊기는 순간 버려지게 되고 끝내는 황무지가 되어버리는 사실을 수없이 확인할 수 있었습니다.

올해는 산수유 매화 개나리 벚꽃 등의 봄꽃이 필 때에 추운 날이 많아서인지 꽃들도 피는 둥 마는 둥해서 만개한 상태의 그 넉넉하고도 풍성한, 탐스런 꽃을 보지 못했습니다. 이미 그 꽃들은 지고 새싹들이 나와 파릇파릇 산천이 변해가고 있습니다.

아무튼, 최 작가께서는 그래도 건강하시고 다복(多福)하신 모양입니다. 부군과 함께 드라이브를 겸해서 세미나에도 참석하고, 독서도 하고, 사니 말입니다.

제 책『경전분석을 통해서 본 예수교의 실상과 허상』은 너무나 양이 많아 끝까지 다 읽기가 쉽지는 않지요. 그만큼 인내심을 요구하리라 믿습니다. 솔직히 말하자면, 그 책을 펴내고 다시는 경전을 열지 않으리라 생각했었는데 자타의 요구에 의해서 최근까지 몇 편의 글들을 더 집필할 수밖에 없었습니다. 경전에 관한 글을 쓰기로 하면 그야말로 밑도 끝도 없으리라 생각됩니다만 현재는 의도적으로 피하고 있는 상황입니다. 자칫, 과도한 스트레스로 신체적 정신적 건강에 문제가 될 수도 있기 때문입니다.

저는 그 책을 약 수년에 걸쳐 썼지만 읽으시는 데에는 단 30~60일 정도면 충분히 다 읽으리라 판단됩니다. 지금 현재 제가 알기에 그 책을 정독하고 계시는 분은, 최 작가님과 익명의 어느 노인 분 등 두 분만은 확실한 것 같습니다. 특히, 익명의 노인 분은 57세까지 하나님을 믿고 철저하게 신앙생활을 하셨다는데 그 후로 경전의 내용에 대한 의심과 모순 등이 더 크게 인지되기 시작해서 그동안 믿었던 신(神)조차 잃어버리고서 방황하고 있다며 현재 저의 책을 정독하고 계십니다. 처음에는 의욕적으로 질문도 하시더니 지금은 잠잠합니다. 언제가 다 읽고 나면 당신의 입장을 스스로 정리하여 밝히리라 생각됩니다. 지금까지 제게 보여준 태도나 식견(識見)으로 보아 말입니다.

아무튼, 저의 변변치 않은 책을 읽으시며 생각을 많이 하신다니 책을 쓴 사람으로서 최소한의 기쁨을 누리고 있는 게 사실입니다. 관심과 애정을 갖고 일독해주시는 데에 대해 감사드립니다. 그리고 다 읽으시고 나서 가능한 한 최 작가님의 입장도 밝혀 주시어 저도 공부할 수 있는 기회를 주시기 바랍니다. 틈틈이 소식을 주시어 즐거웠습니다. 오늘은 어떤 일이 있어도 시간을 내어 그동안 답장을 못했던 분들에게 이메일이라도 전하고자 마음먹고 출근했었습니다. 그 첫 분으로 최 작가님께 이렇게 문안인사를 드립니다.

2013. 04. 23.

이 시 환 드림

㉔ 김두성 → 이시환

이시환 선생님께

조용히 책상 앞에 앉아 있으면 떠오르는 분이 있으니 그 분이 바로 이 편지를 받으시는 분이십니다. 수많은 사람 가운데 이 편지를 읽으시는 분은 인연이 정말 소중하다고 생각합니다.

이 편지를 전하는 사람은 '한자이'의 부모님 요청으로 CD를 하나

만들었습니다. 저 김두성의 장인 장모님이기도 합니다. 딸의 기도소리를 듣고 싶어 하시는 뜻이 있어 CD를 임시로 녹음하였습니다.

이 CD는 부모님의 뜻에 의해서 몇 개 만들어서 올리고 몇 개 남아 있어서 인연이 있는 다섯 손가락 안에 드시는 귀한 분이자 저의 뜻을 이해하시는 분에게만 드리게 되었습니다. 이 CD는 판매하는 것도 아니고 많이 만든 것도 아니고 오로지 부모님께서 듣고 싶다고 하시어 그냥 만들어 본 것입니다.

차로 가면서 오면서 한번 김두성 내외가 처부모님께 올린 내용임을 아시고 그냥 한번 들어보십시오.

감사합니다.

서기 2013년 4월 20일

그냥 올리고 싶어서 올리는

김 두 성의 작은 정성임.

㉕ 이시환 → 김 노

김노 작가님께

김노 작가님, 안녕하세요?

어젯밤 핸드폰에서 이메일 도착을 알리는 신호음을 듣고도 1박2일 경주여행을 마치고 돌아와 막 잠자리에 든 터라 눈을 감아버리고 말았었지요. 아침 7시에 일어나 메일을 확인하고서 토요일이지만 사무실로 출근하여 비로소 두근거리는 마음으로 첨부파일 내용을 열어 보았습니다. 물론, 김옥희 소설가의 「또 다른 화려한 시작」이라는 글부터 일독했습니다. 그리고 김노 작가님의, 저의 시작품들을 읽고 쓰신 '독후감'을 정독했습니다.

결코, 적지 아니한 작품들을 하나하나 음미하면서 자신의 느낌이나 생각이나 판단들을 솔직하게 개진하고 있다는 생각을 했습니다. 어쩌면, 김노 작가님 자신의 평소 성격을 닮은 문체가 그것들을 담아내지 않았나 싶었습니다.

시(詩)와 생리가 맞지 않아 거리를 두고 살면서 소설을 가깝게 여기고, 자신의 직간접적인 경험들을 소재로 사실주의 소설을 써오신 작가님의 말마따나, 시 읽기란 그리 쉽지만은 않은 일이지요. 시 내용이 어려워서라기보다는 표현의 불완전성에서 어렵게 느껴지는 것이며, 시인의 관심과 사유세계와 다른 자신을 시의 세계 속으로 끌고 들어가기가 어렵기 때문이지요.

그런데 어찌된 영문인지 저의 졸작들을 읽으시고, 그 안에 갇혀 있는 의미나 꿈들에 대해서 나름대로 풀어 놓으신 것을 보면서 '그동안 얼마나 고생하셨을까?' 하는 생각을 다 했습니다. 시간도 만 일 년 이상을 끌면서 말입니다.

작가님의 글이 내 마음에 만족스럽고 아니 만족스럽고를 떠나서, 나는 시와 친숙해졌다는, 아니 시가 작가님의 눈에 들어오기 시작했다는 사실만으로도 감동적입니다. 적어도, 저의 못난 시들이지만 완고한 소설가의 마음을 열게 했으니까요.

저는 제 시작품을 읽고 쓰신 다른 분들의 글보다 '색다른' 느낌으로 받아들이며, 그 색다름이란, 말을 화려하게 꾸밀 줄 모르는(?) 작가님의 입에서 나온 작가님의 진실을 반영한 글이라는 저의 판단입니다. 그 관심과 분에 넘치는 사랑이라는 은혜에 어떻게 보답해야 할지 고민입니다.

물론, 무엇보다 더 좋은 작품을 많이 창작하여 독자들과 진정한 소통이 이루어지도록 하는 일이 중요할 뿐만 아니라 요긴한 일이라고 생각합니다. 앞으로 갑년을 맞이하여 제2부 인생의 최고 목표를 좋은 시작품 창작에 두고 다짐하면서 그간의 노고에 감사를 드리는 바입니다.

아무쪼록, 건강하시고, 독서와 창작생활로 마음껏 뜻을 펼치시면서 마음의 평화가 늘 함께 하시기를 기원해 마지않습니다. 감사합니다.

2016. 12. 31.

이 시 환 드림

*이 서신은 김노 작가께서 저의 시집들을 읽으시고 「시(詩)에 무지한 내가 시로써 인생을 들여다보다」라는 글을 보내오셨기에 일독 후 그 정성에 감동하여 즉흥적으로 보낸 것입니다.

㉖ 이시환 → 채수명

채수명 문학평론가님께

어제(7/10) 평론가님의 전화를 받긴 받았으나 제 정신이 아니었습니다. 지난 월요일부터 금요일까지 연속으로 5일 동안 '생뚱맞은 암벽등반'이란 교육 훈련을 받고, 토요일 사무실에 나와 행사준비를 하려고 했었는데, 이미 집사람이 세 가족 부부동반 점심약속을 하남에 해놓은 상태였기에 시간에 맞추어 차를 몰고 갈 수밖에 없었고, 다시 사무실로 돌아와 오후 5시 행사에 아무런 준비도 없이 참여했었는데, 급기야 1, 2, 3차까지 자리가 길어져 토론과 과음 등으로 새벽 1시 반경에나 귀가하여 심신이 녹초가 되어 있는 상황에서 전화를 받았기 때문입니다. 저는 그저 채수명 문학평론가님께서 저의 시집을 읽으시고 그 가운데 조금 낫다고 하는 작품 두어 편에 대하여 평론을 나름대로 쓰셨다는 얘기 정도로만 알아듣고 전화를 끊었었습니다.

그런데 월요일인 오늘 아침 출근하여 '동방문학' 카페를 열어보니 평론가님의 평문인 「체험적 '여백(餘白)의 진실(眞實)'을 담은 파노라마」라는 제목의 글이 게시되어 있음을 보고 깜작 놀랐습니다. 그 놀라움의 실체인 즉 두 가지 측면에서 말할 수 있을 것 같습니다. 하나는, 나의 졸작(拙作)들에 대해서 그렇게 호평하셨다는 '분에 넘치는 일'이고, 다른 하나는 채 문학평론가님의 비평 용어들이 제게는 낯설게 느껴지는, 어쩌면 문학과 비평에 대한 저의 편협(偏狹)된 시각과 좁은 안목 탓이라 여겨집니다.

시를 좋아하는 저의 어떤 친구[토요일 행사에 참석했던 이봉수]는, 시인의 시(詩)가 절망하고 있는 자에게 희망이 되어주고, 자살하려는 자에게 삶의 의욕을 느끼게 해주며, 굶주린 자에게 빵이 되어주고, 동시대를 사는 사람들에게 따뜻한 사랑이 되어주기를 원하지만 저는 그런 시를 써보지 못했습니다. 시인은 사회적 약자의 대변인이 될 수는 있어도 결코 대변인은 아니라고 우기면서 저는 저 자신의 노래를 하기에 충실했고, 그 일로 늘 바빴습니다. 다만, 그 나의 노래가 세상 사람들의 노래가 되기를 원하면서요.

그렇듯, 채수명 문학평론가님이 원하는 것처럼, 저는 '역사의식'이나 현실사회의 모순이나 불합리나 부정부패 등에 대한 비판의식이 전혀 없는 것은 아니나 '비좁은' 나의 시(詩)라고 하는 그릇에 그것들을 담아내기란 결코 쉽지 않다는 사실을 알고는 있습니다. 저의 이번 시집 속에는 제5부에 실려 있는 15편의 작품들이 바로 저의 현실인식에 뿌리를 둔 작품들이지요.

아무튼, 저의 부족한 작품을 가지고서 호평(好評)해 주시고, 동시에 사회적 공감대 형성을 확대시키기 위한 방책까지 설명해 주시니 몸 둘 바를 모르겠습니다. 분명한 사실은 제게 큰 욕심이 없다는 점이고, 그래서 저의 시들이 올망졸망한지도 모르겠습니다.

저의 졸작에 대해서 짧은 시간에 평문까지 집필해 주시어 감사합니다.

채수명 문학평론가님의 평문을 읽으면서 몇 가지 수정되기를 원하면서 아래에 붙여보겠습니다. 그 몇 가지란, 시집명은『 』으로, 작품명은「 」으로 통일하고, 타이핑하시면서 급히 하시느라고 오타(誤打)를 내신 부분을 붉은 색으로 표시해 두었습니다. 참고하시기 바라며, 부족한 작품으로 오히려 평자의 눈을 괴롭히지는 않았는지 새삼 걱정이 됩니다.

시인은 자기 자신에게 거짓말을 할 수 없으며, 평자는 그 시인의 작품을 읽고 나름대로 평할 수 있는 평자의 권리가 있듯이, 독자는 독자 나름대로 시와 평문을 읽고 느끼고 생각할 수 있는 독자의 권리가 있다고 생각합니다. 따라서 저의 작품에 대하여 누가 어떠한 방식으로 어떻게 말했든 그것은 평자와 독자들의 권리이고 몫이라고 생각합니다. 때문에 원작자인 저와 다른 견해를 가지셨다 해도 제가 간섭하거나 이의를 제기할 하등의 필요가 없다고 생각합니다. 저는 자유롭게 읽히고 자유롭게 말해지기를 원하며, 그런 맥락에서 채수명 문학평론가님의 시를 보는 큰 포부가 담긴 과분한 글에 대해서도 그저 편한 마음으로 받아들이겠습니다.

감사합니다!

2016. 07. 11.

이 시 환 드림

*이 서신은 채수명 문학평론가께서 저의 시집 『여백의 진실』을 읽으시고 「체험적 '여백(餘白)의 진실(眞實)'을 담은 파노라마」라는 글을 카페 동방문학에 게시하였기에 일독 후 즉흥적으로 답글로 게시했던 것입니다.

㉗ 이시환 → cjsgus(닉네임)

cjsgus 님께

선생님께서는, 포털 사이트 '다음(daum)'에 있는 제 블로그 '동방시(dongbangsi)'에 제가 올려놓은 '예수교의 실상과 허상'관련, 일련의 글들을 지난 2013년 04월 21일부터 동년 05월 23일 현재까지 읽으시고 있는 중이신데 그동안 45 건의 댓글을 남기셨습니다.

우선, 종이책도 아닌 컴퓨터 화면을 통해서 그 방대한 양의 글을 읽으시느라 고생이 많으실 줄 믿습니다. 무엇보다 그 양이 너무 많아 단순히 읽어내는 데에만도 적지 아니한 시간이 소요될 터이고, 동시에 여러 가지 이유에서 인내심도 꽤 요구될 줄로 믿습니다. 게다가, '성경'에 대해 제가 쓴 글의 내용들과 선생님께서 그동안 이해하고 판단한 내용들이 저절로 비교되실 터인데 상당히 신경이 쓰였으리라 믿습니다.

이제 전체의 약 1/9 정도 남겨 두고 있습니다만 그동안 고생 많으셨으며, 저의 변변치 않은 글들을 아주 꼼꼼하게 읽어 주시어 감사하기도 합니다. 솔직히 말해서, 누군가가 면밀히 읽어 준다는 것 자체가 집필자로서는 매우 기분 좋은 일이니까요.

문제의 책(『경전분석을 통해서 본 예수교의 실상과 허상』신세림출판사 896쪽 고급양장) 을 완독하신 분들은 그리 많지 않다고 생각합니다. 그 분들 가운데에는 대개 일독 후 소회를 직간접으로 밝혀 왔습니다만 널리 대중들에게 읽히지 못하고, 또한 예수를 하나님 혹은 하나님의 아들로 믿는 사람들조차 읽기를 부담스러워하는 것 같아 실로 안타까울 따름이지요.

허나, 선생님께서는 추가로 집필한 글들까지 다 읽으시리라 판단됩니다만, 현재까지 45건의 댓글을 남기셨는데, 그 내용들을 일별해 보면 선생님에 대한 몇 가지 사실들을 추론해 볼 수는 있을 것 같습니다. 물론, 저의 추론이 반드시 옳다고 단정적으로 말할 수는 없습니다만 솔직하게 말씀드리고 싶습니다.

우선, 선생님께서는 70대 전후의 연세를 드셨을 것이라는 점과, 57세까지 성경 속 하나님을 믿고 신앙생활을 하셨다지만 그 후로 성경의 내용이 온통 거짓말로 보이기 시작하면서 믿었던 하나님을 불신하게 되었다는 점과, 여성이 아닌 남성일 가능성 높다는 점 등입니다.

그리고 선생님의 믿음이 불신으로 바뀌게 된 직접적인 이유 가운데에는, ①하나님이 결코 전지전능해 보이지 않는다는 점과, ②경전의 내용이 결코 예언 성취 기록이 되지 못한다는 점과, ③경전과 하나님을 믿는 사람들[聖徒]의 비이성적인 말이나 행동 곧 그들의 신앙행위와 실생활에 나타난 모순이나 문제 등을 직간접으로 듣고 보고 판단하면서 그 불신의 골이 더욱 깊어진 경우라고 판단됩니다.

선생님께서는 오랜 신앙생활로 경전의 내용을 탐독하며 공부할 수 있는 기회를 충분히 가지셨으리라 믿으며, 실제로 저 이상으로 많이, 그리고 깊게 이해하고 있으리라 판단됩니다. 저는 개인적으로 신앙행위보다는 경전의 문장을 바르게 이해하려고 노력해 왔으며, 경전 속에서 하나님의 실존을 확인하고 싶었습니다. 하지만 그 속을 들여다보면 볼수록 의심만 증폭될 뿐 많은 사람들처럼 믿음이 견고

해지지 않았습니다. 그러나 끝까지 희망을 버리지 않고 읽은 내용을 분석해 보고 종합해 보았지만 역시 제 눈에는 경전의 문장이 하나님의 말씀이 아니라 인간의 소망이 담긴 픽션처럼 '꾸며진 말'이라는 확신이 들었습니다. 그런 공부과정을 그대로 담아 놓은 것이 바로 선생님께서 읽으신 저의 『경전분석을 통해서 본 예수교의 실상과 허상』이란 책입니다.

일방적으로 생각하자면, 선생님께서는 과거에 목회활동을 직접 하신 분 같기도 하고, 아니면 교회 내지는 교단 내에서 중요 직분을 맡아 봉사하시면서 믿음이 돈독한 신앙생활을 하시지 않았나 싶습니다. 이도 아니면, 다른 전공을 가지신 학자이면서 성경을 가까이 하면서 탐독해 왔던 학구적인 분이 아니신가 생각됩니다. 또한, 다니셨던 교회의 직간접적인 요구에 의해서 물심양면으로 많은 에너지 곧 물질과 정열과 지혜와 시간 등을 바쳐왔지만 결과적으로 남은 것은 인간적인 배신과 살아 움직이지 못하는 경전의 말씀이 한낱 허구로 비치어 개인사적으로 피해를 보았다고 자각한 분이 아닌가 싶습니다.

선생님에 대한 이력이나 그간의 삶에 대해서 궁금한 것도 사실이지만 현재 선생님께서 이해하고 있는 성경 관련 내용이 어디까지인지가 더욱 궁금합니다. 혹, 저서(著書)가 있다면 기본 정보를 주시기 바랍니다. 그리고 혹 저의 종이책이 필요하다면 기꺼이 한 권 드리겠습니다. 책을 받으실 주소와 전화번호를 알려 주시면 택배로 보내드리겠습니다. 아니면, 5월 25일 토요일 오후 5시 중구청 앞 부성빌딩 지하식당[웰빙쌈밥:충무로 역에서 8번 출구로 나오시어 중구청 지하주차장 입구 건너편에 있는 하늘색 유리빌딩]에서 갖는 동방문학 통권 제68호 발행기념

정기모임이 약속되어 있으니 그 자리에 참석하신다면 선생님의 말씀도 청해 듣고 직접 드리겠습니다.

참고로, 이 모임은, 동방문학이 발행될 때마다 토요일 오후시간에 가까이 계시는 문학인들 30여 명 내외가 모여 저녁식사를 함께 하며, 정보도 교환하고, 책도 나누어 보는 자리입니다. 혹, 여건이 되신다면 동석하셔도 좋을 듯합니다. 만약, 오신다면 성경에 대한 개인적인 의견, 그러니까 57년 동안의 믿음이 불신으로 바뀌게 된 직접적인 이유에 대해서 약 15분 정도 특별 스피치를 해주신다면 더없이 귀한 자리가 되리라 믿습니다.

그리고 댓글 속에서 하신 질문에 대해 제 답변 듣기를 원하신다면 저도 기꺼이 답변을 드리겠습니다. 가부간에 확답을 주시면 감사하겠습니다.

2013. 05. 23.

이 시 환 드림

*이 서신은 cjsgus님이 다음 블로그에서 이시환의 『예수교의 실상과 허상』이란 책을 읽으면서 45건의 댓글을 달으셨을 때에 이시환이 cjsgus의 블로그에 찾아들어가 남긴 것입니다. 하지만 응답이 없어서 만남이 이루어지지는 못했었습니다.

㉘ 이시환 → 심종숙

심종숙 문학평론가의 평문 「이시환의 시 '서 있는 나무'와 합사성의 원리 -존재혁명을 위하여」를 읽고

심종숙 문학평론가의 글에 '합사성'이란 내게 아주 생소한 단어가 나왔다. 과연, 이게 무슨 뜻일까? 나는 한참을 생각했다. 문맥 속에서 그 개념이라도 판단해 보려 애썼지만 종잡을 수가 없었다. 하여, 이 용어의 근원지를 찾아보았다.

한스 에두아르트 헹스텐베르크(Hans-Eduard Hengstenberg)의 저서 『철학적 인간학:Philosophische Anthropologie』이 허재윤 번역으로 가톨릭출판사에서 2007년 7월에 출판되었고, 그 책 안에서 인간과 합사성과의 관계에 대해서 얘기되어지고 있는 것을 알았다. 물론, 심 씨도 자신의 글에서 그의 합사성이란 용어의 개념을 빌려 쓰고 있다.

그런데 문제의 '합사성이'란 단어가 독일어의 'Sachlichkeit(자흐리히카이트)'였다. 그러고 보니, '신즉물주의(新卽物主義)'라는 단어가 떠올랐다. 독일어로 Neue Sachlichkeit(노이에 자흐리히 카이트)이다.

'신즉물주의'는 그래도 문예사조사에서 비교적 익숙해져 있는 용어이다. 널리 알려졌다시피, 20세기 독일에서 일어난 표현주의에 반대한 전위예술운동이다. 문학에서의 그 핵심이라면, 표현자인 시인의 주장이나 감정의 표현을 억제하고, 대상의 본질 곧 사실에 바탕을 두고, 그것으로 하여금 표현자의 의도를 말하게 하는 기법이다.

문학에서 얼마든지 있을 수 있는 표현의 한 방식임에는 틀림없다.

'즉물(卽物)'이라는 조어(造語)만을 놓고 본다면, 물체[대상]를 그리되 [묘사·표현하되] 자신의 주관적인[개인적인] 눈[프리즘]으로써 본, 다시 말해, 개인의 프리즘을 통과한 빛으로써 주관적인 정서라는 옷이 입혀진 물체가 아니라 물체 그 자체의 독립적인 고유한 특성[본질→사실]을 먼저 파악하고 그것을 중심으로 표현하여 그것으로써 자신의 의중을 드러낸다는 뜻으로 해석된다. 물론, 이것은 나의 일방적인 해석이다.

그렇다면, 같은 말을 쓰고 있는'합사'란 무엇일까? 合事(합사)일까? 合似(합사)일까? 아니면, 合寫(합사)일까? 내가 생각하기에는, 그 卽(즉) 대신에 合(합)이 왔고, 그 物(물) 대신에 事(사)가 온 것이 아닐까 싶기도 하고, 그 물(物)과 표현자인 내가 하나같이 되는 합사(合似)일 수도 있고, 하나가 되게 하는 합사(合寫)일 수도 있겠다는 생각이 든다. 그 한스 에두아르트 헹스텐베르크(Hans-Eduard Hengstenberg) 씨의 저서 『철학적 인간학:Philosophische Anthropologie』을 면밀히 다 읽기 전에는 판단하기 쉽지 않다.

-2017. 01. 25. 11:15.

나의 시 작품 「서 있는 나무」는 1980년대에 창작된 것 같은데, 이 작품에 대하여 '현학적인' 평문을 받고 보니 솔직하게 고백하고 싶어졌다.

나는 주변에서 볼 수 있었다. 살아서 서있을 때나, 쓰러져 누워있을 때나, 죽어서 썩어갈 때나, 나무는 늘 곧게 서 있다는 것을 말이다. 설령, 썩어서 부서지고 진토가 되어도, 아니 불에 타서 그 형체조차 다 사라져도 그 나무의 '서 있는' 혹은 '서 있어야 한다'는 본질은 변하지 않을 것이라고 기대했고, 생각했다. 그러고 보니, 너무나 가상해 보였다. 하찮은 일 개 나무들이 말이다. 그래서 나는 또 생각했다. 그렇다면, 나[我]라는 존재는 무엇인가? 아니, 무엇이어야 하는가? 나무가 서있음으로써 나무이듯이 나도 나이어야 한다는 생각이 불쑥 들었다. 다시 그렇다면, 무엇이 나를 나답게 하는 것일까? 고민하지 않을 수 없었다. 그것은 나의 고유성이 어떠한 이유, 어떠한 상황하에서도 훼손되지 않고 그대로 유지 발휘되어야 한다는 믿음으로까지 확대되었다. 그때에 지구상에 발을 붙이고 살아가는 수많은 사람들이 떠올랐다. 그들 가운데에는 자신의 주의 · 주장을 위해서 자신의 죽음과도 기꺼이 바꾸는 이가 있음을 보았고, 살아남기 위해서 치졸하고 비굴하게 구는 사람들도 있음을 보았다. 나는 죽을 때까지 나의 말을 하고 나의 소리를 내는 시인으로 살아야 한다는 것이 곧 나무의 서있음으로 보였다. 일종의 자신에 대한 다짐이라고 할까, 자신의 삶의 의지의 재확인이라고 할까. 분명, 그랬다. 그 나무를 통해서 나는 나를 말하고 싶었었다. 그래, 라면 한 그릇 값도 되지 못하는 시를 버리지 못하고 오늘날까지 살아오는지도 모르겠다. 그런데 위기는 위기다. 말장난꾼들 때문에 내가 서있을 땅이 없기 때문이다.

심종숙 문학평론가님, 감사합니다. 저의 졸작에 대해서 거창하게 의미부여를 하시느라고, 아니 의미를 부여하느라고 거창한 철학적 자[尺度]를 들이대어 애를 쓰시게 돼서 오히려 제가 미안한 마음마저 듭니다. 제가 부탁한 일은 아니지만 말입니다. 차제에, 한스 에두아르트 헹스텐베르크(Hans-Eduard Hengstenberg) 씨의 저서『철학적 인간학:Philosophische Anthropologie』을 끝까지 정독해 보겠습니다.

어찌 보면 시인은 대상을 보는 사람들이이지요. 시인(詩人)이 곧 시인(視人)이라는 뜻입니다. 그리고 그 결과를 문장(文章)으로써 말하지요. 그런데 자기중심적으로 대상을 이해하고 질서를 부여하려는 경향이 아주 짙습니다. 물론, 이 부분, 이 과정이 없다면 문장이라고 해서 다 시가 되지도 않지요. 그래서 시인들은 한사코 자신의 감정을 대상에 이입시키고 자신의 관심, 자신의 판단력으로써 대상을 해석합니다. 그 '자기중심적'이라는 면에서 개성이 나오는 것이지만 양적인 정도 문제를 어떻게 결정하느냐에 따라서 표현의 방법이 많이 바뀌기도 합니다. 그래서 온갖 사조(思潮)들이 나오는 법이지요. 그래서 사조란 대상을 바라보는 하나의 시각(視覺)일 뿐입니다. 오늘은 이 정도로 그치겠습니다.

아무쪼록, 설 명절을 맞이하여 가족과 더불어서 즐겁고 편안하게 보내시기를 기원하면서 올해도 뜻하시는 바 순조롭게 이루어지기를 축원해마지않습니다.

-2017.01.25. 12:28.

이 시 환 드림

이시환 문학 읽기·3

그래도 풀꽃들을 피우는 박토

초판인쇄 2017년 02월 24일 **초판발행** 2017년 03월 01일

지은이 **정정길 · 심종숙 · 김노** 외
펴낸이 **이혜숙** 펴낸곳 **신세림출판사**
등록일 **1991년 12월 24일 제2-1298호**

04559 서울특별시 중구 창경궁로 6, 702호(충무로5가, 부성빌딩)
전화 **02-2264-1972** 팩스 **02-2264-1973**
E-mail : **shinselim72@hanmail.net**

정가 **15,000원**

ISBN **978-89-5800-183-6, 03810**